Je t'aime

Romain Sardou

Je t'aime

Roman

ISBN : 978-2-37448-010-7

À

1

Il était un garçon bien fait, mais pas suffisamment. C'était son drame. Il fallait s'arrêter sur son cas pour lui reconnaître du charme, séduire ne venait qu'après avoir vaincu des résistances plus ou moins entêtées, ce qu'il vivait comme une injustice. À trente ans, depuis un an et demi qu'il était célibataire, il ne savait plus dire non à une sortie. Chaque fois qu'il entrait dans une pièce remplie de monde, il se répétait : "Pourvu qu'il y ait *quelqu'un*...", puis il rentrait seul chez lui.

Il arriva au musée du Vin, à proximité de la tour Eiffel, dans les anciens celliers de l'abbaye de Passy où deux entreprises offraient à leurs clients et à leurs collaborateurs un cadre inhabituel de soirée, avec une longue galerie souterraine et des caveaux du XVe siècle.

Il n'avait aucune raison d'être là, hormis qu'un ami, commercial pour l'une des boîtes, avait réussi à le faire inviter. Il glissait entre les sommeliers et les œnologues qui animaient des dégustations de grands crus sur des tables hautes.

En faisant mine de chercher son ami, il observait surtout les femmes. Il se rassura en découvrant qu'elles n'étaient ni trop nombreuses ni trop renversantes. Quand il y en avait trop de belles autour de lui, il se sentait toujours un peu perdu. De son propre aveu, il ne cherchait pas à collectionner les rencontres ni les aventures d'un soir, il trouvait que ces besoins rapetissent ; au contraire, plus son célibat s'éternisait, plus il pariait sur l'amour fou et espérait trouver la femme de ses rêves. Comme tous les romantiques, il lui paraissait tout à fait légitime d'être un jour surhumainement heureux. Il regardait des films et lisait beaucoup de romans qui racontaient des histoires comme la sienne. Et cela ne l'aidait pas.

Il reconnut près du bar une brune à laquelle il avait pitoyablement fait des avances quelques semaines auparavant. Il se raidit. Il détestait se sentir proche d'un échec aussi récent, cela le plongeait dans un sentiment d'infériorité. Il pivota pour échapper à sa vue et lui tourna le dos en s'éloignant, ce qui l'obligeait presque à marcher en crabe.

À l'autre bout du caveau, son hôte l'aperçut et dit à une voisine :

"Tu verras, c'est un pur sentimental... Il croit à l'amour comme d'autres croient aux anges. Je le connais depuis longtemps. La première fois qu'une fille l'a repoussé, nous avions dix ans, je l'ai vu pleurer pendant cinq jours. C'était sublime. Personne n'a osé se moquer de lui. Depuis, tous ses amours sont dignes d'être étudiés... Quand il est épris, il fait une de ces têtes ! Il faudrait l'encadrer."

Cela faisait deux semaines qu'il la baratinait avec son ami célibataire. Il était sûr que celui-ci deviendrait l'homme de sa vie. Il en parlait, en parlait : cet ami était délicat, franc, poète (mais pas rêveur), personne ne faisait la cuisine pour deux comme lui, il appliquait tout son esprit à rendre sa compagne heureuse, en couple il ne concédait jamais rien : il voulait l'âme sœur. Et plusieurs enfants.

Il en parlait, elle l'écoutait, elle en parlait à ses amies, elle les écoutait, elle en parla un peu à sa mère (elle ne l'écouta pas), elle y pensait enfin la nuit, seule dans son lit. À l'aide de rares photos, elle avait déjà construit toute une idylle ; elle s'était mise en goût d'un homme dont elle ne connaissait que les qualités rapportées par un autre.

Elle le regardait à présent progresser sous le caveau voûté, entre les murs de pierre et les reconstitutions médiévales. Il ne répondait pas au type idéal qu'elle se faisait d'un séducteur mais, après tous les arguments flatteurs de leur ami, elle s'interdisait de remarquer qu'il était un peu petit, qu'il avait une calvitie prononcée, qu'il portait des chaussures à bouts carrés et que personne ne se retournait sur son passage. Déjà amoureuse de tête, elle voulait croire que cet inconnu était né pour elle et que sa vie allait enfin changer.

Lui, l'air de ne pas se surveiller, examinait les invitées une à une, puis revenait vers celles qui présentaient le plus d'atouts. Il était toujours attiré ou révulsé par les mêmes critères physiques. Tout ce qui ne correspondait pas à ses conditions lui causait un profond dégoût. Ce n'était pas glorieux... Il s'en était un jour ouvert à sa sœur, qui lui avait répondu que ses amies et elle ne réagissaient pas autrement avec les hommes : le premier coup d'œil finissait souvent par être le dernier... Il rentra un peu son ventre, pour se donner une meilleure posture, et saisit un verre de vin blanc sur un plateau. La présence à l'entrée de cette brune qui l'avait repoussé le plongeait dans un état à la fois de faiblesse et d'agressivité. Il regretterait presque d'être venu.

Enfin il l'aperçut.

Près d'une table de dégustation, sous une peinture murale. Elle était menue, beaux cheveux châtains, portait une robe rouge et des bottines de daim noir. De trois quarts dos, droite, bien mise, décolletée peut-être ?, elle parlait à deux hommes plus âgés.

Aussitôt embarrassé (il était hardi, mais encore timide), il essaya de la voir de face, faisant plusieurs approches de gauche et de droite pour dissimuler sa manœuvre. Une fois de plus, il jouait à "cache-cache en *solitaire*" au milieu d'une foule d'indifférents, vieille habitude connue de ceux qui sortent pour chasser.

Seulement, à l'autre bout du caveau, la jeune femme qui l'attendait avait tout vu. Elle avait vu le regard, l'arrêt et la femme en rouge : après plusieurs échecs amoureux, elle possédait un système d'alarme très efficace et se sentit immédiatement en danger.

Deux semaines auparavant, après avoir passé tout un automne et tout un hiver à pleurer sur sa dernière rupture, elle avait réussi à vaincre son chagrin… en une matinée. Entre les lilas précoces et les fleurs de marronnier, les genoux dénudés pour la première fois de l'année, son cœur lui dit : "J'ai mon compte." Non pas qu'elle eût tout oublié en un jour de printemps, mais elle reconnaissait maintenant ce qu'elle avait su donner de bon dans cette histoire, et cela lui redonna le goût d'aimer.

Elle s'était acheté une nouvelle robe spécialement pour la rencontre de ce soir, s'était maquillée avec des soins plus minutieux que d'ordinaire et se dit qu'elle n'avait pas senti pour rien son cœur s'emballer en arrivant au musée…

De son côté, lui, l'amoureux imaginaire, connaissait ce moment par cœur : une *apparition*, c'est toujours au deuxième coup d'œil ; c'est la confirmation qui éblouit ! Il appelait cela "aller chercher sa claque dans les yeux". À cette robe rouge (rouge !), cette coiffure tout juste sortie d'un salon, il se convainquit que son inconnue était libre et cherchait quelqu'un (limité, il n'imaginait pas qu'une femme puisse vouloir se faire belle autrement que pour plaire…). Il se mit à cogiter double. Il lui inventa un prénom, il se la représenta dans son appartement ou dans une chambre d'hôtel qu'il aimait bien en dehors de Paris. Il s'imaginait déjà dans la meilleure version de lui-même avec une femme parfaite.

Sa "dynamo" sentimentale venait de se remettre à fonctionner.

Tout autour d'eux, le musée du Vin se remplissait de nouvelles gueules de badge venues se soûler à l'œil. Les moins habiles regardaient les derniers arrivés en se donnant l'air d'attendre quelque chose ou quelqu'un de *mieux* avec qui se montrer ; une petite nouvelle devant sa supérieure répondait sciemment à côté, sachant qu'il y a toujours de l'intelligence à jouer les imbéciles pour faire son trou ; et un con, *là*, parlait très haut pour être certain d'être entendu de plus d'une personne.

Sans les connaître, ni leur prêter attention, notre homme savait que toute entreprise de plus de dix employés ressemble furieusement à un service de renseignement (époque StB, Stasi ou KGB) : tout le monde y surveille tout le monde...

Ce que la fille à la nouvelle robe essayait de faire de moins en moins, s'efforçant de ne plus regarder dans sa direction. La situation était aberrante : elle le voyait en train de tomber amoureux sous son nez, doublée par quelqu'un qui ne la connaissait pas, jalouse d'une inconnue qui lui enlevait une vie avec un homme qui n'avait encore jamais tourné la tête vers elle ! Elle le sentait embarrassé, timide, et cela l'attendrissait encore plus. Elle leva brusquement son verre de vin. Tout venait de disparaître autour de ce type. Elle y compris...

Cependant, même si notre homme savait qu'au moindre laisser-aller il serait vaincu, à trop vouloir bien faire, sa discrétion finit par devenir flagrante. La fille en rouge surprit l'un de ses regards et comprit aussitôt qu'elle venait d'être *choisie*. Ce n'était pas le premier regard d'homme qui se posait sur elle depuis son arrivée, mais tous les autres avaient eu des airs de gamins vicieux ; lui montrait une gêne, une tendresse à fleur de peau qui lui plaisaient. Au reste, sa vanité l'emportait souvent à l'idée que, même momentanément, elle pouvait effacer toutes les autres femmes d'une soirée.

Il réussit à l'apercevoir en pied malgré les invités (elle n'était pas décolletée). Il se dit que s'il y avait eu de la musique, cette fille aurait été la première à aller danser. Elle crevait de santé. Leurs regards se rencontrèrent une nouvelle fois. Comme toujours, cela pouvait tout vouloir dire : aussi détournèrent-ils les yeux exactement au même moment. Chacun épiant désormais les levers de regard de l'autre, restait à savoir qui allait l'emporter de ces deux timidités ? Il tendit un coup d'œil vers son reflet dans une vitrine pour rectifier une mèche de côté, et se sentir mieux.

La fille en plan se demanda si elle ne devait pas mêler leur ami commun à l'affaire : "Regarde... Ton copain, là, ne sait pas où nous trouver !" (Il lui avait dit qu'il ignorait la raison de son invitation.) Il irait le chercher... Mais, au fond, elle pensa que cela serait sans doute pire de terminer en face d'un type qui ne la regarderait pas et qui passerait plus de temps à suivre ses pensées que leur conversation. Tout ça la révoltait. Elle se sentait ridicule ; ridicule d'avoir rêvé toute seule dans son lit, d'avoir passé une après-midi entière à choisir sa robe, de s'être imaginée dans la meilleure version d'elle-même avec un homme parfait...

Symétriquement, le type ne trouvait rien à dire ni à faire qui pût l'attirer à l'inconnue en rouge. Il lui fallait une idée, un premier pas, un point de départ qui n'exigeât pas trop d'explications. Il ne s'en formalisa pas : la soirée ne faisait que commencer, il avait du temps devant lui et, comme tous les sentimentaux, il comptait beaucoup sur un hasard heureux.

Près du buffet, l'ami commun s'étonna de ne plus le voir parmi les nombreux invités bruyants. Il demanda à sa voisine :

— Où est-il passé ? Il a disparu ?

— Oh, je ne sais pas du tout...

Ce mensonge lui coûtait. Elle ne comprenait pas pourquoi elle souffrait ce soir d'un tel sentiment d'abandon.

La fille en rouge regarda de nouveau dans la direction du garçon. Était-ce une ouverture ? Il avança doucement vers elle, sans oser le moindre regard trop appuyé.

C'est alors qu'une espèce de folle se précipita sur la femme en rouge.

C'était l'amie à craindre. Physiquement, elle cochait tous les critères qui lui déplaisaient chez une femme. À la conduite, ce n'était guère mieux : elle interrompait sans gêne, parlait fort, et montrait ce culot des gens qui, après deux cocktails, se croient à la hauteur de n'importe qui.

Il était assez proche pour entendre ce qu'elles se confiaient.

La fille venait d'apprendre qu'untel beau gosse se trouvait à une soirée non loin de Bastille. Elle insistait : "Il y est, j'en suis *sûre.*" Ce beau gosse était une de ses cibles (mais comme nous sommes au XXIe siècle, elle disait "target"). Elle en était folle. Elle voulait immédiatement aller le trouver, mais il lui était impossible : "IM-PO-SSI-BLE", qu'elle s'y rende et y débarque seule !

Elle n'avait pas besoin d'en dire davantage pour exiger la solidarité féminine et forcer son amie à l'accompagner. La fille en rouge eut un moment d'hésitation : "Tu crois ?" À cette simple question, lui-même devint convaincu que l'hystérique n'avait aucune chance avec le beau gosse...

La fille en rouge tourna alors un nouveau regard vers lui. Ils s'observèrent un moment dans les yeux. Mais l'amie surprit leur échange, le regarda lui aussi, l'auscultant de la tête aux pieds, puis, ayant presque haussé les épaules de dédain, tira la fille en rouge par le bras en ordonnant : "Allons-y !"

Il aurait voulu se ruer, l'attraper, lui tordre les poignets, l'obliger à genoux à retirer ce qu'elle venait de faire, mais il n'osa pas bouger, il n'osa rien dire. Tout s'arrêta là, après être allé beaucoup trop vite.

En renfilant son manteau, la fille en rouge se dit pourtant : "C'est trop bête... Je ne sais pas pourquoi mais, même s'il n'avait pas tout pour lui, je crois bien que j'étais prête à rentrer avec lui..." Elle suivit sa copine à contrecœur, pensant qu'avec des amies comme ça, personne n'arrive jamais à sortir avec qui il veut.

Lui resta absolument immobile au milieu du caveau.

Est-ce que la fille en plan les avait vus ? Non seulement rien ne lui avait échappé, mais elle venait de regagner tous ses points.

Lui continuait à regarder dans le vague…

Il se dit que la femme en rouge n'était pas simplement une belle silhouette et un joli visage : depuis qu'elle était partie, il se sentait de trop au milieu de tous ces gens. "J'ai perdu ma chance… La soirée va être sinistre… Allons, passons la main." Il quitta rapidement le musée sans même penser à saluer l'ami qui l'avait invité.

Il se retrouva seul dans la rue avec un arrière-goût familier d'humiliation.

Il soupira.

Il appelait cela être un *célibattu.*

Il s'en voulait d'avoir passé trop de temps à réfléchir. Enfermé dans sa tête, il cherchait à tout prix l'approche idéale et, en définitive, n'obtenait rien. Le désir, qui était toujours chez lui un départ de passion, lui ôtait toute présence d'esprit et de jugement. Combien de soirées avait-il passées à finir tard et seul comme aujourd'hui ? Il pensa à l'un de ses amis d'enfance qui s'était marié jeune simplement pour "pouvoir se coucher tôt".

Il regarda sa montre et soupira une nouvelle fois, plus profondément encore.

Il était à peine neuf heures et demie…

Dans le musée, la jeune femme restait plus désemparée que jamais. Tout s'était joué sous ses yeux et le rideau était maintenant tombé. Elle était jalouse comme on le devient dans une salle de cinéma, avec des gens qui vivent et qui s'adorent sur l'écran. Elle ne bougeait plus, essayant de masquer un air d'enfant puni.

Et puis soudain, comme après une décharge, elle renversa son verre en voulant s'en débarrasser, tourna les talons et partit comme un trait d'un angle à l'autre du caveau. Comment cela pouvait-il se déchaîner de la sorte, en si peu de temps ? Elle était tellement prise de fougue qu'elle ne le sentait plus. Le visage fermé, le regard droit, indifférente aux personnes qui se retournaient après chaque coup de coude, elle rejoignit l'entrée du musée, puis sortit, sans une attention pour le vestiaire.

Elle se retrouva dans la rue et le héla aussitôt, alors qu'il s'éloignait déjà vers la Seine. Elle courut et se retrouva face à lui.

— Où allez-vous ?

Il aurait pu répondre n'importe quoi.

— Je vous suis !

Se laissant emporter par la surprise, qui le remontait d'un coup, il ne lui dit pas : "Si vous voulez..." ou "Volontiers", il dit : "Qu'est-ce qui vous ferait plaisir ?"

Il déposa sa veste sur ses épaules pour ne pas qu'elle prenne froid sur le pont Bir-Hakeim. Ils avaient été deux malheureux, mais deux malheureux irréprochables. Leur air de tristesse sauvage n'était plus qu'un souvenir. Elle avait le sourire jusqu'aux yeux de ceux qui sont surpris d'avoir passé la ligne les premiers. Lui aussi. Tout redevenait possible. N'était-ce pas l'important dans l'essentiel ?

Arrivés dans une station de métro, ils entendirent un guitariste qui reprenait une chanson de Brassens. Elle remarqua qu'il avait changé les paroles d'un de ses titres les plus connus.

Il n'y a pas d'amour heureux était devenu *Il n'y a pas d'amour facile.*

Elle trouva que cela sonnait très juste. Beaucoup plus vrai, en réalité.

Il y a bien des amours heureux, mais aucun n'est jamais facile… Il lui en avait coûté un coup de dés et un coup d'éclat pour tenter de faire pâlir l'étoile de la femme en rouge et ravoir sa chance. Pourquoi cela ne s'obtenait-il jamais sans contrariétés ?

Toutefois, comme chacun, son cœur restait convaincu qu'il devait exister quelque part des *exceptions.* Des exceptions *parfaites.* Des amours enfin rendues *faciles…*

Quelque part, oui…

Des sortes de contes de fées.

La rame de la ligne 6 les emporta dans Paris, souriants, avec de beaux yeux bien fixés, l'un et l'autre déjà persuadés de contempler leur double en creux ; toutefois, en dépit de ce petit miracle, ce fut un jour de plus dans l'univers sans que Camille ait encore rencontré Camille…

2

La fin du monde ressemblerait à ça : elle avait voulu se remettre du rouge quand un type était passé en courant et l'avait déséquilibrée. L'intégralité de son sac à main se renversa par terre. C'en était tellement bête qu'elle aurait pu hurler comme une grande brûlée.

Tout gisait sur les graviers : une pince coupante, l'étui d'une paire de lunettes perdue sur une dune de Dakhla, un échantillon de gloss (qu'elle n'utilisait jamais devant son mari), une brosse à cheveux, des pièces mêlées à des miettes de croissant, une plaquette d'Abufène... Elle reconnut une brochure touristique de Saint-Valery-sur-Somme et un petit pot de confiture Bonne Maman à la fraise, comme il s'en vole dans les hôtels après un petit-déjeuner avec son amant ou sa maîtresse. Il y avait enfin des bonbons à la violette et les photos de sa première petite-fille qui venait de naître. Un joli visage de bébé endormi. Des standards d'un professionnel des maternités...

Le joggeur qui avait renversé son sac sans y prendre garde portait un détestable jogging peluche Sergio Tacchini avec des bandes fluo rose et jaune, sans doute rescapé d'une collection datée des années 90 (ou bien la mode du jour rétropédalait plus qu'entendu...). Comme tous les égomaniaques de l'effort, il se prenait très au sérieux et voulait voir son zèle reconnu. Perdu dans sa musique, le regard fixe, il donnait l'impression de s'admirer devant un miroir imaginaire qui le suivait partout.

Soudain, se déchaînant, la femme écrasa violemment la première photo de sa petite-fille du plat de la chaussure. Puis elle piétina les autres, les racla contre les graviers, les déchiqueta à coups de talon, poings serrés, s'essoufflant de rage.

Tout le monde aurait été affligé par les images de cette enfant, née à sept mois à peine, qu'il avait fallu opérer à cœur ouvert la veille et qui vivait en soins intensifs depuis ses premiers jours.

La femme n'arrêta son massacre qu'après que toutes les photos eurent été lacérées, réduites en charpie. Profanées.

Puis elle s'agenouilla, saisie de tristesse devant son désordre coupable. Elle le sentait : elle ne passait plus d'un extrême à l'autre ; depuis quelque temps, elle *était* dans tous les extrêmes...

Le jardin de l'hôtel de Sens était un magnifique jardin à la française, avec de très élégants parterres de fleurs disposés en carrés et en chevrons. Chacun y venait profiter du calme, flâner et lire sur les bancs, à deux pas des quais de Seine, sous la façade apaisante du château Renaissance des archevêques de Sens (quand un mal élevé ne prenait pas ce lieu historique pour une salle de sport).

Une jeune femme y entra par l'escalier de la voie piétonne. Elle avait peu dormi la veille, après une longue soirée d'agence débutée au musée du Vin de Passy, puis continuée à porter la chandelle pendant des heures pour une amie venue à Bastille recueillir le vent d'une target beaucoup trop haute pour elle. Un crétin, là-bas, lui avait troué sa robe rouge préférée avec le bout de sa cigarette. Une nuit perdue à se laisser draguer des yeux...

Elle aperçut dans le jardin la femme à moitié étendue sur le sol, devant son sac renversé, et approcha.

— Ça va, madame ? Vous avez besoin d'aide ?

La femme releva le front et lui sourit d'un air dévasté.

Aller ? Comme cela pouvait-il *aller* ?

Elle avait voulu se remaquiller quelques instants plus tôt parce qu'un homme, assis sur un autre banc du jardin public, avait répondu à plusieurs de ses regards depuis son arrivée. Il était souvent là quand elle venait et elle avait fini par se persuader que ce n'était pas un hasard. À un peu moins de cinquante ans, elle vivotait dans un mariage mort et facile, et s'était décidée depuis l'annonce qu'elle allait devenir grand-mère à coucher avec le premier homme qui se présenterait, pourvu qu'il fût un parfait inconnu.

Les siens vivaient en ce moment une tragédie à la clinique, mais le seul désir qu'elle éprouvait, c'était de se réconforter contre un corps étranger. Elle se serait rendue, vaincue, donnée... Elle se détestait de penser ce qu'elle pensait, mais une idée avait beau en chasser une autre, elle en était toujours au même point : trop jeune pour être grand-mère, tout ce qu'elle était et tout ce qu'elle n'était plus se mélangeaient.

Pourquoi ne voyaient-ils donc pas, tous, que c'était elle, la grande *prématurée* ?

La jeune femme qui venait d'arriver s'agenouilla pour l'aider à ramasser ses affaires. La femme rompue maudissait intérieurement ces objets communs qu'elle savait retrouver dans les sacs de toutes ses amies. Est-ce qu'elles aussi, elles avaient rêvé de *fœtus crevés* ?

La femme de vingt-cinq ans releva celle qui avait le double de son âge et elles allèrent s'asseoir sur le même banc.

L'aînée avait beaucoup à dire et raconta son histoire plus librement encore que devant une sœur. Elle aimait et détestait ensemble sa première petite-fille. Elle courait les hommes et regrettait son mari d'autrefois. Jamais, même à quatorze ans, elle n'avait autant eu le cœur en girouette. Pourquoi sa vieillesse nerveuse était-elle aussi imprévisible ?

La jeune femme savait écouter. Rien ne s'imprégnait sur son visage qui puisse inquiéter ou interroger. Elle avait même une qualité de sourire qui rendait les aveux plus faciles.

Au bout d'une heure, le téléphone de la femme bipa. Elle détestait lire le nom de son mari sur l'écran (ce type qu'elle avait vénéré jadis, il lui arrivait de ne plus pouvoir le sentir… Elle avait eu aussi ça avec son père. . Elle avait ça avec tous les hommes…).

Le message était lapidaire : *petite sauvée* (elle était la seule à ne pas être présente à l'unité de soins intensifs).

Tout à coup, tout changea. Elle ressentit de l'apaisement à reconnaître son impuissance face au cours des choses. Une joie maternelle ressuscita en elle. Elle serrait les paupières pour en chasser des larmes. Elle vit même l'homme du banc se lever et s'éloigner sans éprouver le moindre effet. Cet homme pour lequel elle avait gigoté sur son banc pendant vingt minutes, persuadée qu'un grand frisson entre ses bras l'aiderait à prolonger sa vie conjugale et supporter son mélo intime…

— C'est étrange…, dit-elle. Si ce joggeur ne m'avait pas fait retourner mon sac, c'est avec ce type que je quitterais à présent le jardin. La somme des choses qui nous arrivent est dérisoire comparée à la somme des choses qui auraient *dû* nous arriver, et…

Là, les femmes citèrent la même réplique, au même moment, mêlant leurs deux voix :

— … "la vérité finit toujours par être *inconnue.*"

Elles rirent de joie et de surprise.

Comme tout le monde, elles ne croyaient pas à tous les signes, mais les aimaient.

Je t'aime

Penser et dire la même phrase à deux est, paraît-il, une chose qui ne trompe jamais.

Leur écart d'âge disparu, elles devinrent inséparables.

3

Elle poussa la porte rue Nicolet.

L'éclairage de rue gueulait, mais décevait à tout illuminer ; hors de ses halos, couleur Bétadine pour les plus vieux lampadaires, personne n'aurait reconnu un rat dans un caniveau ni un corbeau sous les toits de Paris.

Elle avait horreur de se retrouver seule sur le trottoir à la nuit tombée. Elle quittait l'appartement de sa nouvelle amie rencontrée sur les graviers de l'hôtel de Sens une semaine auparavant. Quelle idée d'être venue ! Elle l'avait invitée à sortir dans un bar (son mari était en déplacement), mais la reçut en pyjama, un verre à la main. Cette jeune grand-mère, devenue adultère en plein retour d'âge, connaissait une nouvelle crise : une aventure mal engagée avec un homme beaucoup plus jeune qui ne lui répondait plus. Elle déroulait, elle déroulait… Elle était dans cet état spécifique de la rupture, capable de dire dans une même phrase : "Je le hais" et "Qu'est-ce qu'on va bien ensemble". Mais bon. Écouter sans écourter : les amies servent aussi à ça… Au reste, la plus âgée exprima quelques bons conseils inattendus que la plus jeune promettait de s'appliquer un jour à elle-même.

Elle referma les boutons de son pardessus jusqu'au cou. La rue était déserte. Il lui semblait que n'importe qui ou n'importe quoi pourrait surgir de l'ombre. Elle allait emprunter la direction de la rue Ramey quand une silhouette apparut justement au croisement, remontant vers elle.

Elle pivota et prit aussitôt l'autre sens, par pur réflexe, accélérant le pas à mesure que son appréhension grandissait : la silhouette la suivait.

Elle s'essouffla rapidement car, débouchant sur la rue Bachelet, la pente de la rue Nicolet était montante. Elle serra son sac contre elle. Elle serrait aussi les genoux. Elle détestait sentir un inconnu la talonner. Car c'était un homme, elle en était convaincue.

Il n'est pas besoin de dire les risques que court une femme à marcher seule dans la nuit. Surtout jolie, petite, apprêtée pour une sortie entre amies… C'est un fait, beaucoup d'hommes lui faisaient peur. Elle ne comptait pas le nombre de fois où elle s'était dit devant un garçon, avec inquiétude : "Il doit bien faire le double de mon poids…"

Elle était d'autant plus effrayée qu'elle s'était toujours montrée prudente. C'était la première fois qu'elle était surprise de la sorte. Elle se dit qu'elle crierait à la moindre menace et reviendrait en courant chez son amie.

Elle tourna alors la tête, très furtivement, pour trancher une bonne fois pour toutes la question de sa sécurité.

C'était bien un homme.

Elle accéléra encore, tout en se retenant de courir. Elle était certaine qu'avec n'importe quel pervers suggérer le mal suffirait à le provoquer…

Tout cela, il le *vit.*

Il marchait à une vingtaine de mètres derrière elle, mais comprenait parfaitement qu'elle avait une peur panique et que c'était de sa faute. C'est d'ailleurs cette peur exprimée de dos qui avait, en premier lieu, attiré son regard sur elle.

Jusque-là, il était perdu dans ses pensées...

Il décida aussitôt de changer de trottoir, pour la rassurer. Il se déporta vers les numéros impairs de la rue, glissant entre les rangées de voitures. Il cessa aussi de la regarder et réduisit ses foulées.

Cela, elle le *sentit.*

Que se passait-il ? Arrivait-il à destination ? Rejoignait-il sa voiture ? Elle n'entendait pas de bruits de clefs...

Elle regarda une nouvelle fois, d'un coup, toujours en guise de contrôle, et s'aperçut qu'il la suivait toujours, mais sur l'autre versant de la rue, sans prêter attention à elle, le regard fixé vers le bas. Il passa devant une fenêtre de rez-de-chaussée éclairée de l'intérieur et elle discerna, dans les reflets bleutés d'un écran, qu'il était très grand et portait un duffle-coat.

Instinctivement, elle ralentit sa marche. Pourquoi les symptômes d'une amélioration étaient-ils toujours aussi immédiats ? L'angoisse et l'apaisement avaient surgi en elle avec la même vivacité, semblant pourtant venir de loin. Ils *sourdaient* (sourdre, elle adorait ce verbe qu'elle avait découvert à treize ans chez Pagnol, en lisant *Jean de Florette*).

Rassurée à demi, alors qu'elle le fuyait un instant plus tôt, elle sentit son intérêt piqué et son cœur battre autrement. Elle avait compris ce que cet homme avait fait pour elle et trouva cela charmant.

Elle eut envie de le remercier... C'était la moindre des choses... Encourager l'homme aux bonnes pratiques... (Ce que cette envie devait au désir et à la curiosité de le voir de plus près, elle ne se laissa pas le temps d'y penser.)

Elle s'arrêta soudain, au niveau du 14 de la rue Nicolet, et se tourna dans sa direction pour lui faire un signe particulier de la tête.

Mais il ne la regardait toujours pas, alors même qu'il remontait à sa hauteur, ce qui la vexa presque.

Elle s'écria : "S'il vous plaît ?" Sa voix lui parut démesurément élevée. Elle craignit de voir des visages apparaître aux fenêtres.

Il releva la tête, surpris. Et s'arrêta à son tour. Il n'y avait qu'eux dans la rue. Pas un bruit depuis les appartements, ni même de voiture rue Ramey.

Elle ne sut absolument pas quoi dire ensuite. Elle n'allait pas le complimenter, comme ça, par-dessus la chaussée... Elle l'avait apostrophé comme elle avait pivoté en bas de chez son amie : par réflexe.

Surprise elle-même de l'élan qui lui vint après-coup, elle traversa la rue en allant directement à lui.

Il était vraiment grand. À vue d'œil, ils semblaient avoir le même âge, mais, trop plongeant, l'éclairage public ne permettait pas encore de bien lire son visage.

Elle posa d'abord ses yeux sur sa bouche. Les lèvres étaient charnues, mais serrées, avec un arrière-sourire : il était visiblement intrigué d'avoir été ainsi interpellé par une inconnue.

— Je... je voulais vous remercier, fit-elle en remontant vers ses yeux. Vous... vous avez...

Il comprenait.

— Ce n'est rien, dit-il.

— Si. C'est rare.

— Non, c'est normal.

Il affectait un air modeste, mais au fond de lui, comme tout le monde, même s'il n'avait pensé sur le moment qu'à éviter de commettre un impair, il aimait toujours passer pour un type bien.

"Normal ?... pensa-t-elle.

En voilà peut-être un qui a enfin laissé tomber ses lunettes masculines..."

— Vous auriez du feu ? demanda-t-elle pour ne pas laisser le silence prendre sa place, tout en pensant "qu'est-ce que tu fais ?" : elle ne fumait plus depuis six ans.

Il sortit une boîte d'allumettes et attendit.

Elle resta interdite devant lui et il sourit.

— Il vous faut aussi une cigarette ?

Elle ne pouvait pas ne pas rougir et balbutia : "Heu... oui... enfin si vous en avez..."

Il lui tendit son paquet, puis craqua une allumette. Elle approcha timidement les lèvres de ses mains : elles étaient grandes elles aussi, denses, puissantes (elle aurait dit qu'elles étaient sculptées)... Il se penchait vers elle, de tout son haut, et ce fut comme s'il venait d'absorber l'intégralité de la rue à lui tout seul. Et elle avec.

On le sait : pas une microseconde ne passe dans l'univers sans qu'une supernova n'éclate quelque part, que des amas d'étoiles se percutent, des mondes ne disparaissent et ne renaissent, des particules se divisent, puis se reconstituent. Là, Camille rencontra Camille.

— Merci...

Il souffla l'allumette et la remit dans sa boîte.

— Je vais par-là, dit-il en lui désignant la rue Bachelet.

— Moi aussi !

Elle rougit de ce mensonge. Ce n'était pas du tout sa direction... Elle avait l'impression qu'elle répondait très vite pour couper court à toute expression indécise et hébétée qui pourrait se lire sur son visage.

Ils marchèrent en silence, presque côte à côte.

Après la montée de Nicolet, la rue Bachelet redescendait. Au moment où elle se calmait, les contreforts de la butte Montmartre la laissaient respirer. Tout ressemblait follement à une aventure. Mais elle comprenait mal la multiplicité de ses sentiments : la peur était toujours présente, comme en écho, mêlée à de la curiosité, du soulagement et à l'inquiétude de se comporter comme une godiche.

— Je vous ai fait peur ?

— Pas trop… Enfin si, quand même… Mais ce n'était pas vous… c'était *moi*... Je ne sais pas ce que je m'imaginais…

Il remarqua qu'elle ne touchait plus du tout à la cigarette qu'il lui avait offerte.

Elle s'amusa de penser qu'elle était en train de le juger, en quelques secondes, sur d'absurdes apparences vues de côté en marchant et qu'il était sûrement en train de faire la même chose.

Il tenait un attaché-case, avec un journal qui dépassait. Qui emporte son attaché-case à minuit, un samedi soir ? Qui lit encore *Libération* ?

Lui avait remarqué qu'elle était habillée tout en noir. Il pensa qu'elle n'avait rien d'original, et, surtout, montrait très peu de conversation.

Ils firent plusieurs pas sans un mot, sans se toucher même en dépit de l'étroitesse du trottoir ; la laine du duffle-coat n'émettait aucun froissement, seuls ses talons à elle résonnaient, immeuble après immeuble.

À un deuxième étage au-dessus d'eux, un homme s'éveilla dans son lit. Il se dit qu'il avait toujours trouvé ce son de pas dans la rue très sexy. Cela remontait à son enfance, l'arrivée en classe de son institutrice de primaire, la première femme qu'il ait jamais, de lui-même, trouvée jolie. C'était l'écho de ses talons dans le couloir, avant son apparition… Il ne se souvenait plus du tout du visage ni du nom de cette professeure, mais le bruit de ses pas… Il se rendormit, alors que ceux de Camille diminuaient dans la rue.

Ils arrivèrent place Jean-Gabin.

— Vous habitez le quartier ?

— Oui, je suis presque chez moi, fit-elle.

Cette phrase était menteuse comme tout, elle logeait beaucoup plus bas, près de la place Blanche.

— Je vais dans cette direction, rue Lécuyer... Ça va aller, mademoiselle ?

— Heu... oui.

— Vous préférez que je vous raccompagne ? Vous serez plus à l'aise ? Ce n'est pas loin ?

— Non... c'est juste à côté...

Pourquoi lui disait-elle n'importe quoi ?

"Il doit s'en rendre compte... Cela doit forcément s'entendre..."

— Allons-y, dit-il. Je vais chez des amis, mais il n'y a rien de vraiment pressé.

Y aller...

Elle s'était coincée toute seule.

Ils remontèrent la rue Custine.

Elle n'avait nulle part où l'amener, sinon retourner chez son amie, en faisant mine que cela soit son adresse. Elle pouvait choisir un raccourci par la rue Lambert, mais préféra longer le pâté de maisons en entier.

Lui se taisait, et son silence la faisait taire. Elle n'avait rien contre. Il en imposait. Elle ne savait pas pourquoi elle aimait toujours être un peu intimidée par un homme. Malgré une nature indocile et défiante, c'était un trouble qui lui faisait plaisir. Cette présence masculine, après l'avoir terrifiée, lui allait désormais.

Lui se disait que les gens qui peuvent rester sans parler sont les plus sensés et les plus sûrs d'eux-mêmes. Il n'osait pas briser sa réserve.

En réalité, chacun était à la discrétion de l'autre, et ils auraient pu s'accompagner ainsi, sans un mot, jusqu'aux quais de Seine... C'était l'instant de cette mystérieuse télépathie des sensations. Un peu de comédie se glissait aussi entre eux, comme à chaque nouvelle rencontre... Plus le temps passait, plus tout changeait de nature.

Ils allaient bientôt revenir rue Nicolet, au croisement où elle l'avait vu apparaître pour la première fois.

— J'ai perdu mon chat !

Cela jaillit comme ça.

— Je rentrais d'une soirée avec des amies et... il n'était pas chez moi... Je suis descendue voir si...

Tout ça lui paraissait beaucoup trop mal déguisé, mais tant pis, c'était toujours mieux que rien, et cela pouvait justifier pourquoi ils revenaient sur leurs pas.

Il prit un air concerné et balaya la rue du regard comme s'il pouvait tout réparer d'un mouvement de tête.

Elle s'arrêta devant le numéro 4 où un demi-globe de lumière les éclairait à la verticale.

— Vous le savez, ils reviennent toujours, lui dit-il. Les chats sont plus intelligents que nous. C'est ici ? Cela va aller pour vous ?

Ce "vous"... Quelle retenue élégante, tout de même ! (Il y a une politesse extrême à faire entendre ainsi sa galanterie et sa courtoisie qui n'appartient qu'à la langue de Pascal. Le vouvoiement disparaîtra un jour, et le français pourra alors changer de nom...)

Elle acquiesça en silence, puis se lança de mémoire dans la composition du numéro de digicode de son amie. Elle paniquait à l'idée de l'avoir oublié. Mais le verrou électrique se déclencha. Sauvée, elle aperçut alors la cigarette restée coincée entre ses doigts, entière et froide. Ce fut comme un coup de grâce. Elle s'arracha à la rue en se précipitant dans l'immeuble, avec un murmuré "Merci !" parfaitement malpoli qu'elle entendit à peine. Elle s'immobilisa ensuite dans le vestibule sans avoir tourné le minuteur et resta un long moment seule dans l'obscurité pour reprendre ses esprits.

Lui ne s'attendait à rien, mais certainement pas à une telle fuite...

S'il était rentré directement chez lui, sans doute aurait-il continué de penser à cette fille loin dans la nuit : "Le cerveau sait s'arrêter sur chacune de nos rencontres...", mais il rejoignit ses amis de la rue Lécuyer et il y eut au moins une quinzaine de jeunes femmes qui flânaient dans l'appartement bondé. Il y passa plus d'une heure, à parler et à rire de riens. Ses yeux se posèrent sur des visages, dont certains très séduisants : son esprit passa à autre chose, aussi simplement que ça.

Pas elle.

Elle attendit dans le noir qu'il s'éloigne tout en craignant que quelqu'un ne la surprenne. Elle se demanda si elle ne devait pas remonter chez son amie, mais se rappela que celle-ci n'était guère en état d'entendre d'autres histoires que les siennes.

Elle ressortit de l'immeuble et, cette fois-ci, prit directement vers la rue Ramey et la rue de Clignancourt.

Elle se convainquit tout de suite qu'elle n'était absolument pas "tombée amoureuse" de ce garçon, mais qu'il lui faudrait trouver quelqu'un... *qui lui ressemble*... "Quelqu'un comme lui... Qui sache se comporter ainsi avec les femmes... Et qui soit grand aussi... Oui, les hommes grands, c'est bien, en fait." Qu'il existe suffisait à la conforter dans l'idée qu'il y en aurait d'autres. C'était inhabituel comme sentiment : elle n'essayait pas de savoir comment, si l'idée la prenait, elle pourrait le retrouver ou le revoir ; cet inconnu était plutôt devenu une sorte d'échantillon, de modèle... Cela lui allait : elle était toujours heureuse de sentir son idée de l'homme de sa vie se préciser. Comme si cela devait l'appeler plus tôt.

Mais elle fut vite prise d'une seconde conscience : place Blanche, de la musique arriva à ses oreilles, des garçons et des filles étaient penchés sur la rambarde d'un étage élevé, en train de fumer et de se séduire ; dans l'appartement, certains criaient, d'autres chantaient. Bien qu'elle voulût s'en défendre, elle ne put s'empêcher d'imaginer comment "il" était en train de poursuivre le reste de sa nuit, et avec qui...

Elle poussa la porte de son immeuble, au 18 de la rue de Bruxelles, avec l'idée que cette aventure n'était pas du tout un coup de foudre, mais un coup de hasard, sans conséquence.

Et que cela valait mieux ainsi...

~

Jamais Camille ne ferait de dépression nerveuse : Camille avait le réveil optimiste. Camille se levait tous les matins avec la certitude que Camille réussirait à obtenir ce qu'elle cherchait, ou que les choses finiraient par s'arranger d'elles-mêmes. Camille le ressentait aussi dans ses moments les plus noirs.

Si trois fées s'étaient penchées sur son berceau, l'une d'elles avait forcément pensé à ce don, et elle avait eu raison.

Elle sortit rapidement prendre son petit-déjeuner comme tous les matins place Blanche (elle n'était pas une femme d'intérieur, ni pour elle ni pour un autre...). Elle s'assit dans son Starbucks habituel, à une table le long de la devanture qui donnait sur la place et le Moulin-Rouge. Elle habitait Paris depuis moins d'un an et la surprise de vivre dans la plus belle ville du monde n'était pas encore retombée.

Habitués à la voir chaque matin, les serveurs connaissaient tous son prénom (un ami le lui avait dit : "Il ne faut que quelques semaines pour se sentir parisien depuis toujours.").

Elle alla chercher son café et sa tranche de pain perdu au comptoir.

Son Pigalle l'enchantait : dans la salle, une jeune famille très propre sur elle petit-déjeunait à côté d'un travesti âgé, croulant mais magnifique, qui lisait, impassible, les *Lettres à Tonton* de Colette. Elle leva les yeux et, là-haut, le soleil oblique inondait déjà la Butte...

Elle aperçut un homme avec une forme de duffle-coat qui traversait la place en direction du petit train de Montmartre. Ce n'était pas le même que la veille, ni le même manteau, mais son intérêt en fut étrangement réveillé.

Elle avait plusieurs fois repensé à l'homme de la rue Nicolet dans son lit. Elle se demandait même si elle n'en avait pas rêvé. En voyant la silhouette de l'inconnu disparaître dans la rue Puget, elle se dit : "Il ne lui manque que l'attaché-case..."

Et là, l'idée lui vint.

Elle se leva précipitamment, en lançant aux serveurs qu'elle allait revenir, et courut jusqu'au kiosque à journaux du boulevard de Clichy.

Elle ne lisait jamais *Libération*, ni aucun quotidien payant, mais elle connaissait sa rubrique des petites annonces qui avaient autrefois fait couler beaucoup d'encre : *Transports amoureux*.

Les messages personnels de cœur et de cul.

Ceux-ci avaient été à Tinder et à Grindr ce que Roland Barthes était aujourd'hui à Jeff Bezos : du grand art.

Elle n'avait pas oublié le *Libé* qui dépassait de la sacoche rue Nicolet... Elle revint à sa table, le cœur battant à l'idée de se lancer dans un jeu imprévisible. Elle rechercha la rubrique des annonces de rencontre, toutes baignant dans des eaux agréablement hétéromos, puis dénicha la procédure à suivre pour faire publier un texte de maximum trois lignes.

Elle riait de son initiative.

Elle ne voulait pas tant se rappeler à l'homme d'hier que s'imaginer sa tête en train de découvrir qu'un message lui était adressé. Elle était convaincue que les petites annonces amoureuses étaient aussi suivies par les lecteurs de journaux que leurs horoscopes, même s'ils s'en défendaient.

Il lui fallait rédiger quelque chose de simple, d'immédiatement identifiable et de percutant. Elle voulait à tout prix arracher une réponse. Il y avait une chance sur un million pour que son idée marche, mais comme, selon elle, il fallait toujours une chance sur un million pour que quoi que ce soit nous arrive dans la vie, cela valait la peine d'essayer.

C'est bien connu : les choses banales sont faciles à dire, mais impossibles à écrire (elle avait horreur des échanges sentimentaux par textos). Elle s'y reprit à dix fois avant de trouver un libellé qui lui convienne.

Elle écrivit :

Samedi soir, rue Nicolet à Paris.

La prochaine fois, prière de ne pas changer de trottoir…

Quand elle appuya sur le bouton de validation de sa commande sur son téléphone, elle eut l'impression de franchir une nouvelle fois la rue Nicolet en direction de cet inconnu, portée par des instincts contraires.

Il lui en coûta trente-trois euros et quatre jours d'attente avant de voir le message publié.

Elle devint très matinale. Dès six heures, elle sortait pour attendre la livraison des journaux devant le kiosque.

Tout l'inquiétait.

Il pouvait ne pas lire… Il pouvait ne pas percuter… Il pouvait renoncer à répondre…

Trop romanesque pour n'avoir pas l'esprit d'escalier, elle relisait sans cesse ses anciens brouillons, se reprochant d'avoir choisi le moins bon.

Le kiosquier s'amusait à la voir tous les matins parcourir de plus en plus nerveusement les pages de son quotidien.

Et puis un lundi, dans les annonces "Entre nous", rubrique "Message personnel", elle lut :

Croisé beaucoup de chats depuis samedi.

Mais comment savoir ?

La prochaine fois, prière de donner sa véritable adresse...

Elle sourit. Comme lors de leur rencontre, elle se mit à réfléchir avec un tel décousu que cela en devenait magique. En un seul message, elle était passée de la nervosité inquiète à la rêverie et le plus gros de ses craintes des jours précédents était évanoui (décidément, pour un rien, personne ne sait en quoi il sera changé demain...). Elle respirait à pleins poumons en marchant dans son quartier, avec cette pointe d'orgueil sur tous les passants pour avoir vu sa tentative couronnée de succès.

Cependant, elle avait oublié l'absurdité de son excuse du chat perdu ; le garçon était donc revenu rue Nicolet ?... Il l'avait attendue sur le trottoir ?... Il avait questionné des locataires pour apprendre qu'elle ne logeait pas dans l'immeuble ?...

Lui répondre en deux phrases, c'était comme composer un poème : elle n'arrivait pas à penser un mot qui ne soit remplacé aussitôt par un autre. Le plus important, pour le bien du jeu, c'était de relancer l'adversaire. À l'heure des réseaux sociaux, elle trouvait cette façon de correspondre une relique merveilleuse, un délicieux pas de côté. (S'il répondait, elle lui écrirait que ce jeu est parfaitement innocent, qu'elle serait amusée de le rencontrer de nouveau, mais qu'il ne devait pas se faire d'illusions.)

Néanmoins, obnubilée par l'attente et l'envoi de sa prochaine réponse, elle dissimulait de plus en plus mal et, malgré son silence, même la grand-mère précoce finit par lui demander : "Tu es tombée amoureuse ?"

Elle répondit avec un ton fâché de petite fille. Elle refusait de se laisser surprendre avec un cœur de fiancée. Tout cela relevait pour elle d'un jeu au bout duquel elle gagnerait, au mieux, un ami. "De toute façon, il est sûrement en couple…, pensait-elle. Peut-être marié. Forcément amoureux d'une ou d'un autre." Ou alors ce n'était qu'un triqueur, aussi obsédé que n'importe qui, qui finirait par se trahir et par tout gâcher. Il en allait ainsi de la fragilité de ses jugements : depuis l'enfance, ils ne reflétaient que ses états intérieurs.

Elle posta sa nouvelle annonce pour une publication cinq jours plus tard, un lundi aussi.

Elle avait écrit :

Chat parti comme moi sans avoir dit au revoir…

La prochaine fois, je penserai à faire mieux…

C'était de plus en plus direct. Elle ne cherchait pourtant pas à paraître provocante ; c'était le jeu qui l'y obligeait, pensait-elle…

L'espoir auprès du kiosque du boulevard de Clichy recommença. Elle épluchait toutes les annonces : « *Tu es entré dans mon cœur. Depuis il ne bat que pour toi.* », « *TGV bloqué 3 heures. Vous étiez de bleu vêtue. Prête à repartir. Avec vous* », « *Ta grosse bite, il me la faut dans le cul...* »

À chaque numéro, elle s'était préparée à le reconnaître.

Puis, le jeu reprit. Presque sans crier gare.

La prochaine fois, prière de lire Le Nouvel Observateur *du 26...*

— Pas de *Libération* aujourd'hui, mademoiselle ? lui demanda le kiosquier surpris.

Elle n'était sûre de rien en ouvrant l'hebdomadaire, couru lui aussi pour son courrier du cœur.

Elle lut :

JH (avec bonne référence) recherche JF (bien sous tous rapports, fumeuse ou non) pour « réinventer l'amour ». Prière d'écrire sa véritable adresse au...

Suivait un numéro de boîte postale à Paris, mais sans nom ni prénom.

C'était lui. La référence à Rimbaud entre guillemets attestait de la rue Nicolet. Il se permettait même une suggestion à double entente. Plutôt habile. "Réinventer l'amour"[1]...

Bon. Poster une lettre... Donner son adresse... Il venait de hausser le jeu en le changeant de terrain. Elle se rendit dans une papeterie rue Damrémont et s'aperçut qu'elle n'avait jamais écrit de lettre à un garçon de sa vie.

Décontenancée par tous les lieux communs les plus rebattus qui lui venaient, elle accumula les brouillons. Elle s'était aussi aperçue que le choix du papier, de l'enveloppe, comme de la couleur de l'encre utilisée et de la forme de son écriture (hauteur des lettres et espaces entre les lignes), pourrait revêtir des sens cachés et la dénoncer, trahissant sa fébrilité ou un empressement trop explicite. Sûrement il devait être plus difficile de mentir en écrivant à la main qu'à travers un courriel ou un texto ; dans son cas, elle était même certaine que cela se verrait sur le papier comme cela se lisait toujours, à chaque mensonge, sur son visage...

Elle conclut son message en n'indiquant que son adresse, mais la souligna d'un trait appuyé, pour bien faire entendre que ce qui était accordé là ne l'était pas à la légère.

Lécher le rebord de l'enveloppe lui parut du dernier chic, tant cela était inactuel ; puis, instinctivement, elle laissa la lettre timbrée reposer sur son bureau quelques jours.

Ce n'est pas le courrier qui attendit, c'était elle.

~

1. Arthur Rimbaud a logé rue Nicolet chez Paul Verlaine. Bisexuel, il écrit dans *Une saison en enfer* (1873) : « L'amour est à réinventer, on le sait. »

Elle avait foi en sa fausse timidité.

De son propre aveu, elle appartenait à la caste des "timides imprévisibles", qu'elle opposait à la catégorie des "timides durs". Imprévisibles, ils l'étaient d'abord pour eux-mêmes... Selon elle, le premier hominidé à avoir quitté la faille du Grand Rift est-africain pour "découvrir du pays" et assujettir tout le globe terrestre à sa race de primate devait être un timide imprévisible. Comme ceux qui, plus tard, quitteront leurs cavernes et, en moins de trente mille ans, auront réussi à marcher sur la Lune et à écrire *Jacques le Fataliste*. Des timides. Des timides imprévisibles qui, une fois lancés, dépassent les audacieux méthodiques.

Ce qu'elle faisait ces jours-ci avec l'inconnu de la rue Nicolet relevait, à ses yeux, du même ordre.

Remettre son adresse à un parfait étranger, à l'ère des téléphones portables, était plus décisif que de donner son numéro. Elle se voyait prise dans des pièges qu'elle avait elle-même tendus (et elle persistait à ne pas se croire amoureuse...).

Il ne lui restait plus qu'à poster l'enveloppe dans sa boîte aux lettres habituelle, près du square Berlioz, mais c'était encore trop rapide, et trop simple à son goût ; une part d'elle refusait que le jeu en finisse si facilement. Depuis toujours elle appréhendait les fins. Elle saisit la lettre et modifia l'adresse au dos d'une nouvelle enveloppe.

Elle avait consulté une carte et choisi une rue réelle dans une ville moyenne de... Sibérie. Elle recopia cette adresse, puis inscrivit les coordonnées de la boîte postale de l'homme de la rue Nicolet sur le rabat collant, en guise d'adresse d'expéditeur (et de retour).

Avec cela, la lettre ne trouverait jamais son destinataire imaginaire à Kansk et il resterait à espérer que les services postaux russes fassent leur travail et la "renvoient à l'expéditeur"... (Elle se souvenait d'une amie d'enfance de sa tante restée célibataire toute sa vie malgré un tempérament plutôt sensuel : elle s'écrivait de longues missives d'amants fougueux imaginaires qu'elle jubilait de relire chez elle après de longues semaines passées en poste restante à l'autre bout du globe…)

Il y avait une chance sur un milliard pour que cette idée marche, mais comme elle pensait qu'il y avait toujours une chance sur un milliard pour que quoi que ce soit de *bien* nous arrive dans la vie, cela valait encore la peine. Petite, elle aimait déjà provoquer la chance pour la ranger dans son camp. Elle se dit que, peut-être, elle n'avait pas assez joué à ce "jeu" ces dernières années, et que c'était pour cela que sa vie lui paraissait vide et froide… Aujourd'hui, si la lettre revenait à bon port à Paris, cela colorerait cette nouvelle rencontre différemment, et ne serait sans doute pas sans portée.

Comme tout le monde, elle resta à vérifier plusieurs fois l'intitulé des deux fentes proposées sur la boîte postale jaune de sa rue (personne ne veut jamais se tromper entre Paris et le reste du monde), puis elle glissa sa lettre à destination de l'international, en faisant pénétrer ses doigts loin sous le clapet.

Ce n'était pas la première fois qu'elle le remarquait : elle ne se sentait jamais aussi *libre* que lorsqu'elle s'abandonnait entièrement au destin…

Ou quoi que ce soit qui s'en approche.

4

Elle s'était fait la promesse de ne rien tenter d'autre pour communiquer avec lui, et se contentait de feuilleter *Libération* tous les matins et *Le Nouvel Observateur* chaque jeudi, pour voir s'il accuserait réception de son courrier.

Elle se rendait à la piscine de la rue Bochart-de-Saron et se remettait consciencieusement en forme. Elle sortait le soir avec des amies, comme si de rien n'était, sans jamais avoir parlé à personne de son aventure.

Elle se laissait courtiser, mais une partie de son esprit n'était jamais libre. Étrangement, alors que l'homme de la rue Nicolet n'avait été que "l'échantillon d'un autre homme à venir", tous ceux qu'elle croisait devenaient des échantillons de ce qu'il pourrait être lui. Elle voyait ses amies se monter la tête à chaque nouvelle rencontre et se félicitait d'échapper, pour une fois, à ces manières banales et éculées de finir dans un lit.

Elle hésitait certains jours à reprendre le jeu des petites annonces, mais se l'interdisait. Ce serait la chance, ou rien.

Un soir qu'elle rentrait de son travail (elle occupait le nouveau poste de "créatrice de contenu" dans une agence de publicité), elle vit un mot suspendu avec du scotch au-dessus des boîtes aux lettres de son immeuble. Il était du même papier vert d'eau qu'elle avait utilisé pour son message. De la même encre violette aussi !

Courrier bien réceptionné.

Désolé, je n'étais pas en Sibérie ces derniers jours...

Elle arracha le message, pour être sûre que personne d'autre qu'elle ne puisse le voir dans l'univers, le relut sans être totalement certaine de comprendre (il lui fallait se persuader que c'était bien réel), lentement seulement tout ceci l'atteignit, puis, sans préméditation, par pur instinct, et se surprenant elle-même, elle porta le feuillet à ses narines, les yeux clos, et inspira à fond. Ses sens aiguisés par l'imagination y trouvèrent une note d'acidulé et de capiteux... Pouvait-il *être* cette odeur ?

Elle sourit de ce réflexe bien antérieur à nos temps historiques, où, mammifères tout juste dressés, on n'avait que le *flair* pour s'aimer...

~

Moins elle parlait de son secret, plus elle le sentait vivace (et elle, plus vivante). Grâce à ça, elle échappait à la curiosité de ses amies qui, toutes, avaient la manie de la récapitulation.

Elle avait pris désormais l'habitude de se lever très tôt. Quelques heures de différence avaient suffi pour qu'elle découvre une vie inédite au sein de son quartier : les travailleurs matinaux mêlés aux derniers noctambules dénoncés par l'aurore, tous fatigués, avec, de surcroît, l'effacement jubilatoire des touristes... Elle surprenait aussi les jours se lever lentement place Blanche. Au pied de Montmartre, les ombres avaient l'air de s'attarder comme dans les vallées. Elle se souvint de la phrase d'un livre lu il y a très longtemps, dans une maison de campagne d'amis de ses parents où, adolescente, elle s'ennuyait ferme. Elle avait pris au hasard un ouvrage de Louis Pauwels dans la bibliothèque (il n'y a plus que là, et dans des brocantes, où l'on peut encore tomber sur des auteurs comme Pauwels), son titre lui échappait, mais pas la phrase restée gravée dans son esprit jusqu'à aujourd'hui : « Qui rate ses aubes, rate sa vie. »

Elle s'était alors promis d'assister "tous les jours" au lever du soleil.

Puis elle avait oublié...

Elle se dit aujourd'hui que Pauwels avait raison : c'est pour des bêtises pareilles que l'on finit un jour avec le sentiment d'avoir raté sa vie... On a trop laissé passer de choses, uniquement parce qu'on savait qu'elles seraient toujours là.

Un midi, alors qu'elle était chez elle en train de rechercher au fond d'un placard un sac qu'elle ne portait plus depuis deux ans, la sonnerie de l'interphone de l'entrée de l'immeuble résonna.

Elle sut immédiatement que c'était lui.

Son appareil intercom ne possédait pas de retour vidéo. Elle décrocha le combiné, sans rien dire. Elle entendit le silence à l'autre bout du fil... Quelques bruits filtraient dans le vestibule depuis la rue... Personne ne parla. Elle sentait qu'il n'allait pas s'exprimer... Elle non plus. Elle appuya sur le bouton d'ouverture automatique de la porte et raccrocha. Lentement.

Si c'était lui, il allait monter.

Comment avait-il appris son nom pour savoir où sonner ?

Elle resta immobile, presque contre la porte, un peu effarée. Habituée à l'immeuble, elle n'avait pas besoin de tendre l'oreille pour percevoir l'actionnement progressif de l'ascenseur depuis le rez-de-chaussée. Elle attendait. Elle attendait que le sas s'ouvre près de chez elle, craignant que l'engin ne poursuive sa lancée vers les étages supérieurs, et ridiculise complètement son attente. Mais la porte automatique s'ouvrit sur le bon palier. Elle suivit ensuite les bruits de pas le long du couloir. Jamais elle n'avait si bien écouté quelqu'un marcher près de chez elle et s'arrêter au niveau de sa porte.

Puis rien. De nouveau le silence.

Ils étaient à une porte l'un de l'autre.

Télépathes une fois encore, comme jamais.

Elle ouvrit soudain, avant même qu'il ne sonne ni ne frappe.

Il sourit.

Il écarta les bras en montrant ses habits.

— Je n'étais pas certain que vous me reconnaîtriez, aussi je me suis remis exactement comme le soir de notre rencontre…

Il portait son long duffle-coat et sa sacoche avec un *Libé*.

Face à sa surprise, il reprit :

— Je… Cela vous dirait d'aller boire un verre ?

Elle sourit en réponse :

— Oui… pourquoi pas ?… Mais je ne suis pas prête… Il faut que je me change…

— Alors je vous attends dans la rue. Prenez votre temps.

Elle s'illumina de nouveau et, après un signe de tête, il retourna vers l'ascenseur. Jamais il n'avait fait mine d'espérer pouvoir entrer ; il se montrait une fois de plus parfaitement courtois, aussi, comme elle avait voulu s'en convaincre à plusieurs reprises, elle pouvait espérer qu'il ne soit pas un imbécile sexuel comme tant d'autres.

Il lui fallait faire vite pour le rejoindre. Séduite par son idée d'avoir remis son duffle-coat alors qu'il faisait aujourd'hui presque une température d'été, elle se précipita sur son armoire afin, elle aussi, de se rhabiller exactement comme rue Nicolet.

Elle renversa ses tiroirs pour retrouver le bon collant et les bons talons. Elle courait d'un bout à l'autre de ses deux pièces. Elle se demanda à un moment s'il lui fallait aussi se remaquiller comme en avril où elle était allée retrouver son amie, mais trouva que cette attention allait quand même un peu loin…

Elle descendit et sortit dans la rue.

Il sourit aussitôt en reconnaissant le pardessus noir, le sac à main et les escarpins.

— Au fait, comment vous appelez-vous ?

— Camille.

— Camille ? Mais… Moi aussi !…

5

Elle et il hésitèrent un moment l'un en face de l'autre. Elle leva les yeux au ciel. Il ne pleuvrait pas.

Sa grande taille lui inspirait déjà un sentiment presque familier. Son corps balançant légèrement vers la droite et la place Blanche, elle devinait qu'il allait bientôt se proposer de la conduire quelque part dans Montmartre (quand un homme frappe à la porte d'une femme, il a toujours un plan ou, au moins, une esquisse de plan...), mais, puisque la chance semblait ne pas vouloir se démentir, elle sentit que l'esprit de jeu devait perdurer entre eux : elle le prit à contrepied, avant qu'il ne rouvre la bouche, et l'entraîna, l'air de rien, vers leur gauche, puis dans la rue de Douai.

Il ne broncha pas.

Ils firent ainsi leurs véritables premiers pas.

(Comme au soir de la rue Nicolet, quelqu'un, quelque part, venait sans doute d'ordonner : "Silence, ça tourne !"...)

Ils ne parlèrent pour commencer ni de leur prénom commun, ni encore moins de leurs petites annonces ou de la lettre russe. Le sujet n'était pas anodin, mais peut-être que l'aborder, à ce stade, serait l'écorner.

Tous les deux avaient eu beaucoup de temps pour anticiper cette nouvelle rencontre. Mais, à présent, ces moments semblent loin où l'on s'imagine le meilleur et où tout paraît facile, parce qu'on n'y est pas encore… C'était leur esprit qui justifiait alors tous les climats possibles de discussion : ça aide.

Il lui demanda si elle habitait depuis longtemps le quartier. Elle lui répondit que non, qu'elle avait grandi dans les Vosges et qu'elle était à Paris depuis moins d'un an. Elle lui demanda s'il vivait à l'adresse de sa boîte postale, il répondit que non, qu'il habitait en réalité rue des Bourdonnais.

Ils s'arrêtaient facilement de parler. Les piétons, les voitures, les vitrines, un feu rouge trop lent, une publicité, un rien s'interpose dans ces minutes-là.

Ils acceptèrent au coin de la rue Mansart la table d'une terrasse que le premier serveur leur désigna (aucun d'eux ne fit état d'une préférence pour tel ou tel emplacement, c'eût été s'engager…). Ils étaient trop habillés pour un samedi midi estival. Elle, dans une robe de cocktail en satin noir, avec bijoux et hauts talons. Lui, chemise blanche, pull en V et veston de flanelle.

Elle fit un mouvement en s'asseyant qui montra tout à coup ses jambes. Il posa sur la table ses mains qu'elle s'émut de reconnaître.

Chacun vit ce que l'autre pensait avoir gardé pour soi…

Le serveur leur demanda s'ils souhaitaient déjà déjeuner.

Camille avait évoqué "un verre"… Un repas, c'était autre chose. Ils se regardèrent, comme deux écureuils autour d'un tronc. Leur réponse tardait à venir… Le serveur remarqua ce vertige des premiers rendez-vous. Comme lui-même était un idéaliste déçu de l'amour (il avait plus de quarante ans), ce genre d'enfantillage l'exaspéra et il s'éloigna en leur abandonnant les menus, le temps qu'ils se décident.

Ils plongèrent dans leurs cartes.

Lui se décida pour une menthe à l'eau. Elle voulait la même chose, mais n'osa pas commander comme lui. Elle se rabattit sur un latte avoine, dont elle n'avait pas envie.

La commande envoyée, c'était une épreuve en moins. Ils seraient bientôt servis, et donc : plus d'interruptions.

Un homme et une femme longèrent le trottoir en se tenant par la main. Camille les reconnut et s'empressa de leur faire un signe.

— Ce sont des voisins, dit-elle en s'engageant sur ce sujet à défaut de n'importe quoi d'autre. Ils habitent en face de chez moi dans un ancien atelier d'artiste. Ma fenêtre donne sur leur salon et je les vois quasiment vivre tous les jours à travers leur grande verrière. Ils s'aiment énormément...

L'homme avait de longs cheveux blancs et la femme donnait l'air d'être sa fille, ou sa petite-fille. Ils avaient bien trente, sinon quarante ans d'écart.

— C'est un couple ?

— Oui. C'est un bonheur de les voir ensemble. Chez eux, tout est toujours d'un calme absolu. On dirait une autre planète... C'est un universitaire en retraite. Elle est encore étudiante. Une de ses anciennes élèves, disent certains. Parfois, je m'installe à la fenêtre, juste pour les admirer. Ils se parlent très peu. Lui lit beaucoup. Elle travaille à sa thèse de son côté. Mais ils ont toujours un regard tendre l'un pour l'autre. Ils ne se rapprochent jamais sans s'embrasser ou se faire un geste. Le soir, je ne sais pas pourquoi (mais c'est mignon), ils s'éclairent à la bougie... Avec eux, tout est tellement... apaisé. Oui. *Apaisé*, c'est le mot... Il y a d'ailleurs un signe, pour moi, qui ne trompe pas : quand ils parlent, ils articulent très lentement.

Lorsque Camille présentait ce couple atypique à ses amis, tous, sans exception, finissaient par lui déclarer, avec un haussement d'épaules : "C'est contre nature !... Ce type est dégueulasse... Ça ne durera jamais !..."

Camille, lui, les observa s'éloigner du *Mansart* et dit : "Ils sont beaux."

Toutes leurs phrases étaient encore hachées par des silences. Le primesaut de la conversation, ce serait pour plus tard... Pour l'heure, chacun étant convaincu que l'autre était le plus à l'aise, cela les ralentissait.

Pour s'occuper, il sortit son paquet de cigarettes, mais eut la révérence de ne pas lui proposer de fumer avec lui.

Elle se sentait dans un état hyper réceptif. Seulement, comme s'épier, c'est aussi tout épier autour de soi, elle entendit distinctement un type dire derrière elle : "Si j'avais vécu deux mois de plus avec elle, *j'y serais resté* !..." Plus loin, une femme au téléphone, le coude appuyé sur la table, écoutait un long discours dans son appareil et répétait sans cesse, d'un ton las : "Ce n'est pas ce que j'ai voulu dire... Ce n'est pas ce que j'ai voulu dire... Non, ce n'est pas ce que..."

Camille se souvenait d'avoir vécu ça.

Elle lui demanda soudain ce qu'il faisait dans la vie.

Il hésita, sentant que, dans la circonstance, toute nouvelle question était, à la fois, une perche et un piège.

— Je suis chercheur en médecine. Mais je n'ai jamais regardé cela comme un *métier.* C'est d'abord le fruit de mes deux grandes passions !

Elle réprima un mouvement de recul. Il n'y avait rien de plus réfrigérant pour elle que l'idée d'une "passion secrète" chez un homme. Elle se souvenait d'un ex qui avait fini par lui avouer, après quelques jours de relation, sa lubie extravagante pour les serpents, et d'un autre qui collectionnait partout dans son appartement des figurines de stormtroopers de *La Guerre des étoiles*. C'était bête, mais les deux fois, cela l'avait immédiatement refroidie. Elle craignit que ce fût la même histoire : la mauvaise passion balancée avec un large sourire (toujours ridicule), et cette aventure menaçait de finir avant qu'elle n'ait commencé son latte.

— Je m'intéresse à la science médicale dans l'histoire. Disons que je suis un chercheur du passé ! En étudiant comment les peuples, en Occident et sous d'autres civilisations, se sont soignés, on peut trouver des réponses à des questions qu'on croit inédites et insolubles aujourd'hui...

Selon lui, le passé aiderait à améliorer la vie des gens, et nos ancêtres pourraient sauver beaucoup d'entre nous. Il s'exaltait à évoquer les redécouvertes auxquelles il fallait s'attendre grâce à ce type de recherches devenues sérieuses. Retourner aux savoirs oubliés de l'ère préindustrielle. Revenir sur deux siècles d'hybris !

Elle ne s'était pas attendue à une telle fougue. Il s'animait, parlait avec les mains, dessinait des rubans avec sa cigarette, penchant le buste en avant pour appuyer ses propos. Sa voix lui plaisait : elle portait loin, plutôt grave, vibrante selon les accents. Il adorait parler, cela se sentait. Peut-être était-il un fétichiste de la parole, comme beaucoup aujourd'hui ? Elle appréciait qu'il eût les cheveux mi-longs : tout air de bohème avait la cote chez elle. Dans le même temps, elle avait parfaitement observé les sourcils épais mais bien dessinés, les joues impeccablement rasées et la bouche charnue, aussi bien que dans son souvenir rue Nicolet. Elle raffolait enfin de cette cicatrice qu'il gardait au menton (ce n'était pas dans les livres qu'il se l'était faite, alors où ? L'air bagarreur lui convenait mal, mais il avait les épaules pour se battre...).

Il en était à l'origine de ses passions.

— J'ai été victime de deux illuminations : l'une en lisant le roman *Quentin Durward* de Walter Scott, l'autre en suivant un documentaire sur Charles Darwin à la télévision. Walter Scott m'a transmis le goût de l'histoire en général (et du Moyen Âge en particulier), Darwin m'a intéressé à la science, mais pas comme une discipline uniquement savante : comme une aventure digne des grands explorateurs !... J'avais douze ans... Je me souviens encore du moment où j'ai pris conscience que j'avais du goût pour ces choses-là. J'ai observé mon reflet dans un miroir et me suis dit que ce jour allait compter dans ma vie, et que je ne l'oublierais jamais. La preuve : j'en parle souvent, et encore aujourd'hui avec vous !

Le serveur revint avec leur commande. La table n'était plus désespérément vide. Un verre, une carafe, une tasse, un sucrier, ça faisait des points d'accroche pour les yeux et pour les mains.

— En ce moment, je prépare une publication sur l'histoire de la transfusion sanguine, depuis l'Antiquité jusqu'au XVIIe siècle. Souvent, les chercheurs ont des intuitions magnifiques, mais elles arrivent trop tôt, il leur manque certaines connaissances, et d'importantes découvertes se voient repoussées de quelques décennies, voire de plusieurs siècles. Ces atermoiements sont fascinants à étudier. J'appelle cela les *faux départs*.

Il parla d'exemples de plus en plus complexes auxquels elle ne comprenait rien, mais il avait l'air de savoir ce qu'il disait. Sa "passion", quoiqu'un peu ampoulée, ne paraissait pas du flan. D'ailleurs, il l'emportait dans ses élans : lorsqu'il se tenait bien droit tout à coup, elle se redressait aussi, très discrètement, comme malgré elle. En l'écoutant parler, elle essayait aussi de deviner ce qu'il pourrait lui faire au lit...

Soudain il s'interrompit, non parce qu'il avait fini, mais parce qu'il eut peur de lasser. Surtout il s'inquiétait de l'effet que pouvait avoir produit chez elle tout ce flux de paroles (d'ailleurs fallait-il se le demander ?). Il subissait l'impossibilité de deviner à quel point ce qu'on exprime sur soi (séparément ou mis bout à bout) se reconstitue dans l'esprit de quelqu'un qui vous connaît mal. Elle ne répondait à son long récit que par de longs sourires, ce qui n'était clairement pas un langage assez déterminé.

Elle, de son côté, aurait pu se dire que ce type devait dérouler le même discours à toutes les filles qu'il rencontrait, mais non. En vérité, elle l'écoutait de moins en moins, sinon avec les yeux. Derrière son exaltation, ce n'était plus l'homme qu'elle observait, mais le petit enfant qu'il avait été, celui qui dut ouvrir des yeux émerveillés devant *Quentin Durward* et Charles Darwin. Ce petit garçon vivait toujours sous ce grand corps d'adulte. Elle le devinait à son enthousiasme, son absence de désabusement, son euphorie…

Oui, elle avait l'impression charmante de voir un enfant renaître sous ses yeux (et cette réflexion la poursuivit, même quand il eut passé à autre chose…).

— Je comprends très bien ce que vous entendez par passion, finit-elle par répondre. J'en ai vécu une dans ma jeunesse, mais qui ne s'est pas matérialisée comme vous.

L'équitation.

— À quinze ans, je montais cinq chevaux par jour, je ne pensais qu'à les travailler pour les rendre plus performants en concours. Je voulais en faire ma vie. Je n'avais ni week-end ni vacances. Tout pour le cheval… Et puis j'ai fait une chute… Aujourd'hui, quand je croise des cavaliers et que je considère ma vie, j'ai l'impression d'être quelqu'un d'autre. La cavalière vit toujours dans ma tête… Disons que, pour moi, l'enfance est longue à mourir…

Il écrasa son mégot.

Elle porta son latte aux lèvres.

— Et aujourd'hui ?

— Je travaille dans une agence de pub. C'est excitant… Pas d'illumination, en revanche.

Elle sourit. Il plongeait de plus en plus son regard sur elle. À fixer ses prunelles, rien ne lui échappait : sa peau, ses cheveux, son port, sa bouche. Elle avait une très légère irrégularité sur une dent inférieure qui attirait irrémédiablement son œil. Il lui trouvait l'air doux d'une vierge de la Renaissance, mais avec quelque chose de *dansant*… Vive et lucide, il se dit, après seulement quelques minutes, que cela devrait être prodigieux de vivre aux côtés de cette femme. Et puis ces doigts qui serraient la tasse blanche ! Toutes ces choses *nouvelles* à désirer…

Les deux avaient instinctivement commencé en allant au plus près de soi, sans trop s'expliquer pourquoi. Ils étaient ingénument sincères, se sentant comme obligés d'énoncer des vérités sans que cela leur porte préjudice. D'habitude, dans ce genre de discussion, c'est presque toujours un devoir de mentir : on enjolive, on exagère, on omet, sciemment… Pas là.

À la table d'à côté se trouvait un jeune couple, un garçon et une fille, la vingtaine à peine ; ils se parlaient avec beaucoup de sérieux (ils se connaissaient bien : eux n'en étaient plus à être vigilants à ce qu'il se passait ou se disait alentour). Au moindre silence, Camille et Camille tendaient l'oreille.

Ils comprirent que leurs voisins étaient chacun en couple et que leurs conjoints respectifs étaient aussi amis. Le garçon et la fille étaient en train d'établir toutes les raisons *majeures* qui devaient les retenir de jamais sortir ensemble (ne pas infliger de peine à l'autre, ne pas trahir, ne rien faire qui fasse rougir quand on est seul…). Mais, tout interdit étant un adjuvant érotique de première, plus ils listaient les raisons de ne pas coucher ensemble, plus il paraissait évident qu'ils allaient bientôt se ruer l'un sur l'autre…

Cette charge sexuelle, à un pas de Camille et Camille, ne pouvait passer inaperçue. Jusque-là, tant que leur discussion restait à la surface des choses, ils demeuraient sereins et arrivaient à échanger des regards (quoique vite épuisés), mais à présent, leurs sourires devinrent de plus en plus gênés.

— Je vis depuis toujours à Paris, dit-il pour meubler l'air. J'y suis né. Je peux dire que je connais la capitale comme ma poche.

Camille, elle, regrettait de l'avoir encore si peu découverte.

— Eh bien, je vous la ferai visiter !... Si vous voulez... Je connais plein d'endroits magnifiques... J'adore Paris. Je ne comprends pas tous ces Parisiens qui se plaignent en permanence. Je sais que tout ne va pas, mais de là à s'aveugler à ce point !... Ils me font penser à des gens qui n'aimeraient plus leur bébé parce qu'il pleure la nuit.

Ils quittaient subitement l'embarras du présent immédiat pour trouver refuge dans l'avenir : des visites dans Paris ? La plus petite promesse d'un lendemain ensemble leur redonnait de l'air.

Les mots coulaient à présent.

Passé ce stade, le langage pouvait ne plus se fatiguer. (À l'origine, faire l'amour, en français, voulait dire courtiser. Faire l'amour, c'était *parler*... Il en reste forcément quelque chose.)

Ils parlèrent sans ordre, des anecdotes surtout, rien d'essentiel apparemment, mais tout était matière à réflexions. Après ces premiers échanges, qu'importe le sujet, ils sentaient qu'ils discutaient – déjà ! – par prétérition : chacun parlait de soi en faisant mine de parler d'autre chose ou de quelqu'un d'autre... (Il n'y a pas plus *jésuite* que deux amoureux qui trafiquent l'un avec l'autre.) Sans surprise, ils tombaient souvent d'accord. Dans ces moments, on n'est jamais aussi prêt à dire oui à tout...

Et puis tout à coup, à côté d'eux, la table s'emballa sec.

Le garçon et la fille avaient abandonné leur ton confidentiel pour s'embrasser. Un long baiser sans durée... L'intimité n'étant jamais la plus forte qu'au cœur d'un lieu public, rien n'existait plus autour d'eux, ni les choses, ni Paris, ni les années, encore moins leurs conjoints. Ils se contentaient d'irradier le génie du moment.

Camille et Camille se regardèrent. Ce fut la première fois qu'ils se sourirent *en même temps*, d'un même mouvement des lèvres. (C'est souvent cela, le vrai premier baiser, prétend-on…)

Elle ne put s'empêcher de dire :

— J'espère qu'ils savent ce qu'ils font… Et qu'ils sauront s'y prendre… Trop jeune, je sais maintenant que je ne savais pas vraiment. Aujourd'hui, peut-être…

— Ça, à force de se faire larguer…, ajouta-t-il.

Il sentit, presque physiquement, sa phrase lui tomber sur les pieds. Dire la mauvaise chose au mauvais moment et l'autre devient une pierre, il le savait. Mécontent de lui-même, il voulut tout de suite ravoir sa chance et reformuler.

— Oh, pardon, fit-il, ce n'est pas sorti comme je le voulais… Je ne suggérais pas que vous… Je pensais seulement… Enfin, avec le temps, tout le monde espère se sortir de sa poisse amoureuse, non ?

Elle trouva la retouche adorable. Qui ne se sent pas considéré quand l'autre s'exprime *mieux* ?

Bien entendu, aucun d'eux ne réaborda le sujet. Ce serait pour plus tard. D'ailleurs, tout prendrait du temps, cela sautait aux yeux : ni l'un ni l'autre ne semblait du genre à mettre les bouchées doubles.

Elle se leva et s'excusa un moment. En rentrant dans la brasserie, elle n'était encore jamais passée aussi près de lui. Avant de le rejoindre dans la rue, en bas de chez elle, elle avait renoncé à se maquiller mais avait remis le même parfum qu'au soir de la rue Nicolet (par amusement et par superstition). Mélomane, il faisait souvent des ponts musicaux malgré lui. Il se dit qu'elle sentait l'adagio d'une sonate de Mozart… C'était désarmant de platitude, mais c'était comme ça…

Resté seul, les nuages crevèrent et un large soleil se fit. Il eut l'impression que l'ensemble de la rue se réveillait. Il était heureux de ce beau temps, comme étonné d'avoir les yeux grands ouverts. (Un souvenir à garder, ce soleil.)

Elle revint rapidement. Il l'inspecta, comme par instinct : rien n'avait changé.

Ils attendirent comme ça.

Ils savaient que, pour eux, l'au-jour-le-jour venait de changer définitivement (ils ne pourront plus jamais faire comme si l'autre n'existait pas)...

Elle se souvint que son oncle lui avait dit un soir : "Il n'y a rien de plus silencieux qu'un coup de foudre. Ceux qui le ressentent trop fort (trop bruyant ?) le confondent avec un coup de folie... Dans ces moments, couper le silence, c'est plus grave que couper la parole..."

Avec le temps, Camille avait rangé les hommes en trois catégories : les hommes disponibles, les hommes sans véritables contre-indications, et puis tous les autres. Désemparée, elle n'avait aucune catégorie pour l'homme qui se trouvait en face d'elle.

À côté, les jeunes en étaient à s'agripper malgré la table, leurs bouches ne suffisaient plus ; le garçon avait une longue frange recouvrant leurs fronts, la fille dut rajuster son serre-tête avec des boutons de rose qui menaçait de tomber. Camille était certaine que s'il n'y avait pas eu ce couple enlacé, l'atmosphère de cette rencontre aurait été tout autre. Mais laquelle ?

Lui dit, peu après, à propos du printemps :

— Je préfère l'automne. J'aime bien les plages sous la pluie...

— Moi aussi !

Elle dit :

— Je ne demande plus de conseils à personne. J'ai toujours l'impression que mes problèmes ne sont jamais compris...

— Moi non plus !

Ah, cette surprise, toujours stupéfiante, d'entendre exprimer ses goûts ou sa propre façon de voir ! Cela leur faisait office de raccourcis : comme souvent, entre inconnus, chacun usait de sa boussole imaginative pour s'orienter dans la psychologie de l'autre, et c'était épuisant.

Ils parlaient donc. Beaucoup.

Ce qui ne voulait pas dire qu'ils *se* parlaient. Ils faisaient encore trop attention à leurs moindres phrases pour être dans un échange véritable. (Une première rencontre restera toujours une mise en théâtre ; pour se faire connaître, chacun se "récite" un peu. Ce qui fait aussi qu'on s'interrompt rarement dans ces occasions. Celui qui parle tient la lyre et l'autre a toujours le tact de le laisser terminer...)

Seulement, tout était encore trop frais pour oser s'aventurer beaucoup plus loin.

Du coup, ils finirent par se *lever.*

Ni l'un ni l'autre ne voulait se séparer, mais le temps de se quitter semblait mystérieusement venu. (Le "théâtre", toujours...)

Le garçon de café apporta l'addition.

Ce fut aussitôt le dilemme.

Qui allait payer ?

(Depuis leur arrivée, ils ne créaient pas la situation, ils la subissaient, et nul ne trouvait à s'en plaindre...)

Elle voulut offrir de partager, il proposa plutôt :

— Cela me ferait plaisir de vous inviter aujourd'hui. Si cela ne vous dérange pas...

— Une prochaine fois, alors ? dit-elle.

Ce fut accepté.

Il sourit.

Elle sourit.

Bon.

Ils étaient faits et *archi*-faits…

Ils retournèrent vers l'immeuble de la jeune femme, au même rythme, c'est-à-dire qu'il avait réduit ses foulées pour s'adapter aux siennes, découvrant, beaucoup mieux que la première nuit, à quel point elle était adorablement menue. Ils marchèrent de telle sorte qu'ils tentèrent de se donner une tranquillité flâneuse, qui n'avait rien d'évidente.

Elle se demanda combien de couples, *aujourd'hui*, s'étaient revus pour la première fois, comme eux, après une rencontre de hasard ? Des centaines ? Des milliers ? Des dizaines de milliers sur la planète ? Et quel était le ratio, chez ceux-là, qui ne voulaient déjà plus du tout se revoir après s'être retrouvés ?

Une femme traversa devant eux, pendue au téléphone. C'est fou ce qu'une femme amoureuse étincelle dans la rue. Même sa voix sourit. Elle ne voyait personne parce que ces coups de fil sont d'absolus tête-à-tête. D'ailleurs, elle manqua de se faire renverser.

Plus loin, un couple de garçons s'embrassait fougueusement, en plein trottoir, comme les voisins de tout à l'heure.

Camille et Camille parlaient peu.

La seule envie qui restait, à ce stade, c'était de savoir où l'autre en était. En couple ? Séparé ? En plein chagrin ? Cela, comme tout, se mêlait au reste… Jamais le cerveau n'irait aussi vite que dans ces moments de tension. Ce n'était pas l'attention qui se dérobait : au contraire, elle était démultipliée. Que de choses l'esprit voulait savoir sur l'autre sans avoir à les apprendre !

Ils arrivèrent.

À peine une heure durant, ils avaient parlé de n'importe quoi, sauf de l'évident : leurs deux mois de correspondance secrète. Mais moins ils l'évoquaient, plus il était certain qu'ils n'en parleraient jamais aujourd'hui. Et puis, se taisant de la sorte, n'étaient-ils pas en train de poursuivre leur jeu ?

Ils auraient pu reprendre sur des généralités de circonstance, sur leur prochain rendez-vous…

Cependant, pour aujourd'hui, leur séparation se borna à un salut hâtif et courtois.

Il ne s'était merveilleusement rien passé.

6

Puisque tout ce qui nous arrive arrive surtout à notre mémoire, il était déjà prêt à repasser en détail sur les moindres secondes et minutes écoulées, et demeura un temps immobile devant la façade de Camille, avant de rentrer chez lui.

Dès la porte de son appartement franchie, il tourna la serrure à double tour et renonça à appeler ses amis pour leur raconter la rencontre. Il n'avait aucune envie d'entendre des commentaires semi-goguenards de mecs, encore moins de recevoir des conseils (d'ailleurs, en amour, combien d'excellents professeurs n'exécutent jamais leurs leçons… lui le premier). Et puis, pas un d'eux, même en couple, n'était dans sa situation : il se fichait pas mal de l'avis de non-amoureux !…

Sa vie pouvait avoir changé parce qu'une inconnue avait enjambé une rue, la nuit. Mais, si c'était un conte de fées, avait-il trouvé la fée du conte ?

Il alla à sa platine et mit la sonate pour piano de Mozart qu'elle lui avait inspirée en passant près de lui au *Mansart.* Seulement, au bout de quelques mesures, il s'aperçut qu'il s'était trompé. Ce n'était pas le bon morceau (c'est étrange comme, dans les moments de séduction, on se fait parfois des idées fortes qui sont, en réalité, complètement à côté de la plaque...). Sa radio reposait sur la pile des *Libération* avec lesquels Camille et lui avaient échangé ; il l'alluma et entendit, par hasard, les trois dernières symphonies du même Mozart...

Étendu sur son canapé, il se demanda si elle, elle ne serait pas, en ce moment précis, en train de parler de *lui* au téléphone avec une copine ? Que dirait-elle ? Qu'avait-elle retenu de leurs discussions ?

Un brusque réveil de mémoire lui rappela une ex-petite amie. Pendant leur histoire, tout ce qu'ils vivaient, elle le racontait (à sa mère, à ses amies, à tout le monde...). Tout. Tout le temps. Au point qu'il finissait par faire attention à ce qu'il faisait avec elle, pour ne pas se laisser sonder et cataloguer pendant des heures... Il finit par lui dire : "Mais si tu partages tout comme ça, qu'est-ce qu'il nous reste *à nous* ?" Elle protesta qu'il voulait l'empêcher de communiquer avec sa mère, que c'était un comportement odieux... Blablabla. Incapable de comprendre les enjeux des espaces personnels. Las, il la largua (elle doit en discuter encore, même avec son nouveau mec).

Mais disons que là, sur son canapé, tout à l'opposé, l'idée que Camille pense à lui et en parle avec n'importe qui avait plutôt l'effet de lui plaire, et de le rassurer.

Il ne logeait ici que depuis quelques semaines. D'un simple coup d'œil, on pouvait remarquer qu'il manquait une compagnie à cet appartement : tous les meubles et les objets lui ressemblaient. Peu avant d'emménager, Camille avait fait le constat qu'il n'avait *jamais* été célibataire depuis l'âge de ses seize ans et demi. Jamais. Sans l'avoir forcément voulu ni recherché, ses histoires (plutôt longues, elles se comptaient sur les dix doigts) s'étaient toutes enchaînées et il avait toujours vécu en *couple*, avec *quelqu'un*. Ce n'était jamais "Camille", mais "Camille & Frédérique", "Camille & Nicole", "Camille & Sarah"... Au point qu'après sa dernière rupture ("Camille & Joanne"), il en était arrivé à ne plus se souhaiter qu'une chose : être enfin seul. Il voulait, pour la première fois, se garder un peu à lui-même. Pour cela, il savait qu'il devrait se méfier de ses rencontres. C'était à cette question, justement, qu'il réfléchissait en débouchant dans la rue Nicolet, la nuit de sa rencontre avec Camille. Il allait à une soirée chez des amis où il croisa des femmes qui auraient pu lui plaire, et dut même résister à une proposition facile à saisir ; il rentra seul chez lui, se promettant que cette soirée serait la dernière avant longtemps.

Et puis, quelques jours plus tard, il se retrouva cueilli par l'*atypique* d'une petite annonce dans le journal…

— Camille…

Il la nomma tout haut.

C'était leur prénom.

Il lui arrivait parfois, pendant l'amour, de s'abandonner à murmurer le prénom de sa partenaire, dans son cou, ou entre ses seins ; là, forcément, cela lui ferait bizarre.

Mais qu'importe. Il était séduit. Même s'il y avait des milliers et des milliers de Camille aujourd'hui à travers le monde, il était déjà convaincu qu'il n'y en aurait pas deux comme eux…

~

De son côté, elle était rentrée presque en courant dans son appartement. Elle revenait avec une extraordinaire abondance de détails sur l'inconnu de la rue Nicolet. Aussi remuante qu'un personnage de Truffaut, elle éparpilla sac et manteau, robe de cocktail et hauts talons : tout ce qu'elle avait prévu pour aujourd'hui n'existait plus. Elle s'enroula nue dans un peignoir de molleton blanc, bien décidée à se redire, dans le détail, tout ce qu'elle s'était déjà dit durant leur tête-à-tête.

D'abord, il ne ressemblait pas à ces types d'aujourd'hui qui paraissent tous ne jamais trouver leur place nulle part.

Elle l'imaginait dans son laboratoire... Penché sur des médicaments ancestraux... Dirigeant une équipe de chercheurs... Les épatant...

Un homme en place.

Elle imagina sa bibliothèque, une enfance heureuse, quelqu'un qui conservait toujours son calme...

En même temps, elle s'énumérait les points qu'elle aimerait aborder sur elle à leur prochaine rencontre (en commençant par ne *jamais* évoquer ses ex ! Rien de bon ne pourrait en sortir...). Elle classa ses idées par colonnes sur un large papier bleu. Elle préparait méticuleusement leurs futurs face-à-face et, dans tous, ne pouvait l'envisager capable de la moindre muflerie.

Comme tous ceux qui refusent obstinément de prendre garde, si elle devait faire la moindre hypothèse sur lui, ce serait toujours la plus généreuse. Elle avait l'ignorance admirative, et c'était délicieux.

Cependant ses pensées finissaient toutes en questions. Elle n'avait aujourd'hui que quelques mois de Paris, s'ils se retrouvaient pour visiter la capitale, comme évoqué au *Mansart*, où l'emmènerait-il en premier ?

En tout cas, elle s'interdisait de lui laisser deviner la place qu'il occupait *déjà* dans sa tête !

Et puis, cette homonymie !

Camille(s).

Elle se rappela que, petite, elle dessinait le prénom de ses amoureux partout dans ses carnets intimes...

De l'autre côté de la cour, à travers une grande verrière, elle reconnut le vieil universitaire qui vivait avec une femme plus jeune et qu'ils avaient aperçu sur le trottoir. En la voyant aussi, il lui fit un signe amical de la main. Ils se sourirent. Soudain, elle n'enviait plus son bonheur : elle en avait un tout neuf à portée de la main.

De cette rencontre inattendue d'aujourd'hui, pourquoi ne pouvait-elle relever le moindre incident ?

"S'il m'avait dit qu'il était en couple, *j'y serais restée...*", "S'il avait maté d'autres filles que moi dans la rue, *j'y serais restée...*"

Elle reprenait l'expression entendue ce midi près de leur table. Souvent, elle faisait sienne une formule attrapée dans un moment critique, et se mettait à la répéter à tout-va, comme les enfants...

Pour s'occuper, elle se sucra un thé à la fleur d'oranger. Une idée la prit soudain : si elle habitait avec lui, est-ce qu'au bout de quelques semaines, de quelques mois, elle ne déchanterait pas à propos de ce garçon, comme avec tous ses prédécesseurs, et ne finirait pas par se dire, tristement : "Non... Je mérite mieux..." ?

Elle chassa cette pensée d'un geste de la main (elle le fit vraiment, ce mouvement).

Où a-t-on pris que l'on *méritait* tel ou tel être pour vivre avec soi ?

Belle médiocrité d'égoïsme...

~

Il posta le lundi une nouvelle lettre, l'invitant sur le même papier vert et avec la même encre violette, à se retrouver le samedi suivant, au même endroit, mais à une heure un peu plus avancée de l'après-midi (il espérait ainsi que la terrasse serait moins bondée et qu'ils pourraient encore mieux se parler).

Cela faisait cinq jours à attendre. Cinq jours pendant lesquels, sans discontinuer, le temps allait soit leur échapper, soit étirer ses heures (chaque cas étant pareillement intolérable).

En arrivant la première au *Mansart*, Camille eut une poussée d'euphorie qu'elle n'avait pas prévue : leur table était libre.

Elle s'assit à la même chaise que la semaine passée, avec une satisfaction de propriétaire.

Elle vérifia autour d'elle s'il ne venait pas.

Non, personne… Enfin, pas *lui*.

Pour aujourd'hui, elle n'avait pas remis sa robe de cocktail, mais volontairement gardé quelques détails de la rue Nicolet : le collier, le sac, les mêmes épingles neige dans les cheveux… Tout habillée en rouge, parce qu'elle se sentait toujours plus libre en portant cette couleur vive quand elle se lançait.

Ce n'était pas la première fois qu'elle attendait un rendez-vous avec un garçon, seulement, rarement, celui-ci avait montré un caractère aussi impératif. Elle avait reçu la lettre de Camille mardi, ignorant son nom de famille et son adresse complète, elle n'avait eu aucun moyen de lui répondre pour accepter ou prévenir qu'elle pourrait être indisponible (dans tous les cas, une annonce dans *Libé* eût été publiée trop tard).

Plus personne n'a l'habitude de cela. Alors qu'autrefois, chacun pouvait se donner rendez-vous deux mois à l'avance et ne plus échanger jusqu'au moment de se revoir, en fixer un aujourd'hui, y compris pour un simple verre, peut s'étaler sur plusieurs jours d'allers-retours messagers où, texto après texto, on modifie l'horaire et le lieu de la rencontre un nombre incalculable de fois, selon son humeur ou la météo. Et surtout venaient les confirmations maladives de dernière minute : "Ça tient toujours ?", "On se voit bien demain ?", y compris dans l'heure qui précède (parce que de nos jours, si l'un des deux a trouvé mieux à faire, il va décaler, ou même annuler dans le temps, tout le monde le sait).

Là non.

À l'ancienne.

Quand Abélard donnait rendez-vous à Héloïse, quand Juliette attendait son Roméo ou même Georges Dandin son avocat, personne ne décommandait. Personne ne plantait.

Ce samedi 15 heures avec Camille, elle trouvait désuet et grisant de ne pouvoir y toucher sans déroger.

Le garçon de terrasse du samedi précédent s'arrêta pour prendre sa commande.

— Pas tout de suite, lui dit-elle. J'attends quelqu'un.

J'attends quelqu'un... Elle aurait aimé ajouter "depuis cinq jours".

"Depuis toujours" eût été plus sincère...

Un couple d'âge mûr venait de s'attabler non loin. La cinquantaine. Elle sourit en comprenant qu'ils se découvraient pour la première fois grâce à une appli de rencontre. Ils n'avaient pas l'air de s'en excuser. Pas de gêne, pas de "Je connais mal ces choses-là...", "C'est la première fois que...". Non, rien de tout ça. Ils étaient plutôt à l'aise, comme deux jeunes bien décidés à s'entendre avant d'aller coucher ensemble.

Camille vit tout de suite que le discours d'entrée du type plaisait. C'était un baratin de séduction, bien entendu, et sans doute l'employait-il à chaque nouvelle femme rencontrée sur son appli, mais celle de ce jour, pas dupe évidemment du stratagème, trouvait l'exercice touchant. Il faut savoir apprécier quand l'autre se charge de nourrir la discussion.

— *Qui* suis-je ? demandait l'homme en répétant la question qui venait de lui être posée. Aujourd'hui, pour me connaître, je ne suis peut-être plus qu'une suite d'adresses...

— Des adresses ?

— Toutes celles où j'ai vécu depuis mes dix-neuf ans. Je suis aussi des noms de chiens, que j'ai perdus. Des marques de voitures, que j'ai revendues. Des destinations de voyages… Logiquement, mises bout à bout, ces listes vous permettraient de tout déduire de moi : mon rang social, mes goûts, mes fantaisies… Et si je vous les livre chronologiquement, l'ordre vous expliquerait même les hauts et les bas de ma vie. J'ai passé cinquante-huit ans… À mon âge, est-ce qu'on n'en sait pas de moins en moins sur soi ? On est devenu une accumulation de *tags*, comme on les nomme aujourd'hui. Des étiquettes, plus ou moins passées, certaines à moitié décollées, comme sur les malles de voyage de nos grands-parents.

— C'est affreux de penser cela !

— Pas plus qu'autre chose.

Ils aperçurent près d'eux un petit groupe de jeunes femmes : elles faisaient rapprocher trois tables sur la terrasse pour en accueillir d'autres. Hystériques de se retrouver en bande, elles avaient moins de la trentaine.

— Moi, dit l'homme en les regardant avec un sourire, je plains toujours ceux qui ne connaissent pas encore les joies d'avoir un grand passé derrière soi… Alors ? fit-il en se retournant vers sa voisine, je vous énumère mes lectures ? Ma date de naissance ? Des prénoms d'amis auxquels je ne parle plus ? Quelle a été ma plus grande folie ? Est-ce que j'ai vécu des expériences paranormales ?…

Camille observa comment la femme s'était habillée et maquillée, comment elle se tenait pour écouter, et pensa à elle.

C'est alors qu'au coin de la rue Fontaine, Camille déboucha et la vit tout de suite.

Assise à la même table, dans le soleil.

Il s'arrêta, comme si cela devait être une surprise (alors que, innocent ou naïf, il n'avait jamais douté qu'elle se trouverait au rendez-vous). Elle ne l'avait pas encore vu. Elle se maintenait droite et très posément assise, les mains croisées sur les genoux, refusant qu'il la découvre penchée sur un écran.

Il s'avança, directement vers la table, avec une mollesse délicieuse dans les jambes.

Il cligna des yeux : elle souriait aux anges ; il cligna à nouveau : elle passait la main sur ses cheveux ; il cligna encore : elle tourna sa figure vers lui ; il cligna enfin : il était à sa hauteur...

De son côté, elle l'avait aperçu depuis le milieu de la rue, approchant "comme une barque", pensa-t-elle.

Ils se saluèrent poliment. C'était leur troisième premier regard depuis la rue Nicolet. N'osant pas hasarder une bise, il s'assit aussitôt, de l'air le plus détaché possible.

— Je ne suis pas en retard au moins ? demanda-t-il soudain, à base d'inquiétude.

— Oh non, pas du tout !

Ils étaient tous les deux largement en avance, mais aucun n'osa en faire la remarque.

Il attendit un nombre convenable de secondes et dit :

— On a le temps avec nous...

— Oui. *Tout* le temps.

Bon. Elle "attaquait", se dit-il.

Quand le serveur se présenta, les deux se regardèrent, mais il lui laissa la parole, lançant un :

— Camille ?

C'était la première fois qu'il prononçait leur prénom. Quand on aime, appeler enfin quelqu'un par son prénom (qui est forcément devenu sacré), c'est presque un défi. Il ressentit une gêne enfantine à ça. (Il se souvint subitement de son embarras de garçon de douze ans quand il avait dit "madame" à une fille de pas dix-sept, qu'il trouvait jolie... Là, c'était à peu près la même chose. La question à suivre était : pourquoi se sent-on toujours dominé par quelqu'un qui nous plaît, ou simplement par quelqu'un d'extrêmement beau ?...)

Elle commanda son latte avoine, comme la dernière fois, et lui aussi, sa menthe à l'eau.

À ce stade, l'un des deux aurait pu dire : "On a déjà des habitudes de vieux couple !", mais qui dirait, *si tôt*, des choses pareilles ?...

Le serveur s'éloigna.

La table de filles à côté se remplissait. Cinq nouvelles venaient d'arriver, saluées par des exclamations. Bruits de chaises, embrassades... Ces jeunes femmes se faisaient de longs hugs, seins contre seins, piaillant pour toute la terrasse. C'était mignon comme elles surjouaient l'amitié...

— Il va vous falloir me donner votre adresse, dit alors Camille. Là, il n'y a que vous qui pouvez communiquer avec moi par lettres. Si je n'avais pas pu venir ?

— Ce n'est pas grave... Je vous aurais quand même attendue.

Cette fois, c'est lui qui "attaquait", en réplique.

— J'habite au 6 rue des Bourdonnais, ajouta-t-il rapidement. Dans le quartier du Louvre.

Avant d'avouer son nom de famille.

Elle fit un lent mouvement de la tête d'acquiescement.

Juste après, un vrai premier silence s'installa.

Il hésitait par où commencer la conversation. En venant ici, il avait pourtant repensé à tout ce qu'il comptait dire aujourd'hui, y compris en guise d'ouverture. Face à elle, ce n'était pas qu'il oubliait tout, mais les *sensations* prenaient le dessus, devenaient les maîtresses du terrain. Elles l'empêchaient de réfléchir.

Camille puisa un exemple dans le discours du voisin et lui demanda soudain :

— Quelle a été votre plus grande *folie* ? Racontez-la-moi ! Il faut bien apprendre à se connaître… On fait tous des choses qui sortent de l'ordinaire au moins une fois dans sa vie… Je ne connais personne qui n'ait un épisode qu'il aime à raconter !

— Une folie ?

Il y réfléchit, avant de nuancer :

— Ce n'est peut-être pas une folie, mais c'est une étrangeté. Avec le recul, c'est en tout cas ce que je me dis.

Il se raconta, comme on avance sur des œufs :

— Je me promenais à dix-sept ans rue Saint-Roch. (Je vous ai dit que j'ai toujours aimé visiter Paris, le nez en l'air, de préférence.) Je me suis arrêté au niveau du 36 devant une pancarte d'un groupe appelé EA. J'ai compris que cela voulait dire Émotifs Anonymes. Je ne connaissais absolument pas. L'expression m'a intrigué. J'ai interrogé quelqu'un sorti de l'immeuble, qui m'a un peu expliqué. C'était une fraternité d'entraide où l'on accueillait des gens qui rencontraient des difficultés à vivre, dans leur travail, leur famille, leur couple, leur solitude… pour y parler en toute discrétion. Alors, par simple gageure vraiment, je suis entré et me suis inscrit au groupe de parole qui suivait. Je pensais y être le plus jeune, mais il y avait deux adolescents au milieu d'une quinzaine d'adultes de tous âges et de toutes conditions. Quand mon tour est arrivé, j'ai donné un faux prénom. Mais surtout, j'ai commencé à raconter une histoire sur moi complètement inventée. J'étais pourtant encore timide à cette époque. Je serais mort de peur de devoir monter sur une estrade et parler en public, mais là non, en tout cas rien à voir avec les gens présents… J'étais totalement intrus, illégitime. Pour parler de moi, je m'adaptais selon les confessions déjà entendues. Je me créais des problèmes qui n'existaient pas. Mais j'avais surtout envie de les écouter *eux*… Ces gens s'ouvraient sur leurs névroses avec une honnêteté bouleversante. Certains, violentés par la moindre petite émotion, avaient vraiment des vies impossibles. J'engrangeais des détails, des anecdotes, et revenais plusieurs fois rue Saint-Roch. Le plus étrange, c'est que, à force de me créer mon propre personnage, je commençais à le devenir dans la vie… Je ressemblais de plus en plus à ces hommes et ces femmes qui attendaient de l'aide… C'était vraiment une sorte de folie, au sens propre… Ce qui avait été malhonnête chez moi en infiltrant ce cercle le devenait de moins en moins.

— C'est effectivement une étrangeté… Qu'est-ce qui vous a poussé à ça ?…

— Il fallait que je me change les idées…

Il lâcha soudain, écrasant tous ses œufs :

— Je suis orphelin de frère.

Pause.

— J'avais un frère aîné, qui s'est pendu. À vingt ans. J'ai toujours à l'esprit le moment précis où l'on m'a annoncé sa mort. La lumière, les odeurs, le silence, les larmes d'incompréhension… Pourtant, ce n'est pas à lui que j'ai pensé en premier, mais à moi. Comment avais-je pu ne rien voir venir ? Je vivais tout le temps avec lui. On était presque inséparables, je l'admirais, je voulais lui ressembler. Et puis… Comment était-ce possible ?… J'avais honte de ne penser qu'à moi, mais je n'y pouvais rien.

Il sourit.

— C'est horrible parfois, ces souvenirs qu'on peut se réciter par cœur, pas vrai ?… Son suicide, parce qu'il était incompréhensible, devenait ma faute. Il y en a qui plongent dans l'alcool par culpabilité (mon père, beaucoup), moi, mon alcool, c'était la douleur des autres… N'importe quelle douleur… Toutes faisaient l'affaire… Je crois que j'ai tout appris à cette époque, comme ça, avec ces bons anonymes, que je trahissais. Les leçons qu'ils m'ont données grâce à leurs confidences me reviennent encore aujourd'hui, et me hanteront sans doute le reste de ma vie. Mais bon… Il faut se méfier aussi… La mémoire ment sur tellement de choses…

Il parut se consulter puis ajouta, doucement :

— Ça, je l'ai appris seul sur moi, il y a déjà longtemps.

Elle sentit qu'il était devenu très sincèrement vrai. (Comme dans les contes merveilleux du Moyen Âge on peut s'évanouir face à un excès de vérité !)

Non, elle rectifia aussitôt sa pensée de l'autre jour : elle ne serait jamais *déçue* par ce garçon… Elle connaissait bien cette excitation (cette certitude ?) qu'on a à rencontrer quelqu'un de bien.

À la table d'à côté, le groupe de filles avait commencé à boire. Elles étaient à présent une douzaine et riaient et parlaient en même temps, commandant des tournées de spritz au serveur pour une fois ravi. (Sans surprise, la plus bruyante, agitée et brouillonne, était seule au téléphone…) Leurs échanges pouvaient être facilement suivis, y compris par intermittence : elles prolongeaient des conversations sur leurs mecs ou leurs maris, sujet exhilarant et toujours neuf s'il en est, même s'il n'y avait pas plus cliché (échec donc au test de Bechdel-Wallace…). Parfois l'une d'elles feignait de baisser la voix : elle s'apprêtait à avouer ce qu'elle avait dernièrement fait au lit, et avec qui. Enfin chacune y alla de sa révélation personnelle. Camille, attentive, remarqua que l'une d'elles écoutait sans rien dire, un peu décontenancée par les exploits partagés, comme si elle ne connaissait aucune de ces joies particulières avec son propre compagnon (Camille se dit qu'il avait sans doute du souci à se faire, celui-là, à partir de maintenant…). Bientôt ses voisines surprirent sa réserve et s'en moquèrent, l'incitant à parler, mais elle ne leur décrocha pas un mot. Heureusement, un garçon en particulier devint le sujet principal de la bande. Un garçon qu'elles s'étaient presque toutes tapé autour de la table. L'une affirmait cependant que son mérite au lit ne valait pas sa réputation, mais que c'était sa gentillesse qui le distinguait (ses amies comprirent aussitôt qu'elle en était tombée amoureuse… et donc perdue. Tant pis pour elle).

Camille se demanda alors, en regardant l'homme qui se tenait en face :

"Est-ce que tout cela parle à *son* imagination ?"

Mais elle se sentit rougir quand la conversation des filles devint vraiment trop salace (c'était un spectacle pour tout le *Mansart*, cette tablée !).

D'imagés, leurs détails et leurs appréciations se firent de plus en plus cliniques et crues.

Alors, parce qu'elle était avec lui et non avec un autre, Camille put parcourir sur son visage ce qu'un poète a nommé (et l'on n'a jamais trouvé mieux depuis) « l'arc-en-ciel de la pudeur des femmes »… (Bien que cela ne vaille pas que pour les femmes, Louis…)

Gênée, elle baissa les yeux, échappa à son regard, serra les doigts d'une main, gigotait presque, puis sauta tout à coup à un autre sujet, avec l'audace souvent étonnante des timides.

La lyre déposée à ses pieds, elle sentit que c'était à son tour de chanter.

— Après avoir arrêté l'équitation, j'ai passé mon bac et suivi des cours de sociologie à Strasbourg. J'avais un prof à la fac qui puisait beaucoup d'exemples dans le marketing et la publicité pour illustrer des comportements, ou détailler des normes. C'est ça qui m'a intéressée le plus ! J'ai fait ensuite deux années en communication et j'ai réussi à décrocher un super poste dans une agence à Paris.

— Félicitations.

Elle sourit.

— J'avais un très bon profil… Je travaille beaucoup. Quand un sujet me passionne, je ne m'arrête jamais…

Il sourit à son tour. Elle était donc de ces hommes et de ces femmes qui ne calculent pas leur vie en vue du repos. Il sourit parce qu'il se reconnaissait en elle sur ce point (et se promettait de le lui dire plus tard).

— Mais j'ai eu raison de choisir cette orientation, reprit-elle. Aujourd'hui, la pub, c'est une discipline à la croisée de la sociologie, de la psychologie et de la neurologie, même ! Pour lancer une marque ou un produit, on se sert de tout ce qui est *authentiquement* humain. Je trouve cela vraiment… prenant.

— Et vous avez des spécialités dans votre boîte ?

— Non, on s'adapte aux clients et aux budgets. Ça peut aller d'une société de cosmétiques à un nouveau micro-parti politique d'extrême gauche. Moi je monte beaucoup de campagnes digitales en ce moment.

Soudain, elle eut une idée !

— D'ailleurs, vous pourriez peut-être m'aider ? Si ça vous amuse… On a reçu le roman de la rentrée d'un écrivain dont on gère la com' numérique. On fait lire son livre autour de nous pour avoir des retours et trouver des angles de contenu avant sa sortie. Cela vous dirait ? Vous pourriez me donner votre avis…

Par souci d'exactitude, elle ajouta :

— En sachant que je ne pourrai jamais vous rendre la pareille. Les sciences exactes et moi…

Bien sûr qu'il accepta de l'aider : c'était un moyen tout trouvé (tout offert ?) pour se revoir une nouvelle fois.

Ce samedi ensoleillé devenait parfaitement joyeux.

Il reprit l'instrument :

— Mon laboratoire est à l'ENS de Paris-Saclay, à Gif-sur-Yvette. J'y travaille depuis trois ans, avec des doctorants en sciences médicales et pharmaceutiques.

— Cela fait loin de chez vous ?

— Un peu moins d'une heure par la ligne B, que je prends à Denfert-Rochereau. Cela ne me dérange pas, je travaille pendant les transports.

Il sourit.

— Moi aussi, je travaille beaucoup... On dit que c'est ma meilleure qualité et mon pire défaut. J'ai ça depuis tout petit, quand je dévorais les livres et les revues historiques.

— Ça devait étonner votre famille, cette curiosité précoce, non ?

— Un peu. Pas toujours en bien. Même adulte, on arrive encore à me la reprocher. La phrase qui revenait toujours, c'était : "Tu vis trop dans le passé. Vis dans le présent !"

Il haussa les épaules.

— On ne vit jamais dans le passé, dit-elle.

— Jamais. On l'étudie aujourd'hui et c'est aujourd'hui qu'il agit sur nous. Je peux m'intéresser au douzième siècle sans vouloir me faire tonsurer comme un bénédictin !

— Ah, ah.

— Néanmoins les moines de cette époque ont toujours des clefs à me donner sur ma façon de vivre... comme ils en auront sur ma façon de mourir... En plus de nous avoir légué des archives thérapeutiques passionnantes !

Il parlait en prenant son temps, pour ne pas paraître aussi diffus, voire confus, que la première fois.

Elle faisait des oui, elle faisait des hmm, elle hochait la tête... elle tombait amoureuse. Mais comme ces mimiques involontaires lui donnaient parfois un air impénétrable, il s'interrompit, répétant samedi dernier :

— Je vous ennuie ?

— Oh non, sûrement pas !... Pas du tout ! Continuez.

— Plus je remonte dans le passé, plus j'essaye d'être attentif. C'est le cœur de mes recherches. Longtemps, les hommes ont été riches de leur *ignorance* : avant de percer le mystère de la Lune, que de mythes imaginés sur la Lune par nos ancêtres ! Avant de saisir les mécanismes de la nature, que de contes a-t-on inventés pour s'expliquer les orages et les pandémies. (En disant cela, il pensait : "Un amoureux fait pareil à ses débuts. C'est la disette d'informations sur l'autre qui attise notre imagination. Moins de connaissances, plus de pensées !... Hélas..." Il se disait même : "Vraiment, je voudrais *tout* savoir d'elle...")

— La science aujourd'hui n'y échappe pas, continua-t-il. Aussi sophistiquée soit-elle. Ce qu'elle ignore, elle tente de l'imaginer. Et les scientifiques du prochain millénaire auront pour nous la même indulgence que nous gardons pour nos prédécesseurs du Moyen Âge. Enfin, il faut l'espérer...

Bientôt ils se sentirent parler beaucoup plus librement, mais, l'habitude n'y changeant rien, le même manège continuait à l'intérieur... La peur de poser des questions étourdies. Les propos élusifs. Les silences qu'il fallait traverser. Les recoupements. La chasse aux effusions verbales. Leur vouvoiement (ce « ni oui ni non », ce « ni tu ni toi »). Les interludes sur les conversations de la terrasse attrapées au vol...

Cependant tout cela faisait lentement de bonnes racines.

Des racines croches.

Volubile et enjôleur, le mec d'à côté de cinquante-huit ans en était toujours au sujet qu'affectionne chaque homme arrivé à un certain âge : lui-même. Depuis son préambule, il avait la passion du premier rôle. Par chance, la femme qui l'écoutait était bon public. Elle savait (depuis son père, en fait) que le besoin de se flatter est presque toujours, chez les garçons, aussi intense que celui de s'entendre louer en public.

À la table des filles, celles-ci s'accordaient maintenant pour dire que, même si l'on pouvait tout faire endurer aux hommes qui vous aiment ("Ça avale tout, à ce moment-là"), il fallait se méfier, car ils restent très cons :

— C'est fou comme un type, parfois, vous explose dans les doigts pour un rien... La veille, il vous adore, vous êtes la femme de sa vie, le lendemain, il vous quitte !... Un homme, par lâcheté, ça ne prévient jamais.

— En cela, je connais beaucoup de femmes qui sont hommes, s'exclama le voisin de cinquante-huit ans qui avait entendu. Mais elles, c'est moins par lâcheté qu'elles abandonnent que par une certaine forme d'inconscience... Enfin, c'est ce que je crois.

La femme assise en face de lui ne répondit rien. Mais il commençait à l'impatienter avec ses réflexions générales. Clairement, elle voulait en finir et passer aux choses sérieuses. L'addition, sa piaule ou la sienne, mais vite. Elle n'était pas venue là pour se marier.

Camille et Camille souriaient d'être au milieu de tout ça.

— Dites, vous pensez qu'on va tomber très amoureux, tous les deux ?

Il y eut un blanc. Un trou d'air même. Il ne l'avait pas vu venir.

Camille adorait ces questions purement frontales (elle appelait cela des *parpaings*). Elle attendit sur son visage les effets de sa question.

Il restait déstabilisé, avec plein de phrases qui flottaient autour de lui, mais aucune ne paraissant la bonne. Cette impression qu'avancer, après *ça*, serait tomber... (Souvent, dans des cas similaires, il cherchait un mot et c'était un autre qui sortait. Qui surmonte ces moments où tout est si facilement lapsus ?)

Il résolut de ne rien répondre, sans masquer pour autant son anxiété.

Pourquoi là ? Aucune idée... Mais elle sut à cet instant précis qu'elle allait coucher avec lui.

Elle le sauva (parce qu'il le fallait) :

— Aux Émotifs, personne n'a jamais soupçonné que vous les trompiez ?

Il sourit à nouveau, reconnaissant qu'elle ait abrégé son tourment. (Il se dit soudain qu'il n'avait pas l'inexpérience de l'amour, mais l'inexpérience de *cette femme*...)

— Peut-être un, fit-il, une fois. Un vieux qui m'a regardé en hochant la tête, sans rien dire. Sinon, non, absolument personne.

— Ça voudrait dire que vous savez très bien mentir !

— Tout le monde sait très bien mentir, quand il en a vraiment besoin.

— Pas moi. Je suis une abominable menteuse !

— L'occasion ne se sera pas présentée…

— Vous mentez souvent ?

— Non… Enfin, comme tout le monde… Pour ne pas me faire mal voir, pour ne pas assumer tous mes actes, parfois pour ne pas faire de peine à quelqu'un, et qu'il me le reproche ensuite… C'est clairement un réflexe basique de survie en société. En cela aussi, c'est *authentiquement* humain. Le mensonge, c'est souvent notre boussole…

Ils rirent. Un peu embarrassés toutefois par cette vérité.

— Alors réhabilitons les mensonges ! fit-elle en plaisantant.

— C'est cela !

— Le mensonge comme art de vivre !

— Le mensonge finit toujours par sortir du puits !

— Mentons-nous les uns les autres !

Il leva son verre que le serveur venait de déposer.

— Longue vie à tous les mensonges !

Elle s'esclaffa. Lui s'étonna de pouvoir dire, dans la circonstance, des choses aussi dangereuses…

(À aucun moment, il ne pensa lui rappeler la fausse adresse et le faux chat perdu de la rue Nicolet…)

Une Ford Taunus s'arrêta à la hauteur du *Mansart* et un vieil homme en veste de tweed en sortit. C'était un modèle 12M fabriqué en Allemagne, de la fin des années 1950. Elle affichait encore sa plaque minéralogique d'époque : 1738 DS 75.

Le "Fordiste" aux cheveux blancs était aussi élégant et racé que son automobile.

Le soleil miroita contre la vitre de la portière passager et un éclat passa sur le visage de Camille. Elle leva la main, évoquant une douleur persistante à l'œil gauche. Peut-être un défaut de cornée ou un décollement, mais elle ne connaissait aucun ophtalmo à Paris et ceux qu'on lui avait conseillés n'étaient pas libres avant plusieurs mois.

Aussitôt alarmé, Camille sortit son téléphone et, malgré le week-end, lui assura un rendez-vous chez un grand praticien pour le surlendemain.

En quelques instants, il avait résolu un problème (peut-être grave) qui la travaillait depuis plusieurs semaines...

Elle était à son tour reconnaissante, et l'exprima, elle aussi, par les yeux.

Autour de la grande table de filles, des garçons, sortis de nulle part, avaient fini par s'arrêter, essayant de prendre part à la conversation ; certains timides, d'autres un peu grossiers, à la papa. Mais aucune des jeunes femmes ne leur prêta attention. Elles continuaient leurs échanges, se fichant complètement de leur présence. Écoutait qui voulait.

Le couple d'à côté s'éloignait maintenant dans la rue. L'homme de cinquante-huit ans avait passé le bras autour de la taille de sa voisine, qui ne disait pas non. C'était en bonne voie pour tous les deux...

Camille et Camille parlèrent encore, beaucoup, mais plus que des bavardages de convenance, agréables et inoffensifs. Ils parlaient et parlaient, et tout était confortablement caché entre les mots. Des bavardages, certes, mais où chacun cherchait à retenir du durable. Il aimait son côté vivant et libre penseuse. Elle aimait ses excitations qui retombaient vite vers une tranquillité pleine de vie. Tout était naturel et restait léger, sans accidents : plus de parpaing pour elle, plus d'acte de chevalerie pour lui.

Camille était très contente. Au cours de leur échange d'annonces dans *Libé*, elle s'était dit qu'il avait souvent réussi à prendre le dessus, à être plus doué au jeu qu'elle, mais là, aujourd'hui, elle avait clairement été la plus forte. C'est *elle* qui avait mené la conversation et obtenu tout ce qu'elle espérait en arrivant la première.

Après trois heures ensemble, il la raccompagna chez elle. Rester plus longtemps à table, c'eût été trop avouer de sentiments, le plaisir d'être ensemble, et *personne* ne veut être lu à fond tant qu'il n'a pas parfaitement lu dans l'autre : ça neutralise. (Tout le monde fait cela, sauf ceux qui ne pensent qu'à coucher. Ceux-là sautent toutes les étapes pour mieux sauter n'importe qui...)

Pendant qu'ils remontaient lentement vers la rue de Bruxelles, des passants les regardaient et Camille se demanda s'ils ressemblaient déjà à un couple, s'ils donnaient envie... Elle chercha leur reflet dans les vitrines de magasin, marchant au même pas égal et cadencé.

Dans sa réflexion, elle était beaucoup plus avancée que lui sur eux deux. Lui en était encore, vraiment, à se demander s'il l'intéressait... impressionné à présent par sa tenue intégralement rouge et par le souvenir de l'homme de cinquante-huit ans qui s'était éloigné en enlaçant son amie.

À chaque fois qu'ils devaient se séparer, les quelques minutes qui précédaient, d'instinct, ils ne se parlaient plus du tout.

Ce fut le cas, du 40 rue de Douai au 18 rue de Bruxelles. Une éternité.

— Alors ? fit-elle, arrivée devant la porte de son immeuble. On se revoit samedi prochain ? Même heure, même endroit ?

C'est elle qui proposait. (Instinctive, elle ne pouvait plus contenir ses audaces.)

Il accepta.

— Vous penserez à m'envoyer le livre de votre auteur ?

Elle sourit.

— Oui, Camille du 6 rue des Bourdonnais dans le quartier du Louvre, dit-elle d'un air taquin.

Et elle disparut (comme une fée d'été).

Il n'avait jamais osé lui reparler de sa proposition de visites dans Paris : la peur de paraître collant. Il y avait pourtant songé au moment de rédiger sa lettre lundi dernier. Il voulait alors l'emmener découvrir l'atelier de Gustave Moreau ou la statue de La Barre au Sacré-Cœur (des adresses pas trop éloignées de chez elle, où se rendre à pied, avec assez de temps pour parler), mais, en définitive, craignant d'en faire trop, il avait simplement proposé de se retrouver au *Mansart* (et elle n'avait pas été déçue).

Avant de rentrer chez lui, il s'arrêta au square Berlioz tout proche, et s'y assit. Comme ça. Pour rien. Pour le plaisir de l'*idée fixe*. C'était agréable d'aimer tous les gens et tous les enfants autour de soi… De son côté, en remontant dans son appartement, elle se dit, elle, qu'elle était sûre de son coup.

— Il est solide et rassurant.

Il en avait la bouche et les mains.

7

Ils se revirent ainsi trois fois de suite, toujours à la même heure, au *Mansart.*

Se forcer à espacer ainsi leurs rencontres, sans jamais les remettre en question, ni communiquer entre elles par oral ou par écrit, donnait de l'importance à tout. Particulièrement quand elle jeta dans la conversation, sans réelle prémédita-tion, qu'elle était célibataire ; il fit de même, un peu plus tard, comme elle, l'air de rien, entre l'idée que et l'idée que… et aucun ne fit mine d'avoir entendu.

Camille avait lu le roman envoyé par Camille. Il l'avait lu en prenant son temps, pour ne pas épuiser en une seule fois l'opportunité de se revoir et d'en discuter plus longuement.

Il y avait une histoire d'amour au milieu de ces six cents pages souvent abstraites. Un homme trompé croyait sa vie ratée à cause de son divorce, mais il renaissait au contact d'une nouvelle femme (l'exacte opposée de la précédente, quelqu'un qu'il n'aurait pas même regardé trois mois aupa-ravant) et il se mettait enfin à vivre pleinement. Sa première vie n'en avait jamais été une… L'histoire n'était pas neuve, le message non plus, mais le tout restait d'actualité pour n'importe qui. L'auteur, craignant d'être incompris, avait glissé un vers de Virgile en exergue de son livre : « *Un jour viendra sans doute où vous aurez plaisir à vous rappeler ces souffrances...* » Pour lui, la désolation, paradoxalement, était le meilleur garant d'un bel avenir.

Avec un tel sujet, Camille et Camille avaient de quoi faire.

En commentant les actions des personnages du roman et leurs pensées respectives, c'était la fête aux aveux cachés : dubitations, réticences, litotes, hyperboles, apostrophes, interruptions, paralipses, toutes les figures de rhétorique y passaient, sans effort (puisque *tout* est dans le langage, mais qui s'en souvient encore ?).

À leur quatrième rencontre, au bout de quelques instants seulement, elle n'eut pas besoin de tous ses sens de femme pour deviner qu'il avait fantasmé sur elle au cours de la semaine. (Et c'était vrai.) Il avait quelque chose de nouveau dans l'œil qui le trahissait. Dès lors, ce jour-là, même si c'était un peu vain, elle se sentit plus brillante que jamais.

Leurs samedis se ressemblaient tous, jusqu'à celui où, alors qu'ils adoraient s'être déjà installés dans des habitudes, leurs places au *Mansart* étaient prises. À *leur* table, sur *leurs* chaises, deux inconnus discutaient devant une bière et un verre de rosé.

Camille proposa d'aller se promener. Une autre table au *Mansart*, c'eût été baisser ; le temps était beau, il l'invita, avec un sourire, à marcher... "quelque part".

Rue Saint-Georges, alors qu'elle évoquait ses années de jeunesse à cheval et qu'il n'écoutait qu'elle, ils discernèrent, sans s'y attarder, un attroupement de badauds sur le trottoir du n° 41.

Il n'y a jamais de rassemblement en ville sans une histoire... Quelques minutes auparavant, une très jeune femme s'était jetée du cinquième étage. Une dame lui prenait encore le pouls, mais tout était fini. La consternation grandissait avec les commentaires des témoins, répétés de bouche en bouche. Bientôt les habitants de l'immeuble arrivèrent pour raconter ce qu'ils savaient. La jeune femme avait trompé son petit ami qui s'était vengé en l'accablant d'abord pendant des jours (ils avaient entendu leurs disputes), puis en inondant les réseaux sociaux de photos et de vidéos d'elle. Le corps au sol était sans marque malgré la violence de la chute. Un commerçant proche la recouvrit d'un long drap bleu. Elle avait un serre-tête en petits boutons de rose qui avait volé au moment de l'impact jusqu'au milieu de la chaussée, et personne n'y prêtait attention. Certains le piétinaient même, par inadvertance… Peut-être Camille et Camille auraient-ils pu le reconnaître, ce serre-tête (et cette victime qui les jouxtait la première fois au *Mansart*), mais ils passèrent sans ralentir ni réaliser l'horreur de la situation… Un silence entre eux eût, par inadvertance, peut-être tout changé.

Ils marchèrent une heure, à se raconter une nouvelle fois des pans de leurs existences (c'est obligé, dans leur situation, le temps finit toujours par ramener les mêmes conversations…) jusqu'au jardin du Luxembourg. C'est ici seulement qu'ils s'aperçurent qu'il faisait réellement beau. À peine virent-ils le palais de Marie de Médicis, les fontaines à bateaux, les sculptures (amours ou statue de la Liberté), les grandes jardinières, les carrés fleuris… Ils voyaient partout leur image possible reflétée dans d'autres couples, venus eux aussi flâner au soleil.

Tous ces amoureux qui s'embrassaient (hétéros, gays ou lesbiens) étaient *choses* à leur manière, et Camille et Camille se trouvaient les plus à plaindre…

Il proposa d'aller souffler au *Rostand.*

Il lui dit qu'il avait toujours aimé cette terrasse de café face aux grilles du jardin. Cette fois-ci, il choisit précisément leur table (ce qu'il n'avait pas osé à leur première rencontre au *Mansart*).

— Il existe un court-métrage de Godard, dit-il, tourné deux ans avant *À bout de souffle*, qui s'intitule *Tous les garçons s'appellent Patrick*... Jean-Claude Brialy y tente de séduire une jeune femme croisée par hasard au Luxembourg. Il l'emmène ici même, à cette table, en essayant de paraître le plus drôle, le plus intéressant et le plus séduisant possible. C'est un joli film... J'aime beaucoup la Nouvelle Vague. On y voit Paris comme il était autrefois, et les hommes et les femmes, comme ils le sont toujours...

— J'aime bien Godard, dit-elle simplement. Et Jean-Claude Brialy. (Pour elle, il était *Le Genou de Claire*.)

Elle commanda un Coca-Cola et lui un expresso.

C'était comme si, décor changé, tout était changé.

Aussi, au bout de quelques minutes, et sans crier gare :

— On pourrait peut-être se voir pour dîner la prochaine fois ? Qu'en dites-vous ?

Il avait sorti sa demande avec une déconcertante facilité. Parce qu'il avait senti à certains signes qu'elle dirait oui et qu'il savait qu'il n'oserait pas aller plus loin aujourd'hui...

Elle accepta rapidement le rendez-vous en soirée.

Il sourit.

Les plus beaux moments sont les moments attendus.

Au XVIIIe siècle, on eût dit, pour exprimer à quel point Camille était pris d'enthousiasme et de bonheur : "hors de lui..."

Saint-Preux était hors de lui... Paul était hors de lui... Des Grieux était hors de lui...

Au Moyen Âge, dans *Tristan* ou *Cligès* (l'anti-Tristan), on eût plutôt dit : "Captif..." ou "Empiégé...".

Camille se fichait des mots, et tout le monde sait ce qu'il ressentait à ce moment...

Ils remontèrent après *Le Rostand* vers le neuvième arrondissement, par Notre-Dame-de-Lorette.

Le corps de la jeune suicidée avait été emporté rue Saint-Georges, et ils étaient très loin de pouvoir s'imaginer la moindre issue tragique à la rencontre de deux êtres comme eux.

Dieu merci, ils vivaient le scénario de tous les commencements, où tout est prévu et tout est improvisé, où tout est retenu et tout est bousculé.

En quittant Camille en bas de chez elle, il se dit (comme on s'invente parfois des proverbes) : "Puisque ces choses nous dépassent, suivons-les..."

~

Plusieurs fois au *Mansart*, mais aussi sur le chemin du Luxembourg et au café *Rostand*, le parfum de Camille (qu'elle portait systématiquement quand elle le voyait depuis la rue Nicolet) était venu d'elle jusqu'à lui. Il était maintenant inscrit dans son cerveau comme le pourrait être un air de musique.

Il se rendit dans un Sephora et déclara qu'il cherchait un parfum, pensant (sans y rien connaître) y avoir reconnu une touche de rose.

— Nous avons des centaines de références avec cette essence, dit une vendeuse du rayon féminin. C'est plutôt maigre comme début, si vous n'avez pas de marque.

— Ce n'est pas grave, je vais regarder...

Certain de le retrouver, il erra d'échantillon en échantillon ; chaque fois qu'une fragrance se rapprochait de Camille, son cerveau le mettait en alerte. Il associa bientôt la présence de patchouli à sa recherche.

— Rose et patchouli ? C'est classique. Vous pouvez aller voir chez Yves Rocher, Réminiscence, Caron, Paco Rabanne, Tom Ford, Rose & Marius...

Il suivit ses recommandations, déchiffrant aussi, flacon après flacon, les appellations et les étiquettes.

La vendeuse l'observait de temps en temps, un peu attendrie par cet homme qui, à chaque petit buvard blanc, fermait les yeux pour mieux retrouver sa bien-aimée.

Et puis enfin :

— Je l'ai !

Il l'avait dit tout haut.

La maison Caron.

Étonnamment, c'était une des rares marques de parfum qu'il connaissait, son grand-père maternel portait toujours *Pour un homme*... Mais, à côté de cette surprise, ce fut le nom même du parfum de Camille qui l'enchanta plus que tout :

"N'aimez que moi"...

— N'aimez que moi !...

Il s'en mit légèrement sur le poignet, et elle apparut *là,* juste à ses côtés.

Un peu ivre, il se rendit au rayon masculin et retrouva le flacon de son grand-père. Seulement ce fut le nom d'une autre bouteille des Parfums Caron qui retint son attention :

"Aimez-moi comme je suis"...

Il vaporisa une mouillette et tout ce qu'il pouvait espérer se révéla dans ces senteurs qui répondaient parfaitement à celles de Camille.

Comme pour le premier, tout était annoncé dans le titre.

Il l'acheta aussitôt.

En le regardant sortir du magasin, sa jeune vendeuse dit à un collègue :

— Il a passé une heure à se brûler les narines pour elle... Pourquoi je ne tombe *jamais* sur des cas comme ça, moi ?

Tout était prêt pour ce soir : il avait réservé le restaurant et repris sa voiture qu'il laissait d'habitude garée à Saclay. L'après-midi, il prit un bain interminable, lut trois fois la même page d'un livre de Philip Roth sans réussir à s'y intéresser, ne prépara même plus ce qu'il aimerait dire au dîner, après s'être fait la remarque qu'avec cette fille ses meilleures idées lui venaient toujours au fil de la conversation.

Elle, elle se regardait nue dans le miroir de son salon. Depuis l'enfance, elle ne s'était jamais très bien "entendue" avec son corps, mais aujourd'hui, elle se demandait surtout comment arriver à s'observer avec *ses yeux à lui.*

Impossible de penser différemment : il revenait et revenait toujours.

Elle décrocha sa petite batterie de robes de sortie. Chaque tenue lui racontait une histoire : elle élimina d'emblée les mauvais souvenirs.

Elle avait une seule très belle robe de gala en soie, portée une fois, mais elle la réservait pour un futur dîner avec Camille dans un grand restaurant étoilé (c'est elle qui l'inviterait, elle était certaine de gagner plus que lui…).

Elle se décida enfin à remettre sa robe rouge, sa préférée, qu'elle avait fait raccommoder après la soirée au musée du Vin…

8

Il l'attendait au bas de chez elle, dans une ancienne Rover 114 noire. Elle découvrit qu'il avait mis une cravate. Une veste droite, une chemise à col italien et une cravate de tricot bleu. Qui porte encore des cravates pour un rencart ?

Il avait choisi une terrasse de la place du Marché-Saint-Honoré où il avait réservé l'emplacement de leur table, et connaissait le menu.

Elle se dit que ce garçon, clairement, avait des dons de courtoisie. Il savait écouter (c'était un saint de l'ouïe), il ne se laissait jamais aller à aucune vulgarité, il était soigneux de sa personne et, depuis leur première rencontre, elle remarquait toujours ses efforts dans ses nouveaux habits. (Pourquoi la plupart des hommes ne comprenaient-ils pas que, s'ils faisaient un tant soit peu attention à eux, à la politesse de leur apparence – "Ce n'est pas pour soi qu'on s'habille, mais pour les autres", déclarait-elle toujours, comme sa grand-mère –, ils se faciliteraient grandement la vie avec les personnes dont ils sont épris ?)

Lui, pensant moins loin qu'elle, heureux dans le moment, se disait simplement qu'elle était la plus jolie femme qu'il soit possible de rêver (si l'on préfère ce type de peau et de cheveux…).

Le soleil était pâle mais rayonnait, tous deux se sentaient d'excellente humeur, il était encore tôt, il commanda des Saint-Jacques, elle un duo Gua Bao…

La "mousqueterie" pouvait commencer.

~

— Vous regrettez votre jeunesse ?

— Je ne le pense pas.

— Heureuse, alors ?

— N'exagérons rien.

— J'aimerais un jour vivre à Santa Fe.

— Tulum ?

— Je ne voyage pas assez…

— Si le monde va de travers, c'est qu'il n'a jamais été destiné à marcher droit !

— C'est de vous ?

— Non.

— J'me disais aussi…

Par moments, même si la conversation fusait, elle sentait qu'il cherchait dans ses yeux ce qu'il avait à dire. De son côté, quand elle n'était pas certaine de vouloir le suivre sur tel ou tel sujet, elle se contentait de jouer de ses sourires.

— Vous préférez les Beatles ou les Rolling Stones ?

— Queen.

— Marvel ou DC ?

— Tintin !

— Dormir nu ou dans un pyjama ?

— Toujours nu. Dans mon pyjama.

Pour la première fois, il ne fumait pas. Elle ne vit aucun paquet près de lui et se dit, à multiples reprises : "C'est bien ce soir qu'on s'embrasse..."

— Vous savez qui a décidé le premier de faire planter des arbres dans Paris ?

— Non.

— Henri IV !

— Tout le monde devrait savoir ça...

— Je suis bien d'accord.

Quelquefois il terminait ses phrases. Souvent, elle savait avant lui ce qu'il allait dire.

— Il paraît que l'on aime très différemment selon la langue qu'on parle ?

— Mon anglais est plutôt moyen. Difficile de répondre.

— On dit "avoir des aventures", puis on se marie et cela s'arrête. Vous pensez que le mariage n'est plus une aventure ?

— On recommence à en avoir en devenant infidèle...

— C'est donc bien que le mariage n'en est pas une ?

— Je ne sais pas.

— Moi non plus.

— Nous voilà bien...

Il ne trouvait pas toujours les mots idéals, seulement sa façon de les dire faisait le gros de la conversation. Elle sortait parfois une phrase totalement surprenante par sa banalité et une interrogation demeurait un moment dans les yeux du garçon alors qu'elle restait silencieuse, pour ne rien empirer...

Puis ils en riaient tous les deux, à l'exacte même seconde.

À ce système, l'amour ne perdait aucune de ses flèches.

— Ceux qui mettent l'amitié et l'amour sur le même plan n'ont jamais dû bien coucher.

— Vous m'intriguez...

Quand ils flirtaient avec des sujets osés, ils restaient toujours dans les limites de la décence joyeuse.

Et puis, parfois…

— J'ai besoin qu'on m'aime parce que moi je ne sais pas.

Des phrases comme ça qui, tout à coup, duraient plus longtemps que les autres.

Ils percevaient alors les bruits de couverts autour d'eux…

— Est-ce que c'est une connerie d'avoir réponse à tout ?

— Je vous pose la question.

La conversation restait douce et ne faiblirait plus.

Ils avaient de la chance (beaucoup).

Qu'importe ce qu'ils se disaient, cela aurait pu être d'autres préoccupations, d'autres termes, d'autres personnes…

— Votre opinion ?

— Aucune. Je me méfie de mes opinions comme de celles des autres. Nos opinions ne sont là que pour nous flatter… C'est de l'auto-conquête !… Vous avez lu Diderot ? « Mes pensées, ce sont mes catins. » Il n'a pas dit : « Mes amies… » Il n'a pas dit : « Mes sœurs… » Il a dit : « Mes *putes*. »

Ils se sourirent.

— Si ce n'est pas vrai, c'est bien trouvé.

— Quoi ?

— Vos réponses.

— Quand on ne comprend pas une question, il suffit d'en poser de nouvelles, non ?

— Si vous le dites.

La nuit tombait.

— Oui.

— Oui.

— Non.

— Peut-être.

— Voilà.

Tout progressait, sans que rien – en corps – se passe.

— Si on se met à parler par monosyllabes !…

— Je m'essaye à une longue tirade ?

— Au secours ! Où allons-nous ?
— C'est d'accord. Allons où vous voudrez...

~

Ils se rendirent au *Tigre*, une boîte de la rue Molière où l'on avait encore le pot de pouvoir tomber sur du vieux rock... ou, mieux, un live.

Ils entrèrent au son de *Man on the Silver Mountain* de Rainbow, interprété par Thomas Baignères, et s'installèrent au bar, chacun avec son verre de maintien.

Parmi leurs sentiments, il en était un nouveau duquel ils ne pouvaient dire s'ils devaient se réjouir : avec la musique, ils réussissaient beaucoup moins à se parler, aussi leurs corps reprirent le dessus ; embarrassés, il suffisait de la trahison d'un geste...

Plusieurs fois, elle eut l'impression qu'il allait l'embrasser, mais il approchait simplement de son oreille pour lui parler, criant presque. Il s'en voulait à chaque retour sur sa vodka-jet : trop près, il lui parlait trop fort et trop vite, et cela salopait toutes ses pensées.

Il sentait qu'il *devrait,* mais rien n'était encore possible.

En attendant, une seule mission : ne pas effaroucher.

En attendant : il battait la mesure.

De son côté, elle voyait les minutes passer et avait peur que le temps diminue ses réserves de volonté. Elle avait bien envie de mouvementer tout ça, mais comment ? Elle aussi avait des gestes à contretemps et répondait à côté.

— On va ailleurs ?

~

Quittant le *Tigre* pour retourner à la voiture, ils passèrent entre les immeubles qui virent mourir et Molière et Diderot (Camille se souvenait d'une fille qui, au même endroit, lui avait demandé : "Puisqu'ils étaient voisins, ils se connaissaient, Molière et Diderot ?" Il avait répondu : "Maintenant, sans doute…" C'était la même qui, quand il lui avait dit qu'on fêtait l'armistice de la Seconde Guerre mondiale le 8 mai, avait protesté : "Ce n'est pas possible, les Américains n'ont pas encore débarqué ! Ce sera en juin…" Pourtant, cette fille avait été l'être qu'il avait vu le mieux savoir naviguer dans l'existence. Molière et Diderot l'auraient adorée, *elle*, et pas lui avec sa culture des dates et des lieux… C'était presque toujours le cas, d'ailleurs… Les grands lecteurs sont des fréquentations oiseuses…)

Camille dit qu'elle devait partir demain pour Marseille. Elle avait un important salon de publicistes qui commençait lundi. Jusqu'à jeudi.

Il la reconduisit en bas de chez elle, se garant sur un bateau, et là (ayant coupé le moteur, il voulut tout de suite, mais son courage échoua…), ils parlèrent de nouveau, sans répit.

Il récapitula leur histoire depuis la rue Nicolet, et même quelques jours en amont, pour parvenir, inévitablement, à cette conclusion éternellement rebattue :

— C'est fou comme *tout*, dans la vie, mène à une rencontre !

N'importe qui en aurait bâillé, excepté Camille.

"Si je ne lui fais pas comprendre ce soir que je l'aime, je suis un imbécile…"

Avec les mecs, c'était souvent elle qui prenait l'initiative. Cela lui était arrivé de traverser une piste de danse pour aller rouler une pelle à un inconnu ; mais là, non. Quelque chose dans la dramaturgie de cette nuit attendait que ce fût lui qui fasse le premier pas. Cela ne heurtait pas son féminisme, cela l'amusait…

Elle se demanda soudain si elle se souviendrait de tout ça ? L'heure, le moment, le lieu, les détails, les sujets ? Le nouveau parfum qu'il portait ? Le passant au bonnet orange qui venait de les regarder ? L'absence d'écran digital sur le tableau de cette citadine d'un autre siècle ? N'était-ce pas lui qui avait parlé de ces souvenirs qu'on peut, toute sa vie, *se réciter par cœur* ?

Oui, se dit-elle, peut-être bien que, dans quarante années, elle se souviendrait de tout, sans la moindre hésitation, dans la Rover 114 noire de cette longue nuit.

À deux doigts de la logorrhée, il en était aux "difficultés" bien connues des relations interpersonnelles :

— Ce sont les émotions qui foutent tout par terre. L'être le plus fin voit toujours son intelligence bridée par une émotion.

— Il faudrait s'en débarrasser et tout serait plus simple, non ?

— On y vient !… Dans mon institut de recherches, une équipe travaille sur des traitements thérapeutiques pour diminuer les traumatismes (après un accident, un attentat, un deuil, et même une déception amoureuse…). En hackant nos canaux cérébraux de la douleur, ils cherchent la suppression des effets nerveux. Autant dire la suppression des émotions. Un mauvais souvenir, un chagrin… Plus de frustrations, plus de colères… Ce sera la fin de nos humeurs… Si l'on considère que le bonheur n'est que l'absence de malheur, on y va tout droit.

— C'est flippant, ce que vous dites.

— Non. Ce sera autre chose, les humains. Et, paradoxalement, cette autre chose est dans l'ordre des choses… Personne n'y peut rien.

— Je vois… De toute façon, on dit que pleurer ne nous apprend rien.

— Ça, je n'y crois pas.

Elle sourit.

(Dès qu'elle paraissait heureuse, c'était comme un nouvel encouragement.)

À trois heures, elle lui rappela qu'elle devait se lever tôt pour rejoindre ses collègues à la gare. Il savait depuis le *Tigre* qu'avec cette soirée, il s'était trop avancé pour pouvoir reculer. Sauf que là, il s'était peut-être si bien avancé qu'il l'avait perdue…

Ils sortirent de la voiture et la conversation fit mine de reprendre sur le trottoir.

Elle se dit qu'il était vraiment très grand et qu'il allait peut-être l'effrayer s'il avançait pour l'embrasser (alors qu'il était le plus tremblant des deux).

Il se tenait près d'elle, le bras appuyé contre la carrosserie.

Dès lors qu'elle ne bougeait pas, *il ne bougeait plus non plus*.

Une femme était entrée dans sa vie en franchissant une rue à Montmartre, il ne lui restait qu'un pas à accomplir.

Soudain, tout autour, le calme se troubla.

Il reçut comme un grand coup de bâton dans les reins.

Elle attendait, *non* ?

— J'en suis sûr…, dit-il à haute voix, sans répondre à quoi que ce soit qu'elle ait pu dire.

Pour la première fois, il ne se commandait plus : il eut un étrange mouvement d'hésitation, puis tendit le bras pour lui prendre la main.

Elle ne la retira pas.

Il avança.

Il ne l'attira pas à lui, il *s'attira* à elle, ses doigts dans les siens.

Il fixait sa bouche qu'elle avait très légèrement entrouverte (il crut une seconde qu'elle avait à parler... mais non).

Oui, "Je suis sûr, en fait", dit-il encore : il alla droit à cette bouche.

Clemenceau nous prend pour des cons lorsqu'il prétend que le meilleur du désir ou de l'amour, c'est quand « on monte l'escalier ». Le meilleur moment (il le savait aussi bien que tout le monde), c'est tout de suite.

Il la serra doucement contre la carrosserie, elle fixait ses lèvres (son regard, elle n'osait plus), il lui effleura les joues avec les cils, elle avait, paniquée, l'impression que son cœur lui battait dans la gorge, *N'aimez que moi* se mêla à *Aimez-moi comme je suis*, il devina enfin ses yeux qui se fermaient de consentement.

Le premier frisson froid au moment du baiser. Puis, très vite, la chaleur dans les mains. Elle en avait eu le souffle coupé dès qu'il avait fait mine de s'avancer vers elle (Hitchcock avait donc raison ? Embrasser et tuer, c'est la même chose ?), mais dès les premières secondes du baiser, les corps et les bouches ayant trouvé leurs places, les corps mutuellement soutenus, après une soirée d'anxiété et de doutes, tout se décontracta absolument et devint naturel. Tout redevenait enfin *facile*.

Le premier baiser, comme celui-là, c'était la souplesse de l'arrivée.

Il fut long : aucune bouche ne laissait à l'autre le droit de faiblir. Il sentait son souffle se casser entre ses joues à chaque fois qu'elle recommençait ; elle sentait son bassin l'appuyer contre la tôle. Son cœur ne ralentit jamais, mais il battait autrement (exactement comme dans la nuit de la rue Nicolet où elle était passée de la peur à l'envie. Là, elle était passée de l'envie au plaisir).

Plus ce baiser durait et plus ils se laissaient enfin découvrir qu'ils s'aimaient.

Joyeux que leurs cœurs soient aussi joyeux, ils ne s'arrêtaient plus.

Leur inépuisable éloquence avait glissé dans leurs baisers ; ceux-ci étaient lascifs, humides et pénétrants (il n'y a presque jamais de pudeur à l'intérieur des joues).

Cela ressemblait à crier à l'amour fou.

— *Fou*, laissa-t-elle échapper à un moment.

— Quoi ?

— Rien…

Il recula à peine d'un pas. Ils se sourirent (on n'est jamais préparé à cet événement, alors on sourit). Ils rayonnaient, complètement changés. Puis ils recommencèrent. (Cette fois, c'est elle qui projeta ses lèvres dans sa direction. Son plaisir s'était converti en besoin.)

Elle dit qu'ils seraient mieux dans la Rover.

Elle s'installa dans le fauteuil passager ; il s'étendit d'un siège sur l'autre, à moitié dans le vide : c'était la première fois que, s'embrassant, leurs mains entraient en jeu. Il glissait les doigts dans ses cheveux, sur son front, son visage, le long de son dos. Elle laissait faire. Elle commençait à divaguer… En lui embrassant les mains, elle se sentit aussi nue qu'elles. Elle écarta imperceptiblement les genoux (tout à l'heure, marchant rue Richelieu, elle s'était trouvée les cuisses froides… Elle se demandait s'il était soumis au même phénomène…). Elle l'attira à lui, pour le sentir plus proche, les bras pressés. En retour, ses frissons lui faisaient comme un enveloppement.

Il froissait cette robe rouge à laquelle elle ne pensait plus. Elle dénoua sa cravate qu'il avait oubliée pour mieux voir et sentir sa peau. Elle s'adaptait à ses formes, à son épiderme, à sa musculature : le moindre effleurement lui offrait une découverte (pour la vie) et une possession (le "tout ce que je touche est à moi" du désir). Débarrassé de rien penser, il n'eut jamais à se demander s'il l'embrassait bien : l'esprit égaré ailleurs par la passion, il se sentait parfaitement homme et elle parfaitement femme.

Ils avaient atteint l'idéal biblique : « Qu'il/elle me baise d'un baiser de sa bouche… »

Le pare-brise de la voiture s'embuait.

Dehors, c'était le jour ou la nuit, ou les deux, qui peut savoir…

~

Ils se séparèrent au bas de l'immeuble. Ni l'un ni l'autre n'avait jamais embrassé personne aussi fort et aussi longuement. Au dernier regard, il se demanda s'il pouvait lui dire : "Je t'aime" (et la tutoyer pour la première fois).

Autrefois – de tout temps d'ailleurs – on se déclarait son amour *avant* d'oser un premier geste ou un premier baiser. L'amour était dit longtemps avant d'être fait.

Aujourd'hui, le premier je-t'aime est tellement engageant qu'on tarde pour l'exprimer (on veut être *sûr* ?) ; comparativement, coucher est devenu moins grave, et nombreux ne s'en privent pas, à l'exact opposé de tous les grands contes d'amour du passé.

Certains, comme Barthes, croient même que seul le premier je-t'aime importe entre deux êtres. Il est tout entier, pour une fois seulement, parce qu'il nous engage intégralement, et sans filet. Ensuite, « *la figure ne réfère pas à la déclaration d'amour, à l'aveu, mais à la profération répétée du cri d'amour. Passé le premier aveu, "je t'aime" ne veut plus rien dire. Il sort du langage, il divague…* »

Alors dit-on "je t'aime" pour tout et pour rien, comme on ânonnerait au téléphone "je t'embrasse" ou "à bientôt". Je-t'aime tombe au rang de simple ponctuation… C'est aussi pour cela que l'original est aujourd'hui si dur à arracher ?

Cette fois, Camille n'osa pas. Lui non plus.

Il demeura seul sur le trottoir.

Mais dans l'immeuble en exact vis-à-vis, malgré l'heure matinale, deux fenêtres étaient éclairées. Les seules dans la rue. Une lumière vibrante, qui brûlait depuis leur retour du *Tigre*.

À l'intérieur, une grande chambre et un grand lit avec quatre longs cierges dressés aux extrémités.

Un vieil homme était étendu, sa femme courbée à son chevet.

Elle le regardait, inquiète et épuisée par de trop longues veilles ; l'homme avait les yeux clos, quelque chose de roide et de douloureux sur le visage : il mourait silencieusement depuis plusieurs jours.

Soudain, son corps à elle perçut l'arrivée du dernier souffle et elle se pencha pour déposer sur ce front en sueur, mais atrocement froid, transparent presque, un long et doux baiser.

Elle lui dit "Je t'aime", pleurant l'instant exact où il mourait.

— Je t'aime…

Elle sanglotait, ne pouvant détacher ses lèvres de cette peau qu'elle avait vue se rider au cours de leur longue vie…

Barthes se trompe. Tout le monde se trompe. Le seul vrai je-t'aime, le plus important, le plus absolu et le plus beau : c'est le *dernier*...

Pendant ce, la lumière des réverbères commençait à pâlir dans le petit jour de la rue de Bruxelles.

Camille remontait dans sa voiture. La veuve entendit sa portière claquer et trouva la vie insolente.

Camille rentrait chez elle. Elle ne tenait plus en place : elle avait quinze ans.

Camille souriait en conduisant. La veuve pleurait…

Et quelqu'un, quelque part, lisait ce lointain proverbe égyptien :

« Ne cherchez pas à comprendre. Dieu-même ne sait pas ce qu'il y a entre un homme et une femme… »

9

Elle avait envie de s'exclamer : "Sens comme mon cœur bat !"

A. se trouvait encore dans le métro de la ligne 6 avec le garçon du musée du Vin qu'elle avait rattrapé quelques minutes auparavant, au tout dernier moment, alors qu'il s'éloignait déjà vers la Seine, après avoir tourné autour d'une rivale en rouge... Dans leur rame vide, ils étaient rendus face à face, sur deux banquettes ; elle avait l'impression d'être nue devant lui. Il se sentait aussi éberlué et transi qu'elle.

Elle s'appelait A. Il s'appelait O.

Fier et léger, il était ébloui d'avoir été remarqué, *élu* par cette inconnue qui l'avait accosté dans la rue comme personne : "Vous allez où ? Je vous suis !"

Il l'emmena dans un restaurant français de la rue Guisarde où il avait ses habitudes.

Elle s'illumina à la lecture du menu ; elle avait faim, soif, tout.

— C'est John qui m'a parlé de toi, lui dit-elle.

John était leur ami commun. Celui qui avait prémédité leur rencontre au musée.

— Je t'attendais à cette soirée, en fait...

O se sentit déçu. Il préférait penser qu'il avait suscité seul l'intérêt de cette inconnue. Après toutes ses soirées d'errance célibataire, il aurait aimé pouvoir un peu compter sur la justice rétributive des dieux. C'était moins le rêve, tout à coup...

— Ah, mais ne t'inquiète pas, dit-elle en voyant son air contrarié, il ne m'a dit que des choses gentilles à ton sujet !

Elle lui raconta tout : les éloges, sa nouvelle robe, l'arrivée au musée, l'épisode intégral de la fille en rouge, ses espérances, puis son désespoir, puis ses espérances à nouveau, puis... L'ensemble pêle-mêle et dans un désordre qui rappelait l'enfant.

"Bon, pensa-t-il. En voilà une qui dit tout ce qui lui passe par la tête..."

Elle parlait très vite, mais avec des accents à la fois de jeune vierge et de bon pote, ce qu'il trouva curieux et charmant.

— Il paraît que tu es un grand romantique et que tu fais de très bons petits plats.

— John ?

— Qui d'autre ? Vous vous connaissez depuis l'enfance, c'est ça ?

— Depuis toujours.

— Un drôle de charmeur, dit-elle.

— Oui. Et quand il ne couche pas, ou *plus* avec une fille, il adore la caser...

— Vraiment ? fit-elle avec une pointe d'inquiétude.

Puis elle rigola :

— Il en faut des mecs comme lui, pas vrai ? Sinon, on serait déjà au lit, toi et moi, et sûrement pas ensemble !

Elle éclata de rire.

— Bon, ne fais pas attention..., ajouta-t-elle. Je dis souvent n'importe quoi !

C'était une sauterelle bavarde qui, comme toutes les sauterelles, ne tenait pas en place : elle changea aussitôt de sujet (et il commençait à comprendre qu'à chaque fois qu'elle changeait de sujet, c'était comme si elle changeait de peau… Fascinant.)

Dix minutes plus tard, il savait tout d'elle.

Entre sa mère qui se voulait parfaite et ses études au Québec, elle lui avait surtout parlé de son dernier échec amoureux, celui qui l'avait tenue prostrée chez elle pendant plusieurs mois.

— Ce devait être le père de mes enfants, tu vois ?, quatre ans de vie commune sans nuages, et un soir, comme ça, il me balance, devant la télé : "Je crois qu'on va s'arrêter là." T'as fait philo au lycée, toi ? Je me souviens de cette phrase de Camus, ultra lourdingue : « Il n'y a qu'un problème philosophique vraiment sérieux : c'est le suicide. » Eh bien, pour moi, le seul problème philosophique vraiment sérieux, dans la vie, c'est : *comment peut-on ne plus aimer ?* Comment se fait-il qu'on s'adore et que cela s'arrête ? Comment l'amour peut-il finir ? Comment l'autre peut-il cesser de nous aimer, alors que… ? Alors que *tout* ! On plane dans les étoiles et puis un soir : "Je crois qu'on va s'arrêter là…" On le ressent bien pourtant, au début, que c'est éternel, ces choses-là… Ça n'a aucun sens ! En plus, on se trouve tellement comme des merdes quand ça arrive… Le suicide ne vient qu'en second pour moi, surtout quand il vient de *là*... Voilà ce que je pense… T'es pas d'accord ?

— Si, bien sûr. Mais, heureusement, la douleur d'être quitté, elle aussi, cesse un jour…

Il en savait long sur le sujet, aussi pouvait-il tout lui faire comprendre en une seule phrase.

En plus d'être une sauterelle, cette fille était peut-être un bon génie apparu juste pour lui. Sans avoir besoin de se l'expliquer, même s'il se contentait de beaucoup écouter et de ne placer qu'une phrase de liaison ou une réponse brève de temps en temps, il se disait déjà qu'il pourrait parler avec elle jusqu'au bout de la nuit ; comme lui, elle n'était pas seulement une amoureuse : elle aimait l'amour, malgré toutes ses complications (elle avait dit : "Alors que *tout* !").

Elle correspondait peu à ses critères physiques ; pour lui plaire, il lui aurait fallu des yeux un peu moins ronds, un visage plus symétrique, légèrement moins de galoche au menton, et peut-être un air un peu moins nature aussi… Mais puisqu'elle n'était rien de tout ce qu'il recherchait d'ordinaire, elle le séduisait d'autant plus par surprise. Il la trouvait belle parce qu'elle ne cachait pas qu'elle le désirait. Dans son cas, c'était aussi rare que renversant.

(La beauté sait émaner de n'importe quel visage, même disgracieux, qui nous regarde avec un peu de sentiment ; dès lors, on ne remarque plus que lui et l'on souffre d'en être éloigné. Il n'est pas dit pour des pommes dans le classique *Daphnis et Chloé* qu'« il n'est absolument personne qui ait échappé à l'amour, ou qui doive lui échapper, aussi longtemps qu'il y aura de la beauté et que verront les yeux… ».)

Il nota son maquillage discret mais travaillé avec soin, recomposa ce qu'elle avait dû faire pour lui avant leur rencontre : les boucles d'oreilles, le rouge à lèvres, les ongles… Il comprenait surtout qu'ils avaient été chacun des *célibattus* à Passy et que la soirée qui s'annonçait serait une revanche joyeuse pour tous les deux.

En fait, ils se plaisaient par l'envie…

Le patron du restaurant les interrompit pour entendre la commande. Elle se choisit une pièce du boucher avec ses pommes dauphines et accepta, en frémissant, une bouteille de mondeuse. Lui opta pour une salade composée. En s'éloignant, le patron adressa un clin d'œil à son habitué.

O sourit intérieurement. Il était heureux que son bonheur (sa bonne fortune) se voie.

Elle le vit.

— J'ai un poste d'assistante dans la même boîte que John, dit-elle. Ce n'est pas très original : je me trimballe d'excellents diplômes internationaux impossibles à valoriser, et je passe ma vie à prendre les appels et les rendez-vous d'une aigrie qui se comporte comme un mec. Tu vois ?

— C'est limpide.

— Et toi ?

— Fonctionnaire, à la CAF. J'ai capitulé.

— Il paraît que t'écris de jolis poèmes ?

— Oh ! John ?...

Elle acquiesça. Il sourit.

— Oui... J'aurais bien voulu être écrivain avant.

— Avant quoi ?

Il haussa les épaules.

— Les factures...

— Merde.

— C'est ça. Je me dis que je m'y mettrai plus tard. Quand j'aurai un petit tapis de sécurité.

Elle eut l'air de réfléchir, mais à peine :

— Ben moi, je trouve ça complètement idiot. On en connaît plein des types ou des filles pareilles. Qui disent qu'ils accompliront leur passion quand "tout ira mieux", quand ils auront "assez de fric"... Tu parles. C'est l'inverse qu'il faut faire, tout le monde le sait. Si t'as peur d'échouer ou de te lancer, dis que tu as peur, mais ne te baratine pas que tu vas t'y mettre demain. Parce que, dans dix ans, mon petit vieux, t'auras plus de talent...

Il rectifia sa pensée précédente : cette fille était clairement un génie. Son bon génie.

En tout cas, elle était la première à oser lui dire des choses pareilles. Toute sa vie, on l'avait loué pour sa prudence et la sûreté de son poste dans l'administration. Les fameux "conseils" de proches...

Toute sa vie.

Et puis voilà A.

Il remarqua que lorsqu'elle parlait elle gardait très souvent, et longuement, son verre de vin rouge à la main : il participait au moindre de ses gestes, il ponctuait sans rien renverser, il était comme une extension de sa bonne humeur…

Il adora que, avant même d'avoir fini son onglet, elle piquât dans son assiette sans rien lui demander. Elle adora qu'il ne regarde absolument qu'elle au cours du dîner, jamais un œil à gauche ni à droite, à peine vers son propre plat…

Ce dîner était aussi agréable pour elle que pour lui.

Parce que tout ce qui allait suivre s'annonçait déjà…

En quittant le restaurant, au moment de rejoindre la rue, très proches l'un de l'autre (il lui tenait la porte), elle l'embrassa rapidement sur les lèvres.

— Merci !

~

Ils voulaient prendre un dernier verre au *Flore*, mais ne s'arrêtèrent jamais dans ce café.

Elle lança un regard suggestif vers la rue Saint-Benoît déserte, et il comprit aussitôt.

La main dans la main, ils cherchèrent un coin d'abri et avancèrent jusqu'à une entrée en renfoncement, au numéro 13, disparaissant dans la nuit, avec la même curiosité d'avoir peur.

Superbe, elle glissa les doigts sous sa robe et baissa sa culotte.

Elle se retourna, les plis du tissu retroussés sur les reins, au risque d'un scandale. Elle écarta les cuisses comme ses jambes l'exigeaient (ce moment où on a les pires difficultés à restreindre ce que son corps désire), l'entendant, avec plaisir, déboutonner son pantalon…

Le petit choc tiède de ses fesses.

Tout ça était si rapide qu'elle se persuadait que cela n'aurait *jamais* de conséquence.

Il était tôt en elle, avec des poussées lentes et profondes ; dès lors, comme "lancée" depuis le musée de Passy, elle remua le dos jusqu'à la nuque…

Grâce à Dieu, ses reins roulaient. Plus il la prenait avec retenue, plus elle devinait qu'il se donnait entièrement. Ses seins la tiraillaient un peu. C'était la première fois que le sexe sans amour commençait aussi bien…

Parfois, elle reculait son bassin, à contretemps, pour le prendre de court, bousculer un peu le mouvement.

Il accéléra tant qu'elle dut s'aider des poignets contre le mur.

Oublieuse de tout, elle se dit qu'elle se laisserait bien faire n'importe quoi (ce "prends-moi-toute" auquel croient si facilement les hommes…).

Aucune révolte, y compris quand il glissa trop tôt ses doigts pour la caresser (mais à chaque fois qu'il obtenait ce qu'il voulait, il gagnait en force, et elle n'était pas contre…).

Le plaisir s'annonçait déjà. Archi-précoce.

— Oh, putain…, murmura-t-elle.

Elle saisit sa main pour la plaquer contre son sein gauche.

Elle y mettrait de la tendresse une autre fois : là, elle lui enfonça les ongles dans les chairs.

C'était l'euphorie de faire des horreurs.

Les hanches, les genoux, les talons, elle ne retenait plus rien, c'était lui qui la soutenait tout entière.

Il sentit sa gorge durcir. Elle allait jouir.

Elle lâcha quelques mots crus pour se faire décoller.

L'acte était dangereux et goûté comme tel : une perfection…

"Je me fous pas mal de ce qui arrivera demain… et tant pis si j'pleure !…" se dit-elle.

Il jouit quelques secondes après elle.

Jamais une femme qu'il avait connue ne s'était rendue aussi facilement.

Si elle s'était donnée aussi vite et à fond, c'était surtout avec l'angoisse que ça en vaille le coup : il lui fallait de vraies émotions pour ne pas se sentir comme un pis-aller.

Leurs corps s'écartèrent et ils se retrouvèrent face à face, dans la pénombre.

Son souffle à lui resta haché encore quelques secondes.

Il la regarda. Elle était là, gênée, comme dépouillée de tout, les bras oubliés le long du corps, les oreilles un peu bourdonnantes. Il la sentit fermée de partout (en bois).

Elle prenait conscience de l'aberration du moment et du lieu.

Elle avait connu tant d'hommes qui, après l'amour, pouvaient se montrer arrogants ou pire, sarcastiques : s'il lui décochait maintenant une plaisanterie, s'il lui faisait prendre honte d'elle-même, elle ne le lui pardonnerait jamais…

Mais, après s'être rajusté avec le moins de ridicule possible, il se rapprocha et l'embrassa entre les yeux, puis sur la bouche, très lentement, pensant qu'il devrait l'embrasser ainsi toute sa vie.

Elle redevint extraordinairement légère.

— Je vais t'aimer, je crois, dit-il.

De tressaillement, elle éclata de rire :

— On ne connaît pas la fin, mon chéri !

Elle avait dit le mot le plus important : "mon".

Ils sortirent de leur coin, parfaitement changés, sans doute parce que leurs cœurs étaient plus largement ouverts…

Le lendemain matin, il lui fit porter des fleurs. Un gros bouquet de roses rouges. Trente-six. A dégrafa la petite carte qui l'accompagnait.

Elle la lut en souriant.

Je t'aime

O n'y avait tracé que deux mots : *No comment*.

Pas de billet doux, pas de billet galant, pas de jolis vers… Juste deux mots, et le nombre parfait de roses.

10

Camille avait trois jours à attendre avant que Camille ne revienne de Marseille.

Un seul être vous manque, dit le poète, et tout est *dépeuplé* ?

Non.

Un seul être vous manque, et *tous les autres vous font chier.*

Les collègues, les amis, la famille, avec leurs conversations, leurs problèmes, leur bruit... alors que le cerveau amoureux a bien d'autres choses à imaginer ! Pas plus qu'au début de leur histoire, Camille ne dit un mot à personne sur les suites de sa rencontre. Depuis son aventure aux Émotifs Anonymes, il redoutait toujours l'inconsciente participation de la réflexion des autres sur ses vues : "Quelqu'un vous dit une chose à laquelle vous n'auriez *jamais* pensé seul, et cela pèse contre qui vous plaît, et parfois pour beaucoup... C'est injuste, au fond."

De toute façon, si n'importe qui lui disait aujourd'hui du mal de Camille ("C'est quand même curieux cette drague qu'elle t'a faite dans *Libé*, non ?"), il n'écouterait pas. Il avait assez vécu (en couple) pour savoir que les grands moralistes français ont tous raison : seules nos premières amours sont involontaires.

Aujourd'hui, il savait.

Il avait même, cette fois, le sentiment d'en avoir fini avec sa jeunesse.

Il retourna au *Mansart.*

Il y avait quelque chose d'une action votive à revenir ici seul en ayant scrupuleusement suivi le même chemin, la même ligne de bus, les mêmes trottoirs qu'il empruntait pour aller la voir.

Devant son sirop de menthe, il remarqua que, depuis l'enfance, cette boisson lui rappelait ses amis de classe au collège Pilâtre-de-Rozier, quand ils commençaient à traîner dans les bistrots et tirer sur leurs premières cigarettes ; mais, désormais, ce goût s'était vu réaffecté à ses tête-à-tête avec Camille. Un souvenir pouvait donc en *écraser* un autre ? Et le remplacer ? (Mais ne pas l'effacer définitivement non plus. La preuve… Un peu comme sur les disques durs d'ordinateur qui font semblant d'oublier…)

Ce matin, il avait flâné une heure au Luxembourg et il lui avait semblé que le ciel voulait systématiquement lui coller un couple sous les yeux, assis sur un banc, sur des marches, sous des arbres, dans l'herbe… Il n'observait pas leurs baisers mais leurs *à-côtés* : la peau douce des filles irritée par les joues de paillasson des garçons, celle qui consulte l'heure, celui qui, le menton hésitant, fixe les marronniers, celle qui jette un regard noir à tous les curieux qui la surprennent avec son amie, celui qui cherche quelque chose dans sa poche, qui éteint la sonnerie de son portable, celle qui est prise d'assaut et ne sait comment se libérer, ceux qui viennent de se cogner les dents en riant, celui qui n'a pas trop envie ce matin (il était venu pour rompre, mais bon… pas aujourd'hui donc, puisqu'il fait beau et que le soleil est contre lui…), ceux pour qui c'est la première, la seconde, la troisième fois… ceux qui semblent lutter pour être celle ou celui qui rend le plus de baisers, et qui menacent de tomber de leurs chaises…

Et puis Marius, quelque part, qui guette Cosette, dans ce jardin identique des *Misérables.*

Assis aujourd'hui au *Mansart*, ses yeux s'arrêtèrent sur un homme en train de franchir la rue éponyme, devant la brasserie : il reconnut le vieux voisin de Camille qui vivait avec une fille beaucoup plus jeune et qui fut, le premier jour, leur tout premier sujet de conversation.

"Ils sont beaux...", avait-il dit.

Cette fois, l'homme marchait seul.

Il portait un pantalon beige et une chemise blanche aux manches retroussées, avec une ceinture mexicaine. Son visage était trop ridé pour inspirer un âge précis ; Camille se rappela ce que disait la Dame aux camélias : « Il n'y a plus que les vieux qui ne vieillissent plus... » Ce à quoi Groucho aurait pu ajouter : « Mais dans chaque vieux, il y a quand même un jeune qui se demande ce qui s'est passé... » Camille avait dit de son voisin qu'il était un universitaire en retraite. Quelle discipline ? Quel établissement ? Pendant combien de temps ? Avait-il vécu une ou plusieurs vies ? Que pensait-il du couple atypique qu'il formait avec son ancienne étudiante ? Était-ce entre eux une relation... *platonique* ?

Mais l'homme disparut dans la rue de Douai, avec tous ses mystères.

Camille continua d'y penser.

Que de questions sur des inconnus qu'on croise ainsi n'importe où, tous les jours.

Au lieu de regarder les gens dans la rue, il faudrait les *lire*...

Son nom était Nathaniel.

Ses amis plus âgés lui avaient dit : "Passé soixante-dix ans, tu verras, ça devient différent... *très* différent..." Pour le moment, à soixante-douze, il n'en croyait rien. Il marchait bien, il dormait bien, sûr d'avoir encore tout son esprit. La fatigue ? Elle restait son alliée, l'occasion de bonnes siestes.

Il sortait tous les jours prendre de l'exercice, y compris par temps de pluie ; il aimait aller à pied saluer le buste de Maupassant au parc Monceau : vingt minutes aller, vingt minutes retour, de quoi vivre jusqu'à cent ans. Mais aujourd'hui, il choisit la direction inverse par la place Blanche et le quartier de Pigalle ; il venait de lire du Ogien, après avoir terminé un Lartéguy, et ça le troublait profondément.

À errer dans la rue, il errait aussi dans ses pensées. Il faisait un beau et chaud après-midi de juin, ses yeux suivirent (discrètement) une, puis deux, puis trois paires de jolies jambes de femme, de celles qui filaient autour de lui, sans pantalon, ce qui le fit songer à Truffaut disant par la voix de Denner :

« Mais qui sont toutes ces femmes ? Où vont-elles ? À quel rendez-vous ?... »

Les plus jolies, il osait à peine lever les yeux sur elles. Il savait qu'il pourrait être le dixième, le vingtième, voire le centième imbécile de la journée à les fixer ainsi, d'un air entendu, et changer le simple plaisir (fugace) de plaire en supplice. (Dans l'Église catholique, il y a un saint pour tout : il devrait y en avoir un pour les femmes qui marchent parmi les hommes en fixant leurs pieds...)

Il n'espionnait pas uniquement les femmes, la cohue l'intriguait en elle-même : le boulevard de Clichy était agité et populeux, impossible d'échapper à son mouvement. Il s'écartait parfois sur le terre-plein pour mieux observer la hâte du quartier ; regarder les autres l'aidait à ne plus penser à lui ; tous ces sexes, ces genres, ces sexualités, ces âges, ces types, ces origines et ces originalités, avec leurs vies plus ou moins dématées. Ces malheureux anonymes qui s'efforcent de donner le change...

"Comme moi, autrefois !..."

Il lui revint alors du Giono (marchant aussi dans la capitale) :

« De ces gens qui m'entourent, m'emportent, me heurtent et me poussent, de cette foule parisienne qui coule, me contenant sur les trottoirs, combien seraient capables de recommencer *les gestes essentiels de la vie* s'ils se trouvaient demain à l'aube dans un monde nu ?

Qui saurait orienter son foyer de plein air et faire du feu ? Qui saurait reconnaître et trier parmi les plantes vénéneuses les nourricières comme l'épinard sauvage, la carotte sauvage, le navet des montagnes, le chou des pâturages ? Qui saurait écorcher un chevreau ? Qui saurait vivre ?

Ah ! C'est maintenant que le mot désigne enfin la chose !

Je vois ce qu'ils savent faire : ils savent prendre l'autobus et le métro. Ils savent arrêter un taxi, traverser une rue, commander un garçon de café ; ils le font là autour de moi avec une aisance qui me déconcerte et qui m'effraie... »

Oui, si le monde moderne s'arrêtait demain, toute cette foule affairée, que ferait-elle ? Combien de jours avant que la nature n'efface la culture et les instincts nos réflexes les plus quotidiens ?

L'effroi et le déconcertement seraient unanimes.

Nathaniel s'imagina en souriant la place Pigalle rendue à la vie sauvage...

C'est alors qu'il la vit.

Derrière la vitrine de la brasserie *Les Vedettes*, attablée avec une quinzaine de personnes de sa génération.

Sa jeune compagne.

Ce fut sans doute sa marinière jaune et blanc qui lui avait attiré l'œil.

Saisissante surprise.

Il ne connaissait aucun des visages autour d'elle.

Son prénom était Lee. Née de père américain, elle n'avait pas trente ans (et lui, "plus vingt" depuis... la guerre du Biafra). Son couple désassorti correspondait le moins possible aux conventions prédicantes de l'époque ; pourtant ils s'adoraient.

Il sourit de la voir aussi en beauté.

Mais pas longtemps.

Il lui trouva tout de suite quelque chose de changé. Elle faisait des mines qu'il ne lui connaissait pas. Elle s'exclamait. Elle éclatait de rire. Elle distribuait des sourires. Elle avait une manière nouvelle de bouger ses mains et ses épaules. Plus vive ? (Il était presque sûr que sa voix elle-même devait être autre.) On est parfois décontenancé de surprendre les gens *quand ils nous croient absents* ; mais là, c'était flagrant.

Elle avait clairement un air heureux avec ces garçons et ces filles (elle avait aussi l'air heureux avec lui, non ?) ; elle n'était jamais malheureuse à ses côtés, mais là, elle était heureuse *autrement.*

Il se dit soudain que sa candeur lui avait peut-être fait un peu trop oublier la jeunesse qui était à elle...

Qui était la vraie Lee ? Celle chez eux ? Ou celle ici ?

Sur son trottoir de la place Pigalle, l'image de sa compagne lui parvenait privée de son ; de la sorte, tout le monde ressemble à des marionnettes, des pantins "articulés par leurs âmes", comme disent certains...

Lee était entourée de quatre filles et de neuf garçons. Bien que Nathaniel soit depuis longtemps entré dans l'âge où l'on n'envie plus la jeunesse, il se dit qu'il ne manquait que la fumée de cigarette pour que cette vision le ramène à ses premières années au *Pont-Royal* ou à l'*Excelsior.*

C'était lui *jeune* qui devrait être avec Lee au sein de cette tribu...

Trois années auparavant, ils s'étaient rencontrés à un dîner, rue de Poitiers. Au milieu d'une assemblée majoritairement constituée d'hommes de son âge à lui (et pontifiants), elle avait lancé : "Vous savez, nosseigneurs, que vous êtes parfaitement ennuyeux ?" Il fut le seul à réagir courtoisement et à l'inclure dans la conversation. Il était surtout amusé de trouver quelqu'un qui sache le pluriel de monseigneur...

Peu après, ivres déjà d'être ensemble, ils s'étaient dit, lors d'une crise de bonheur, qu'ils s'imaginaient que l'autre avait des ailes cachées dans le dos.

Mais en fait non. Dans le dos, on n'a que des couteaux…

Qui était la vraie Lee ? Celle chez eux ? Ou celle ici ?

Sentiment absolument dingue.

Ce n'était pas un homme qui voyait sa femme le tromper, c'était un homme qui se voyait se tromper sur sa femme…

De son côté, elle essayait de parler du *Paysan de Paris*, mais tout le monde se moquait d'elle.

Quand elle leva les yeux vers la rue, il avait disparu.

~

Il retourna chez lui. Il erra un peu avant de reprendre ses esprits devant le *Mansart* (sous les yeux de Camille à table) et de se hâter vers la rue Pierre-Haret.

Une heure plus tard, Lee était de retour. Elle avait fait quelques achats dans un magasin bio du quartier. (Pourquoi, à Pigalle, tous les anciens bars à hôtesses étaient-ils devenus des *Naturalia* ?)

Il la regarda, attentivement. Elle était de nouveau la même.

Exactement la même, telle qu'il la connaissait tous les jours, à deux.

Plus ceci, et moins cela.

Pourquoi ?

11

Camille avait dit qu'elle remonterait à Paris le jeudi, mais sans préciser d'heure.

Récupérant sur ses jours de congé, il décida d'être gare de Lyon dès le premier TGV venu de Marseille, changeant de quai à chaque nouvelle arrivée, et se dressant sur les promontoires disponibles pour mieux voir et être vu. Grand comme il était, s'il ne la repérait pas dans la foule des passagers, il pensait qu'elle ne le manquerait pas.

C'est ce qui arriva. Camille le vit très tôt, dès sa descente du 12 h 09.

Elle aurait pu fondre à l'intérieur devant cette surprise.

Elle avait deux collègues à éloigner rapidement pour être tranquille. Elle fit mine d'avoir oublié quelque chose dans son compartiment, sans demander qu'ils l'attendent ; elle simula quelques pas de recul, puis s'immobilisa dans la foule à regarder Camille la chercher des yeux sur tous les visages.

Le quai se clairsema et il la reconnut enfin.

Il se précipita pour l'embrasser directement sur la bouche (ce qui la surprit quand même).

— Je ne m'attendais pas à…, dit-elle.

Mais elle l'embrassa à son tour.

Il avait repris l'avantage du jeu en surgissant de la sorte. Sans doute avait-il prévu d'aller quelque part ?

— Mais j'ai un déjeuner !

Elle décida de l'emmener avec elle.

— Vous m'accompagnez ?

Elle se rendait chez sa grand-mère…

— … comme tous les derniers jeudis du mois.

Un déjeuner familial ? s'interrogea-t-elle après qu'il eut accepté son offre, malgré un étonnement compréhensible. Déjà ?

Petite, Camille avait longtemps tenu un journal intime. Son père était tombé dessus, mais au lieu de respecter la vie privée de sa fille, il décida de le lire, à voix haute, devant tout le monde, un soir de dîner avec plein d'invités. Depuis cette humiliation, Camille cachait ses sentiments, et éprouvait rarement le besoin de se livrer. Seule sa grand-mère avait la faveur de rares confidences. Elle lui présentait toujours ses nouveaux petits amis, pour recueillir l'avis d'une femme qui avait connu beaucoup d'hommes. Mais rarement avant d'avoir… enfin…

Tant pis.

Ou tant mieux.

Camille, lui, découvrit une petite dame pétillante et pleine d'énergie. La peau brûlée par des étés à rôtir au bord de la Méditerranée, et la voix rauque et éraillée par des wagons de Pall Mall et de Craven A. Pour maquiller ses rides, elle avait les joues un peu trop plâtrées. Elle était très maigre. Mais aucunement "tirée". Une ancienne hippie, heureuse de l'avoir été, et de ne s'être jamais totalement trahie…

— Je te présente Camille, lui dit sa petite-fille. Ce n'était pas prévu, il m'a fait la surprise de venir me chercher à la gare.

— Camille ? Ce n'est pas banal. Bonjour, les Camille !

— Désolé de m'imposer, madame…

— Du tout. J'ai largement ce qu'il nous faut. On va rajouter un couvert. Un garçon, ça nous distraira !

Toutefois, l'octogénaire le regardait étrangement depuis son arrivée. Camille crut qu'elle le jugeait déjà, sans parvenir à décider s'il lui plaisait ou non.

Puis la grand-mère dit :

— C'est étrange. Vous savez que vous ressemblez furieusement à quelqu'un que j'ai connu autrefois ? Il y a très longtemps…

Elle hocha la tête.

— Le même que vous, exactement. En plus petit…

Elle s'en alla, songeuse, vers sa cuisine.

— Non, il ne peut pas savoir…

L'appartement se situait à un sixième étage du boulevard Montmorency. La décoration baignait dans un jus des années 70, avec un papier orangé d'époque. Ce n'était pas ancien, c'était vieux, et serait bientôt vintage. Il y avait un piano droit recouvert de cadres : des photos souvenirs de toute une vie, plus ou moins jaunies. Beaucoup de bibelots d'étagère. Des chinoiseries érotiques pour la plupart. Un chapeau de paille, avec des cerises. Et même un teckel à poil long empaillé sur un tabouret.

Camille murmura :

— Il y a toujours un truc entre les vieilles et les petits chiens qui me dépasse. Ou alors, elles ont enfin ce qu'elles ont toujours voulu quand elles étaient plus jeunes : quelqu'un sur qui crier et qui obéit sans répondre. Quand elle a eu soixante ans, ma grand-mère, qui n'est pas d'un tempérament facile, a décrété qu'elle voulait et chercherait encore l'amour, mais qu'elle refuserait désormais de vivre sous le même toit qu'un homme. Aujourd'hui encore, son "chéri" habite à une autre adresse… Elle dit qu'elle est heureuse d'avoir épuisé toutes les joies de la vie commune… Ma grand-mère a eu une existence sentimentale très mouvementée… On n'en fait plus des comme elle…

Camille n'était cependant pas jalouse du long passé d'amoureuse de sa grand-mère : cette dernière avait méticuleusement raté tous ses mariages et tous ses adultères.

(Ça arrive.)

— En tout cas, inutile d'essayer de lui expliquer votre métier, prévint-elle. La technologie et elle... Encore aujourd'hui, quand elle pense à un ordinateur, c'est un écran de Minitel qui lui vient...

Les trois s'installèrent dans la salle à manger, avec vue sur la ligne de Petite Ceinture et l'hippodrome d'Auteuil.

La grand-mère avait clairement un sujet en tête depuis l'arrivée de Camille.

Elle l'aborda, après les asperges :

— Quand j'étais au cours primaire, à l'école de la rue Milton, j'avais deux amies inséparables. Nous nous étions rapprochées pour une raison peu glorieuse, mais très valable : nous étions les trois plus jolies filles du cours. Trois bonbons. Grâce à ça, nous pouvions nous permettre de prendre de haut tous les enfants qui voulaient jouer avec nous, et surtout les filles qui espéraient intégrer notre clan. Une jolie fille seule peut savoir attaquer et se défendre, mais alors, à trois, c'est une horreur pour l'humanité ! En gros, il n'y avait pas plus dédaigneuses ni plus pestes que nous. Et le plus beau, c'est que cela marchait ! Personne ne nous a jamais giflées ni rabrouées. C'est étrange comme la beauté en impose et met souvent tout le monde d'accord. On aurait dit que les gens prenaient pour une faveur de se laisser piétiner par nous. Même les grandes personnes... Et puis *lui* est arrivé. Et là, c'est *lui* qui nous a piétinées...

Elle se pencha du côté de Camille pour lui dire à voix basse, sur le ton de la confidence :

— Je dois vous avouer tout de suite que nous étions d'invétérées rouleuses de pelles...

Elle se redressa comme si sa petite-fille pouvait ne pas l'avoir entendue.

— Petites, mais à l'âge où la femme commence à se former, je peux dire qu'on les observait déjà, *les yeux des autres pères qui se posaient sur nos mères, sur nos institutrices ou sur nos grandes sœurs*… On ne rêvait pas alors d'être libres et indépendantes comme aujourd'hui, on rêvait de se trouver un mari ! Et d'avoir de beaux seins. C'est tout ce qui nous importait, à douze ans. Le patriarcat, on sait maintenant que c'est de la merde, mais, à l'époque, on s'en servait pour faire pousser nos ailes… On voulait continuer d'être les plus belles, les plus dignes de se faire remarquer : pas juste finir par devenir des seins parmi les seins, ni des fesses parmi les fesses… Les histoires d'amour qui se terminaient mal, on s'en fichait complètement. Ce qui nous intéressait, c'étaient les commencements. Les romans-photos, on ne lisait jamais que les premières pages !… Le grand moment des *rencontres* !…

Elle sourit.

— Désolée, je parle beaucoup, c'est ma manière de régler mes pensées. Nous étions trois garces, donc. Pas une pour rattraper l'autre. On se montrait surtout extrêmement sensibles à la *laideur*. Nous la réprouvions, comme une maladie !

À ce moment, Camille demanda à Camille de lui repasser le plat de lapin.

— Je vous remercie…, dit-elle.

La grand-mère sursauta.

— Quoi ? Vous vous vouvoyez ?

Les Camille se regardèrent comme pris en flagrant délit.

— Mais c'est parfaitement ridicule, dit la vieille, vous vous en rendez compte ?

Les deux se contentèrent de sourire.

— Allez, ça suffit, ces conneries ! Ici, on se tutoie. D'accord ?

Ils se sourirent encore. D'un air de vouloir continuer de jouer, et même de braver.

— Non, dit Camille.

— Quoi, non ?

— Nous allons continuer. N'est-ce pas, Camille ?

— Je suis d'accord avec vous.

La grand-mère leva les bras.

— C'est le monde à l'envers. On se croirait dans une pièce d'Achard ou de Roussin ! Moi, je n'ai jamais vouvoyé mes mecs. Encore moins un qui, par la force des choses, connaissait mieux mon cul que moi-même…

— Mamie !

— Pardon.

— Reprends ton histoire. Tu parlais d'un garçon.

— Oui. Il est arrivé en cours d'année scolaire. On est toutes tombées amoureuses de lui dans la minute. Il était *superbe.*

Camille rougit.

— Notre sacro-sainte trinité se rompit devant ce nouveau trophée à saisir. Tout à coup, ce fut chacune pour soi. Il était le plus beau garçon de Rochechouart : c'est à l'une d'entre nous qu'il devait revenir.

Elle hocha la tête, d'un air dépité.

— Eh bien, ce n'est pas du tout ce qui arriva… Figurez-vous que cet apollon s'enticha rapidement d'une autre. Mais surtout, d'un authentique laideron ! On a beau dire : il est intrinsèquement impossible pour une jolie fille de jamais comprendre qu'un beau garçon s'aime avec une plus vilaine. Cela révolte trop ce sur quoi elle table. (Qui dira la peur de la jolie fille quand elle sent que sa beauté ne la protège pas ?) Nous étions jalouses à en devenir folles. Trois perdues en mer. Mordu, il se fichait de nos avances. Comme s'il ne les voyait pas !

— Du coup, cela vous a rapprochées ?

— Plus que jamais. Le trio se reconstitua face à l'adversité. Et alors… tous les coups furent permis. On a fait notre possible pour casser son couple. On envoyait nos prétendants pour la séduire elle et la forcer à le tromper, en promettant nos faveurs en récompense. L'un d'eux fut même missionné pour aller casser la figure de celui qui osait nous dédaigner. Mais rien n'y fit. Ils s'aimaient vraiment, ces deux-là. Il raffolait de son petit boudin. Que pouvait-il lui trouver ? Parce qu'en plus, il en avait *peur*. Il craignait de lui déplaire et de la perdre. Il faisait tout ce qu'elle voulait !… Un vrai canard, comme on dit… À considérer les choses froidement, c'était effrayant pour nous trois.

— Et ensuite ?

— Plus tard, ils se sont mariés.

— C'est une belle histoire, alors ?

La grand-mère se renfrogna.

— Si on veut.

Elle regarda Camille.

— Enfin, tu lui ressembles beaucoup, jeune homme. C'est tout ce que je peux dire. Ça m'a fait un choc en te découvrant tout à l'heure.

Elle resta un long moment songeuse, puis murmura :

— C'est drôle… Avec l'âge, on ne choisit pas toujours les mêmes souvenirs pour raconter la même histoire…

Elle devenait plus émue au fil du déjeuner, avec, parfois, des sautes d'humeur un peu vives. Puis, après le départ des deux Camille, la porte fermée, baisser de rideau : elle eut le visage complètement métamorphosé… (Il faudrait toujours voir la mine de ceux qu'on vient de quitter, juste après les sourires de séparation.)

La grand-mère retourna s'asseoir à table.

Sous sa tartine de fond de teint, elle était blême.

Ses deux amies d'enfance et elle ne s'étaient jamais perdues de vue depuis l'école de la rue Milton. Elles se voyaient encore régulièrement au *Stella* ou au *Flandrin.* Toutes trois eurent de longues fausses vies de princesses, avec davantage de déconvenues que de réussites sentimentales. En tout cas, elles n'avaient jamais été *aimées* comme leur rivale d'enfance, dont le souvenir restait encore vexant.

Ça, non.

Mais l'histoire ne s'arrêtait pas là...

À trente ans, alors qu'elles étaient plus ou moins mariées, elles apprirent une nouvelle sidérante :

La femme de l'apollon venait de mourir. Après une longue maladie.

Tout à coup, elles remontèrent presque deux décennies en arrière : les cartes étaient rebattues.

L'homme était libre. La course à l'apollon reprit, comme si elle ne s'était jamais interrompue. Chacune se remit sur les rangs, avec l'espoir de l'emporter et de se faire aimer avec autant d'ardeur que l'Autre. Toutes se rapprochèrent de lui, discrètement, sans en parler entre elles, ni à personne.

Mais la défaite générale fut plus douloureuse encore...

L'homme redevenait inconsolable. Il ne faisait que parler et regretter son épouse défunte. Les mois avaient beau passer, rien n'y faisait, dès qu'il voyait l'une des trois garces, c'était pour lui parler de la rivale. À quel point elle avait été merveilleuse... Irremplaçable... Chacune ne ménageait pourtant pas ses soins. C'était devenu un enjeu vital. La grand-mère quitta son mari afin de se rendre disponible. Une d'elles détourna l'argent du ménage pour lui faire plaisir et le consoler. La troisième avorta même dans l'espoir de fonder une famille avec lui.

Deux années passèrent ainsi, en pure perte.

L'incompréhension des petites filles d'autrefois n'avait d'équivalent que celle des trentenaires d'alors, toujours délaissées et humiliées.

Comme jadis, l'échec les rapprocha. Elles s'avouèrent tout et résolurent de réagir ensemble.

Un déjeuner de mise au point fut décrété. Ici même. Dans la salle à manger de la grand-mère qui détenait cet appartement de son premier mari.

Le jour promettait d'être mémorable : elles avaient décidé de tout lui dire et de le confondre.

Le veuf arriva, sans idée de ce qui l'attendait.

Il s'était assis à la même place que Camille aujourd'hui, son presque jumeau dans le temps.

L'apollon avait oublié jusqu'aux injures que les trois garces avaient commises enfants contre son couple :

— Je me souviens très bien... Vous étiez si bonnes avec elle... Un tel ange...

Rebelote. Il s'empara de la parole et ne parla plus que d'elle, trop heureux d'avoir un auditoire qui l'avait connue, et sans sentir l'effroi et la colère qui montaient chez les femmes autour de lui.

Elles ne purent rien dire de ce qu'elles avaient prévu...

Au plat de résistance, il se laissa même aller jusqu'à pleurer !

Il n'était pas tolérable d'aimer quelqu'un de la sorte.

Soudain, la grand-mère se leva, passa derrière lui, saisit le tison de sa cheminée et l'abattit de toutes ses forces sur le crâne de l'homme. Il s'effondra dans son assiette, marmonnant des bribes incompréhensibles, aux trois quarts sonné. Aussitôt, d'un même élan, les deux autres se levèrent de leur place et, sans la moindre hésitation, chacune prit le tison et asséna de nouveaux coups acharnés sur le garçon, jusqu'à ce que l'arrière de sa tête soit éclaté sur la table.

Personne ne savait qu'il était ici.

Personne ne pourrait jamais soupçonner ces trois femmes qui lui avaient tourné autour avec la discrétion de femmes mariées…

Elles découpèrent son corps et le firent très lentement disparaître dans les semaines suivantes.

(Comble de l'horreur : chacune osa poser longuement ses lèvres sur celles de leur victime !)

Aujourd'hui encore, la grand-mère conservait un pied de l'apollon dans le congélateur de sa cave…

Comme de rares amours parfois, il y a de rares haines qui ne refroidissent jamais.

12

Camille et Camille avaient passé toute la journée et la soirée ensemble.

Ils étaient restés chez elle, rue de Bruxelles.

Après avoir, comme d'habitude, discuté des heures, sans interruption, au moment où elle se retrouva, la première, complètement nue devant lui, elle ne prononça plus un seul mot.

Elle s'étendit sur les draps.

Malgré leurs nombreux tête-à-tête, ils sentirent qu'ils n'avaient jamais été en *face-à-face* avant de se retrouver, ainsi, allongés nus dans un lit.

(Auparavant, ce n'était donc qu'un avant-jeu ?...)

Il la contemplait à la renverse. Pendant un très court moment, leur étreinte le déçut : rien entre eux n'était encore agile ; ils se distribuaient des caresses qui n'étaient ni des préliminaires ni des fusées.

Il effleurait ses seins et ses reins. Elle sentait ses muscles, ses os, ses côtes, sa langue, ses dents en pointe. Elle tressaillait à suivre sa main sur sa peau, inquiète et maladroite, mais glissant résolument de plus en plus bas (d'ailleurs, plus il glissait, plus il guettait ses réactions...).

Il y eut alors un renversement complet des valeurs.

Jusque-là, ils avaient sacralisé les lieux de leurs rencontres : la rue Nicolet, le *Mansart*, le Luxembourg, le *Rostand*... (dans la suite de leurs vies, quoi qu'il leur arrive, ces lieux resteraient pour eux des lieux de mémoire), mais maintenant rien de cet ordre n'avait cours, ils pourraient être nus au Touquet ou à Ispahan, rue de Savies ou de l'Abbé-de-l'Épée, n'importe : c'était le *moment* qu'ils sacralisaient. L'espace complètement effacé dans l'instant...

À y regarder de près, c'était déjà une belle histoire que leur histoire, cela devrait leur donner du cran, mais non : rien n'aide jamais dans ces situations (ou alors, faut être très fier et très con...).

Après la géographie des lieux, la géographie du corps ?

Or, on aimerait un atlas des cœurs nus !

En remontant pour l'embrasser, il lui caressa le ventre avec la joue. Elle tourna le front pour lui rendre son baiser. Quelle bouche souple elle avait ! Le déclic fut là (l'émotion collégienne !). Elle écarta les genoux, aveuglément. La tête dans les cheveux, l'oreille appuyée sur sa peau, il entendit ses veines ronfler. L'envie de jouir lui était clairement passée dans le sang : elle s'accrocha à lui.

Homme ou femme, on ne découvre vraiment l'autre que dans ces moments.

À quatorze ans, Camille avait lu le *Chatterley* de D.H. Lawrence (de l'érotisme de ce roman, il gardait un souvenir plus ému que de la vision de son premier porno, au même âge...).

Il avait été ému, mais surtout *terrifié.*

Bouleversé par ce que, encore puceau, il y lisait des femmes et de l'acte d'amour :

« Je crois par expérience que la plupart des femmes sont ainsi : elles veulent un homme, mais ne veulent pas le côté physique de l'amour ; elles s'y résignent comme à un mal nécessaire. Les moins à la page restent simplement étendues comme des souches et vous laissent faire… Ensuite, ça leur est égal ; elles vous aiment bien. Elles font semblant d'être passionnées et d'éprouver de grands frissons. Mais c'est du chiqué, une pure pose… »

Ensuite, ça s'aggravait :

« Et puis il y a celles qui aiment tout, toutes les sensations, toutes les caresses, toutes les jouissances. Il y a les dures, comme ma femme, qu'il faut la croix et la bannière pour faire jouir, et qui se font jouir elles-mêmes. Elles veulent jouer le rôle actif. Et puis il y a celles qui sont mortes au-dedans, complètement mortes. Et elles le savent. Et puis il y a celles qui vous font sortir avant que vous ayez vraiment joui, et qui continuent à se trémousser des reins jusqu'à ce qu'elles jouissent contre vos cuisses. Mais celles-là sont surtout des lesbiennes. C'est étonnant combien les femmes sont lesbiennes, consciemment ou inconsciemment. Il me semble qu'elles sont presque toutes lesbiennes… »

(D.H. Lawrence ne s'exprimait pas *ex cathedra* sur le sujet ; il devait beaucoup de sa science du sexe chez les femmes à ses longues conversations avec son épouse Frieda…)

À la même époque, Camille ajouta Proust à ce panorama, avec ce passage qu'il n'ôta jamais de ses souvenirs, où Bloch assure au narrateur qu'aussi, à rebours de ce qu'elles peuvent laisser croire, toutes les femmes ne pensent qu'à *ça*…

« Ce fut vers cette époque que Bloch bouleversa ma conception du monde, ouvrit pour moi des possibilités nouvelles de bonheur (qui devaient du reste se changer plus tard en possibilités de souffrance), en m'assurant que contrairement à ce que je croyais, les femmes ne demandaient jamais mieux que de faire l'amour… »

Après ces lectures, le malheureux Camille de quatorze ans ne voyait plus dans la gent féminine qu'une immense harde aux besoins contradictoires… qui veulent *et* qui ne veulent pas, mais *furieusement*…

Et puis, avec le temps, il avait découvert par lui-même, dans la vie, que les choses étaient beaucoup plus simples que ne l'écrivaient D.H. Lawrence et Marcel Proust. Comme toujours… ("On dirait que la grande littérature ne serait là que pour nous foutre les jetons !…")

À présent, Camille et Camille faisaient l'amour dans la confiance absolue de tous leurs muscles. Elle le sentait grandi, excité, dix fois égal à ce qu'il était dans la vie. Ils avaient trouvé le rythme commun, la mainmise alternée. Tout chez eux communiquait par contagion et mimétisme.

Comme avec la plupart des femmes qu'il avait vraiment aimées, au moment où elle s'était abandonnée, il l'avait sentie prendre l'ascendant sur lui. Elle se donnait, mais c'est lui qui était pris… Pourquoi était-il *réconforté* par ce sentiment d'écrasante supériorité qu'elle conservait sur lui ?

Elle adorait sa mi-voix dans l'amour.

Il adorait regarder les ombres dessinées sur ses formes (d'habitude, elle éteignait les lumières et tirait les rideaux pour qu'il fît nuit noire dans la chambre…). Elle se concentrait sur le bondissement des fesses, il sentait ses seins se hérisser ; parfois, elle le serrait si fort qu'elle donnait l'impression de le bercer…

C'était mieux que le présent, c'était le *futur immédiat*. Le « prime-ultime », comme dit l'autre, où tout arrive pour la première et dernière fois.

L'amour les jetait aux deux bords du lit ; chacun de leurs gestes devenait une façon de se dire oui.

Et pendant ce temps, autour d'eux, le monde criait, courait, pleurait, boxait, dansait…

Seulement dans ce huis clos amoureux, enchevêtrés comme des initiales, ils se foutaient pas mal de toutes les nécessités extérieures…

~

Il abaissa le rideau de fer d'un geste puissant, parfaitement réglé, mécanique presque (de ceux qui rassurent).

Après avoir déconnecté la caisse électronique, rentré la terrasse et remis le bar en ordre de marche pour le lendemain, il terminait la fermeture du *Mansart.* À une heure du matin, il avait éteint seul toutes les lumières "comme si de rien n'était"... épongé l'ardoise du jour... briqué la machine à café... empilé les cendriers Martini...

C'était le garçon de salle qu'on connaît, celui qui avait servi Camille et Camille à chacun de leurs samedis.

La rue n'était pas encore complètement déserte : il restait trois fumeurs, un passant qui rentrait se coucher, deux buveurs de bière sans réelle conversation et une femme penchée sur son téléphone, somnolente et contrariée. Il verrouilla avec soin le rideau, puis glissa la clé dans la poche de son jean.

Demain, tout le monde rapporterait à la police que non, il n'avait rien montré d'*anormal* ce jour-là.

"Ce n'était pas un type à histoires."

"Son truc le plus curieux, c'est qu'il supportait très mal la vue des couples... C'était physique chez lui...", s'empresserait de témoigner une serveuse du *Dépanneur*, le resto en face, qui, la dernière, l'avait vu s'éclipser rue Fontaine, après son service.

"Il était plutôt secret, c'est vrai..."

Il prit son métro à la station Blanche avec un sac en bandoulière qui émettait parfois un bruit d'outils de bricolage.

"De la famille ? Non."

"On ne lui connaît aucune copine, ni d'amis non plus..."

Pourtant, cette nuit-là, il avait rendez-vous.

En pénétrant dans le compartiment de la ligne 2, un jeune homme passa près de lui pour descendre, tête baissée, le *Hollandais volant* à fond dans les oreilles. Le serveur reconnut la musique de l'ouverture. Avec son jogging, ses tatouages et son bonnet blanc, ce garçon n'avait pas la gueule à écouter de l'opéra, ni à s'intéresser à la littérature allemande (il avait un livre de Heine glissé sous le bras).

Mais lui-même, se demanda le serveur en s'asseyant dans un carré de banquettes vides, quelle gueule avait-il, au fond, pour qu'on puisse dire, au premier coup d'œil, qui il était vraiment *aujourd'hui* ?

Souvent il s'exclamait, pour la galerie :

"J'ai quarante ans, et je me sens déjà appartenir à une génération de *dinosaures* !..." Depuis quelque temps, la marche du monde allait trop vite pour lui, avec des schémas trop neufs pour qu'il s'y retrouve. (Alors, un mec d'à peine vingt ans qui écoutait du classique dans le métro, avec un bouquin plutôt oublié de Heine, ça pouvait encore le surprendre et le réconforter un peu, face à la déferlante des pixels et des décibels sur les caractères d'imprimerie...)

Un peu ?

Non, rien ne le réconfortait vraiment.

Plusieurs passagers entrèrent, en ordre dispersé, sans qu'il leur prête attention.

À cette heure, il se disait souvent que le métro avait quelque chose de fantomal ; l'obscurité des tunnels où sa rame s'engouffrait n'était plus tout à fait la même (comme un voilier la nuit, quand on a l'impression qu'il n'y a plus de vent ni de mer, mais qu'il avance toujours...).

Un noir et blanc de cinéma aussi.

À l'arrêt suivant, il entendit une voix de femme s'élever, pour demander :

— Viens !

— J'ai pas envie...

— Ah, t'es vraiment qu'un sale con de nègre quand tu t'y mets !

— Je ne discute pas...

— Quoi ?

— Je dis : je ne discute pas !

Le serveur tourna la tête et aperçut une Blanche assise avec deux Noirs dans le carré voisin.

L'un des Noirs, en veste de costume à trois boutons, face à la blonde, était assez nerveux :

— Ça suffit maintenant. *Ferme ta gueule* !

— Vous savez ce que vous êtes, vous, les nègres ? Vous êtes des assassins en puissance. Et d'ailleurs, vous le savez très bien !

— Et toi ? Ton rêve, c'est de ressembler aux putes de la télé... Oui. L'argent. Tu penses qu'à ça... C'est écrit sur ta gueule !

La femme lui fit signe de baisser d'un ton, parce que le serveur, à côté, les écoutait.

Le Noir le regarda dans les yeux, mais se ficha de sa présence.

— Il sait pas de quoi il s'agit... Il sait *même pas* de quoi il s'agit !... Ces mecs-là se prennent la tête à deux mains et susurrent "Ooooooh, mais j'adoooore Bessie Smith !..." Sans même comprendre que Bessie Smith est en train de leur chanter : "Tiens, voilà mon gros cul *noir* !" Ce qu'elle chante ? C'est pas l'amour...

— Qu'est-ce que c'est alors ?

— C'est pas le désir. C'est pas le chagrin. Rien de tout ce que tu imagines... Tu veux que je te dise ?... Elle vous crie que son gros cul noir vous *emmerde* !!

Le serveur vit que la femme tenait une pomme posée sur les cuisses.

Puis un flingue dans la main gauche...

Il sortit deux stations plus tôt que prévu, pour attendre la prochaine rame.

"En voilà un qui a eu la trouille de se faire buter…", pensa, sans doute, le trio resté dans le compartiment.

Même malentendu qu'avec la gueule du jeune qui écoutait du Wagner ?…

Une heure plus tard, le serveur marchait au bois de Boulogne.

~

Depuis le terminus de la station Porte Dauphine, il avançait sur un sentier couvert d'arbres où il faisait nuit noire (dans le ciel : pas de nuage, peu de lune, beaucoup d'étoiles…), hormis quelques voitures qui roulaient très lentement le long de la route de Suresnes. Le serveur le savait : leurs phares étaient comme des yeux qui cherchaient à s'arrêter…

Non loin de là, avec un peu d'imagination, toutes les obscurités baisaient.

Il marcha jusqu'au lac Inférieur, sous un abri qui accueillait la journée les clients du Service des bateaux du bois de Boulogne. Des enfants se pressaient ici le jour, avec des couples d'amoureux et des touristes, pour une balade sur l'eau ; cette nuit, il n'y avait qu'une soixantaine de barques vides alignées et retenues par des chaînes.

Le serveur s'assura qu'il était seul et avança dans l'eau pour monter à bord de la première. Il sortit une pince de son sac et sectionna la chaîne qui l'amarrait aux autres bateaux.

Très vite, il se retrouva à voguer au milieu du lac.

Il ramait avec un sentiment de sécurité et de chance.

Il avait l'impression de profiter, dans l'instant, d'un privilège unique.

Deux cygnes allongèrent le cou pour le regarder, et il sourit.

Afin de comprendre l'original : depuis l'adolescence, ce garçon croyait qu'il n'y avait qu'une façon d'aimer et que sa façon d'aimer était la seule bonne. Quand il était en couple, il insistait pour "tout" donner à l'autre, et c'était vrai. Non par grandeur d'âme (comme il se l'envisageait), mais parce qu'il avait un besoin égoïste de se sentir utile, et cherchait toujours à en recevoir la confirmation.

En réalité, il se fichait pas mal d'être utile à l'autre, il voulait lui devenir *indispensable.* Il voulait que celui-ci soit paniqué à la seule perspective de pouvoir le perdre.

(Le cœur aussi à son *hybris...*)

Un jour, avec une femme plus âgée, après quelques semaines de liaison, alors qu'elle le laissait trop facilement sortir le soir avec ses potes, il lui avait asséné le reproche peut-être le plus sincère de sa vie : "Tu n'es pas assez possessive !"

Elle lui avait répondu, en lui indiquant la porte du doigt :

— Allez. Dégage. Je t'ai assez vu pour aujourd'hui !

Avec certains, il faut savoir couper la branche immédiatement.

Possessif, il l'était. Il aimait les femmes en état de faiblesse pour mieux pouvoir les "sauver". Ayant décrété qu'il avait, plus que ses semblables, l'intelligence du cœur, il prenait ses propres conseils pour parole d'évangile. Il n'avait pas une idée sur tout, il avait une *théorie* sur n'importe quoi. Pis encore, il demandait à chacun de se modeler sur ses peurs intimes (comme si cela pouvait l'en soulager), prêtant aussi ses propres illusions, ses dramatisations, ce qui, quand elles s'avéraient non partagées par l'être aimé, suscitait des déceptions et de fortes rancœurs. Bref : celui qui se voyait comme un *hypersensible*, un être d'empathie pure, plus ouvert sur les autres que sur lui-même, n'était qu'un égoïste, qui entraînerait l'humanité dans sa chute, si cela pouvait lui donner raison une dernière fois.

Il ramait à présent en direction d'une île posée au milieu du lac. Autour de lui, la surface reflétait tout (on l'a dit : pas de nuage, peu de lune, beaucoup d'étoiles...). Soudain, une torche s'alluma au loin, deux courts éclats de lumière rapprochés, depuis la pointe de l'île qu'il visait.

Il rectifia légèrement son cap et redoubla d'efforts.

Il aborda un peu plus tard et tira avec difficulté la barque sur la rive.

Il regarda autour de lui. Personne.

Il se trouvait au pied de la statue de *L'Union de l'Homme avec la Nature et l'Amour*. Le peu de lune de la nuit se reflétait sur les épaules de ce couple s'embrassant.

La lumière se ralluma plus loin, maintenant dans la nuit noire du bois de l'île. Encore deux brefs éclats.

Le serveur hissa son sac sur le dos et se mit à les suivre.

Il n'avait pas peur, mais son cœur battait...

Après avoir été quitté par toutes sortes de femmes, il avait fini par établir un portrait-robot de sa conjointe parfaite, seule capable selon lui de le comprendre, et avec laquelle il accepterait de se marier et de faire des enfants.

Le miracle, c'est qu'il tomba sur cette femme idéale sur papier, à une terrasse de café.

Tout correspondait.

Hormis un détail : pour parfaite qu'elle fût, elle n'était pas femme à tomber amoureuse d'un type qui dressait des listes avec des cases à cocher pour rencontrer l'amour...

(Il avait décrété qu'elle devait être institutrice, de gauche, n'aimant pas l'argent, tolérante, avec un nez petit, de gros seins, peut-être des lunettes, grosse liseuse de romans et de philosophie, douée d'une excellente écoute, aussi intelligente que lui, sans problèmes non résolus avec ses parents, sortant peu le soir, toujours bien dans sa peau, drôle, etc.)

Sitôt qu'elle eût compris à qui elle avait affaire, elle s'éclipsa.

Mais il résista : il ne pouvait accepter qu'elle ne réalisât pas qu'elle était la femme de sa vie, et qu'il était le meilleur choix pour elle. Il la poursuivit ; elle finit par déposer plainte. Déménager même.

Éperdu, il demeura inconsolable, infatué jusqu'au ridicule de sa propre souffrance. Il parlait de son mal avec n'importe qui, pleurait au sujet de n'importe quoi ; sa famille et ses amis ne voulurent plus le fréquenter, usés par son entêtement sentimental. Son ex même l'avait prévenu, lors de leur dernière dispute :

— Ce n'est pas parce que tu souffres que tu as raison !...

Il perdit son travail. Il passait ses jours à la terrasse des bistrots, quartier après quartier, à n'importe quelle heure dans Paris, espérant la croiser une nouvelle fois par hasard. On le retrouvait suivre des yeux les passantes à Belleville, au Palais-Royal, aux Batignolles, dans la Nouvelle Athènes, sur l'île de la Cité, à Pigalle. C'est ainsi qu'il entendit un jour, attablé au *Mansart*, qu'ils recherchaient un nouveau serveur... Il y avait quatre ans.

Depuis ce dernier revers, il avait tous les amoureux qui lui tombaient sous les yeux en horreur.

Il se jura de ne plus jamais chercher à se remettre en couple.

Jamais.

Avançant maintenant à tâtons au cœur de l'île du Bois, il se retrouva nez à nez avec une jeune femme qu'il ne connaissait pas encore.

— Bonsoir...

— Bonsoir.

Ils chuchotaient.

Son œil s'était fait à l'obscurité : il voyait qu'elle n'était pas très grande, plutôt épaisse, avec de longs cheveux en ondes ; elle portait une robe blanche, avec une fleur (des champs ? ou une broche ?) à son corsage.

Au son de la voix, il lui donnait moins de trente ans.

— Suivez-moi.

Elle ne ralluma pas sa torche.

Ils ne se connaissaient pas et ne sauraient jamais rien l'un de l'autre. Tel était le contrat. La moindre confidence échappée pourrait tout faire s'écrouler. Ces deux étrangers s'étaient rencontrés sur une page de discussion d'un site consacré aux célèbres Amants d'Irigny, couple qui, en 1770, avait réussi le plus parfait des « suicides à deux ».

— Vous avez tout ce qu'il faut ?

Il ouvrit son sac et en sortit deux pistolets.

Rousseau fut si touché par le sacrifice des amoureux d'Irigny, sortes de Roméo et Juliette des bords du Rhône, qu'il rédigea leur épitaphe :

Ci-gisent deux amants, l'un pour l'autre ils vécurent
L'un pour l'autre ils sont morts et les lois en murmurent
La simple piété n'y trouve qu'un forfait
Le sentiment admire et la raison se tait.

Il y avait une composante romantique à ce choix d'acte, à cette irrévocable décision de couple, qui séduisait encore les cœurs d'aujourd'hui, et notre serveur et cette inconnue les premiers.

C'est elle qui avait initié l'idée.

Pour lui, le destin voulait simplement qu'il en finisse avec éclat, afin de contrebalancer une vie passée sous le signe de la souffrance et de l'incompréhension. Pour elle, pratiquante, c'était Dieu qui l'invitait à anticiper ce qui devait, de toute éternité, être sa volonté… (S'il en avait décidé autrement, il lui aurait laissé rencontrer l'homme de sa vie.)

Ils étaient deux gueules cassées de l'amour, engoués de leurs échecs sentimentaux respectifs, se délestant sur le monde et la société en général (les "autres") de toute la responsabilité de leurs manques et de leurs fautes. Martyrs de l'émoi, ni l'un ni l'autre n'avait jamais grandi.

Cette nuit, ils attendirent trois heures du matin et la certitude que personne n'était plus au restaurant du *Chalet des îles* ni à l'embarcadère. Le serveur arma le premier pistolet sans trembler et le déchargea sur la poitrine de la jeune femme. Il le jeta à terre. Vérifia qu'elle était bel et bien morte. Puis saisit le second et le retourna sur son propre cœur.

Demain, on retrouverait un petit livre de Kleist glissé sous la robe de la jeune femme.

Quant au patron du *Mansart*, il dirait aux enquêteurs de police :

— Ce gars-là, il avait parfois de gros coups de déprime. Et quand je lui demandais pourquoi, il répondait : mes raisons.

~

Au moment même des coups de feu, Camille et Camille s'endormaient ; ils n'avaient pas éteint la lumière, s'étaient à peine parlé, elle avait simplement soulevé sa tête pour qu'il glisse son bras dessous, il la serrait fort contre lui, ils ne bougeaient plus, ils avaient terminé leur étreinte depuis peu, mais l'agitation restait palpable dans la chambre : leurs cœurs (leurs pouls) faisaient encore l'amour…

Dans ce demi-sommeil de bien-être, ces deux-là ne pouvaient être plus coupés de l'actualité du monde.

Trompez vos femmes, frappez vos enfants, massacrez-vous les uns les autres, renversez des frontières, flinguez la planète : Camille et Camille s'en moquent.

13

A et O, sur l'autoroute de Normandie, ne regardaient pas les nuages.

Cette semaine, il lui avait proposé de leur préparer deux jours comme elle l'entendait : en guise de première virée romantique, elle choisit le Calvados sous la pluie.

Ils conduisaient alternativement la voiture d'O à chaque recharge.

Elle aimait depuis quelques semaines une veste d'homme remarquée dans une vitrine de la rue Vauvilliers, près de chez elle. Elle l'avait achetée pour O et la lui avait offerte deux jours auparavant. Il la portait aujourd'hui devant elle ; elle adorait ça, comme rassurée par cette première marque d'influence (de pouvoir ?) reconnue sur lui… (Elle se souvenait que son père faisait la même chose quand elle était jeune ; séparé de sa mère, avec chacune de ses nouvelles copines, il commençait par la rhabiller à son goût : des petites vestes, des tailleurs stricts, du noir et des chemisiers blancs… Cela pouvait passer pour généreux, seulement offrir ainsi, c'était seulement mettre sa griffe sur l'autre. Elle détestait ce travers machiste chez son père jadis, mais le trouvait tout à fait normal chez elle aujourd'hui…)

Arrivés à Deauville, ils se mirent à une table de la *Maison Dupont* pour commander une crêpe au chocolat (lui) et une dame blanche (elle). Sur la terrasse, ils étaient très proches ; elle le touchait de la hanche et de la jambe.

Autour d'eux, la place Morny accueillait un défilé de berlines et de couples à pied très "propres-sur-eux", comme arrachés d'une publicité de vêtements de luxe.

A s'observa. Elle portait un chemisier clair échancré sur une jupe serrée noire, avec une mince ceinture colorée.

— Mon problème avec les fringues, c'est que quand je suis chic, je ne me sens pas assez pute ; et quand je suis pute, je ne me sens pas assez chic… Je n'arrive *jamais* à me trouver !

Ce qu'il chérissait le plus chez cette jeune femme, c'était que son mystère résistait très peu : elle disait et montrait tout.

Dans la vie comme au lit.

Avant leur départ de Paris, elle lui avait laissé croire qu'elle n'avait jamais mis les pieds dans cette ville : non par mensonge délibéré, mais il lui avait posé la question et elle avait senti que ça lui plairait d'être "celui qui fait découvrir"… (C'était un peu puéril, quoique touchant : "Les hommes adorent ça", lui avait glissé un jour sa tante.)

Elle sortait souvent des choses curieuses et inattendues. Par exemple, elle refusait de fêter Noël le 25 décembre, qui célébrait la naissance d'un garçon, pour mieux le fêter le 8 septembre, qui était la naissance de la Vierge…

En pleine conversation, elle pouvait lancer un crochet :

— Je n'ai pas de soutien-gorge, tu l'as vu ?

Dans ces moments, elle souriait et tout en elle devenait très pur.

— Ce qui est reposant avec toi, dit-il, c'est que tu ne cherches pas à te présenter sous un jour sérieux.

Elle pencha la tête, les yeux ravis.

— C'est fou ce que tu *m'aimes*, toi !…

Dans le même temps, elle se disait : "Quelle proie facile a dû être ce garçon... Comme les filles ont dû le faire souffrir !..."

Et cette pensée l'unissait à lui.

Du côté de O, le fait de se remettre en couple après dix-huit mois de célibat lui offrait un soulagement qu'il n'avait jamais encore ressenti : sa vie redevenait *prévisible.*

— Il faudrait arriver au monde en voyant le visage de Claudia Cardinale qui descend l'escalier dans *La Fille à la valise*, et mourir avec, pour dernière vision, son apparition ingénue dans *Huit et demi*, dit-elle.

Pourquoi ?

(Il y a, parfois, une poétique dans la manière dont les idées nous viennent...)

Elle lui reparla de son ex et de l'interminable chagrin qui avait suivi leur séparation. O avait d'abord eu toutes les raisons de s'inquiéter de ce sujet qui revenait trop souvent, mais A lui dit aujourd'hui :

— J'espère qu'il est désormais heureux avec une nouvelle femme. *Vraiment.*

Au moment de souhaiter le bonheur (en couple) d'un ex (en couple !), chacun mesure par où il ou elle a dû en passer...

Depuis trois semaines qu'ils s'étaient envoyés en l'air dans un coin de la rue Saint-Benoît, il savait déjà tout de son dernier échec amoureux.

A et cet ex s'étaient rencontrés à un *apéro dog* aux Abbesses, alors que ni elle ni lui n'avaient de chien...

— Il m'a banalement offert une cigarette. Une *slim.* Il avait presque l'air de s'excuser de me tendre une clope aussi fine. J'ai cru malin de lui dire : "Ce n'est pas la taille qui compte..." Il a alors allumé son briquet et l'a approché de moi, en répondant : "Non, ce qui compte, c'est la flamme..." Voilà. Jamais je n'avais fondu intérieurement avant *ça...*

Les premiers temps de leur relation, elle avait senti qu'elle n'était pas seule dans la vie de cet homme (et donc pas à sa place), puis les choses s'étaient normalisées et avaient pris la forme du Grand'amour.

Lorsqu'il la quitta brutalement après quatre années, à l'inverse de toutes ses séparations précédentes, elle ne chercha pas à diminuer sa souffrance. D'ordinaire, dès qu'un type la larguait, elle s'empressait de coucher avec un homme pour aller pleurer dans les bras d'un autre qu'elle n'aimerait jamais ; mais pas cette fois.

— Avec cette rupture, toute ma vie et mon monde s'effondraient. J'ai pleuré, crié, supplié, cogné... Mais le coup de grâce a été porté quand il m'a balancé : "En fait, je t'aime encore, oui, c'est possible, mais je ne te *désire* plus... Je la désire *elle*..." Il a pris ses affaires et m'a laissée chez nous... Voilà... Plus de mariage, plus de bébé, je n'avais qu'à vider l'armoire à pharmacie... Pourtant, quelque chose en moi pressentait qu'il pourrait sortir du bon de cette catastrophe (la pire de ma vie), à condition de m'y plonger à fond, de chialer et de chialer pour de bon, sans retenue... Je m'accordais alors la joie morbide de me sentir incurable... Se complaire, c'est aussi une façon de se consoler !... Dans ma douleur, j'allais puiser de la noblesse... En aucun cas, je ne voulais hacher mes chaînes !... Ni alcool, ni soirée entre copines, ni Tinder... "Psychotropes et électrochocs, allez vous faire foutre. S'il faut dévisser, dévissons pour de bon !" Toutes mes journées en pleurs, mes maux de ventre insupportables (qui ne viennent *jamais* du ventre, tous les mal-aimés le savent...), mes insomnies chroniques, mes penchants suicidaires, se muaient peu à peu en chagrin parfait, en douleur totale, en un cœur que l'on broie toujours un peu plus fin... Enfin, un matin d'avril, dans une rue ensoleillée, sous des marronniers en fleurs et l'air sentant le lilas frais partout autour de moi, ce fut tout à coup comme si mon cœur, après six mois de torture, me soufflait à l'oreille : "Voilà, tu m'as donné exactement ce que je te demandais. Après tout, je suis aussi fait pour les grands malheurs, pourquoi le nier ?… Aujourd'hui, j'ai mon compte : tu peux à nouveau t'envoler." Une décapotable est passée à ce moment à ma hauteur, la musique à fond, avec *All the Young Dudes* de Mott The Hoople. J'ai vu devant moi un homme s'allumer une cigarette : la veille encore, ce souvenir m'aurait brisée, mais là, j'ai simplement souri. J'étais guérie. Prête pour la prochaine flamme. Le printemps m'avait trouvée. Ce n'était pas un miracle, mais la conséquence naturelle de la mort des émotions (Camille, lui, féru de biologie cellulaire, appelait cela "l'apoptose" des sentiments…). Et puis j'avais, pour une fois, l'impression d'avoir surmonté cette rupture… en adulte ! T'aimes Orelsan ?… *Tu vas tomber, faudra t'relever… Si c'était facile, ça s'saurait… Tout l'monde veut sa place au sommet, sans vouloir attendre…* Ça marche pour tout. Y compris pour les éclopés de l'amour…

O ne disait rien.

Attrapant d'un rapide coup de langue un éclat de marron glacé qu'elle gardait sur la lèvre supérieure, elle changea subitement d'humeur, et s'émerveilla d'aller bientôt voir la mer…

~

La plage de Deauville, elle colle aux semelles, il y fait un temps douteux, mais elle fera toujours son effet sur les Parisiens.

Le long de la promenade, O et A se tenaient par la main, contre un vent qui fraîchissait de minute en minute, partageant la même humeur complice ; il leur suffisait de se blottir et de se sourire.

Ce n'était pas encore grand-chose, ce premier week-end, mais c'étaient déjà des débuts de souvenirs...

Ils virent passer près d'eux une claire blonde qui se fatiguait sur des talons trop hauts pour les planches. Racée et grande, des yeux immenses, avec des pommettes (artificielles ?) d'enfant ; objectivement, elle était *sublime*...

— On dirait une statue de déesse !

Un type plus âgé et gras se traînait derrière elle.

— Oui, mais une déesse qui couche...

(Elle se trompait complètement : la femme aux talons gagnait seule sa vie et c'est elle qui entretenait le mari. Féministe, A tombait souvent dans des clichés très blessants à l'encontre de certaines femmes jugées sur leurs apparences. Elle disait : "Le féminisme ? On en reparlera quand les hommes riches et puissants ne seront plus couverts de nanas... En fait, la solution viendra peut-être de femmes riches et puissantes enfin couvertes d'hommes !" En clair, elle disait volontiers n'importe quoi, comme tous ceux qui ont cédé à l'injonction médiatique d'ouvrir leur gueule à tout bout de champ et à tout propos...)

Ils arrivèrent à hauteur des Bains dits pompéiens, puis des célèbres cabines de plage de la station. A joua partout la surprise de la première fois, ce qui redoublait leur complicité.

— Et toi ?

— Quoi moi ?

— Les ruptures qui dérapent, comme la mienne, tu les vis comment ?...

— Ce n'est pas compliqué, quand je suis quitté, je rends des services.

— Pardon ?

— Oui. Je ne reste pas chez moi, je vais aider les autres. Un pote à remplir ses papiers. Une copine à déménager. Je vais tailler les haies dans le jardin de mes parents. Sortir des petits vieux de leurs maisons de retraite. Plus je suis en peine, plus j'offre des coups de main, des choses tangibles, et, imaginant faire plaisir, je passe plus facilement à autre chose…

— On est très différents alors.

— Nous sommes deux méthodes qui fonctionnent, c'est tout ce qui compte.

— Amen !

Ils dirent cela sous les premières gouttes.

O avait pensé à emporter un parapluie, et cela enchantait A qui oubliait toujours ce genre de chose. Elle s'était dit dans la voiture qu'elle allait souvent vers des hommes difficiles parce qu'elle aimait les défis (ou confondait la difficulté avec l'intensité), mais à présent, elle cherchait plutôt quelqu'un de gentil et de facile. Un type avec un parapluie dès qu'on en a besoin.

Le long des cabines de bain, ils s'amusèrent à retrouver des titres de films liés aux noms d'acteurs ou de réalisateurs américains peints sur les célèbres lices. Elle cita *Eve* pour Bette Davis, il dit *Wall Street* pour Michael Douglas, elle dit *Always* pour Richard Dreyfus, il trouva *Pulp Fiction* pour John Travolta… Enfin, elle enchaîna, coup sur coup : *Opening Night* pour Ben Gazzara, *Chinatown* pour Robert Towne, *La Rumeur* pour William Wyler, *Duel au soleil* pour King Vidor…

(Déjà, avec Claudia Cardinale, il avait compris qu'elle était beaucoup plus forte que lui en cinéma classique.)

Ils lurent encore les noms de Cate Blanchett, Coppola, Susan Sarandon, Harvey Keitel, Orlando Bloom, Sidney Lumet, John Frankenheimer, Steven Spielberg…

Puis O déclara soudain :

— Il faudrait effacer tous ces noms et n'y mettre que celui de Trintignant…

~

À marée basse, ils atteignirent la mer après une longue marche sur la plage, s'amusant à regarder leurs empreintes dans le sable ou à aplatir des paillots de coquillages.

Autour d'eux, le mauvais temps vidait peu à peu la côte.

— Et l'écriture ?

Il sourit.

— Tu as réfléchi à ce que nous nous sommes dit ?

A était vraiment la première dans sa vie à jamais s'intéresser à son côté artiste. Elle avait plusieurs fois remis sur la table, après leur premier soir *Chez Fernand*, le fait qu'elle trouvait aberrant qu'il reporte sa carrière dans les lettres en s'abritant derrière des excuses de prudence matérielle.

— Oui, j'ai réfléchi, dit-il. J'ai même pris une décision !...

Il avait prévu de faire une déclaration à ce sujet ce week-end, mais peut-être pas aussi tôt. Toutefois, l'orage à l'horizon, la Manche démontée, les rafales de pluie, il y avait quelque chose dans l'air qui incitait à...

Il se lança (ou plutôt elle l'avait poussé) :

— Lundi, je pose une demande d'année sabbatique pour me consacrer entièrement à l'écriture dans les prochains mois !

Il exultait à seulement s'entendre prononcer une telle phrase, i-ni-ma-gi-na-ble avant sa rencontre avec A.

Il avait l'impression que tout venait de sortir dans l'ordre.

Mais la réaction de la jeune femme ne fut pas celle espérée.

Elle ne dit rien.

O comprit la nature de son regard fixe ; il en devina même le reproche : "Cette année sabbatique, ce n'est pas un saut dans le risque, mais un pas de côté. Encore de la prudence !" Le dicton ne dit-il pas : "Ceux que Dieu veut perdre, il les rend raisonnables ?"

Elle avait des yeux si expressifs et si profonds qu'ils lui intimèrent de se montrer à la hauteur.

— Tu as raison, lâcha-t-il, je vais carrément démissionner. C'est ça ! Adieu la Fonction publique ! J'ai mieux à faire de moi !

O ne se reconnaissait plus et ça lui donnait des ailes. Il venait de prendre sans doute la décision la plus importante de sa vie en un quart de seconde, devant une femme qu'il connaissait à peine, qui n'avait jamais lu une ligne de lui et qui, elle-même, n'avait entendu parler de ses poèmes que par l'entremise de leur ami commun, qui n'avait aucun goût pour les vers.

Amis, parents, collègues, tout le monde stupéfait allait lundi le prendre pour un fou !...

(C'était exactement pour des cas comme celui de O que Nathaniel, le voisin septuagénaire de Camille, le compagnon de la jeune Lee, ne croyait absolument pas à la *psychologie*. Toute sa vie, il avait pu constater, dans son entourage comme sur lui-même, qu'il arrive à la plupart des gens de prendre des décisions qui ne correspondent absolument pas à leur soi-disant "profil psychologique". Surtout dans les cas extrêmes : "Je n'aurais jamais cru ça de lui !..." "Oh, elle n'a pas fait ça !..." À force de se surprendre de ce qui n'a rien d'original, ça en devient comique... Nathaniel disait : "Je ne sais pas si le théâtre, c'est la vie, mais je suis sûr que la vie, c'est du théâtre. Et comme au théâtre, ce qui importe, ce n'est pas la psychologie, c'est la *situation*. Les gens ne réagissent pas par rapport à un caractère qui leur serait donné et qui resterait immuable, mais par rapport au degré de félicité ou de gêne dans laquelle ils sont plongés. C'est aussi pour cela que la plupart des mariages finissent très mal : on croit tout connaître de l'autre, surtout avec les années, et puis la "situation" change, même subrepticement, et plus personne ne reconnaît personne… Même La Bruyère, après ses milliers de portraits, finit par l'admettre : « *Les hommes n'ont point de caractère, ou, s'ils en ont, c'est celui de n'en avoir aucun qui soit suivi, qui ne se démente point, et où ils soient reconnaissables.* » C'était bien simple : à chaque fois qu'il entendait le mot *psychologie*, même pour des personnages de fiction, Nathaniel avait envie de sortir son revolver…)

— Tu sais sur quoi tu vas écrire ?

— Un roman.

— Tu as déjà l'idée ?

— J'en ai cent !

— Mais pour commencer ?

— J'y pense.

— Raconte-moi.

— Non. Plus tard…

— Tu me le dédieras ?

— Évidemment !

En quelques réponses, il avait regagné toute son estime (et même réveillé son désir).

~

Sur la place de l'église, ils croisèrent une noce pluvieuse : les invités quittaient la cérémonie sous les trombes d'eau, s'amusant des flaques et du vent (les enfants d'honneur ruinaient leurs habits de fête sans écouter personne). C'était joyeux et frais : les mariés étaient jeunes ; s'il n'y avait eu des téléphones levés à tout bout de bras, on aurait pu croire à une carte postale.

Pourtant plus d'un aurait pu dire devant ce nouveau ménage : "À l'église, on nous fait prêter le serment de nous aimer *jusqu'à ce que la mort nous sépare*, mais c'est de l'enfumage, il faudrait nous demander de nous 'désirer' jusqu'à la mort... Là, on verrait qui ose s'engager !... Aimer, c'est trop facile ; tout l'enjeu, c'est de rester amoureux !..." ; mais plus d'un autre répliquerait que le véritable amour se travaille par l'espoir et non par la résignation, que le désir est transitoire, et qu'on a le droit de rêver, bordel, devant un joli mariage !

A était de ces derniers :

— Je veux croire à tous les contes de fées. J'ai horreur de ceux qui prodiguent des conseils de modération en amour ! Il y a déjà peu d'occasions de se réjouir dans la vie... Heureusement, il suffit d'un qui vous aime pour effacer tous ceux qui vous ont fait du mal...

O lui cita l'exemple de Marc Aurèle qui recommandait de toujours garder à l'esprit que l'autre (surtout si on l'aime à la folie) n'est jamais qu'un vulgaire paquet de viscères et de boyaux, pour s'éviter de se délabrer dans une passion trop dévorante.

— Moi, je n'y arrive pas..., dit A en riant. Quand j'aime un type, j'aime jusqu'à ses intestins !

Elle l'embrassa.

O regarda les deux jeunes sympathiques de la noce (elle tout en blanc dentelé, lui en frac) qui montaient dans une vieille Fiat 500, et dit :

— Bien sûr qu'il faut y croire... Le vrai amour doit se sentir infini et immortel, sinon ce n'est que de l'attachement...

— Et on s'en fout de *ça*.

— Complètement !

Dès le premier instant, elle avait jugé O capable, comme elle, de grands chagrins d'amour, et c'était ce qui avait emporté le morceau ; mais là, ils venaient tous les deux de parler d'éternité, que demander de plus ? Ils repartirent d'un pas plus léger encore, vers l'avenue de la République et leur voiture.

A s'était remise à parler.

O comprenait que, pour cette femme, vivre avec quelqu'un, c'était d'abord parler avec lui. Son couple devenait un récit, un discours, une conversation qui n'en finissait jamais… Des mots sur des mots sur des mots… Mais, tout à coup (il n'y a pas que des gens que l'on rencontre par hasard, il y a aussi des lieux), O n'écouta plus ce que lui racontait A… Ils passaient devant la vitrine d'un magasin de lingerie féminine qui le replongea dans un souvenir vieux de dix ans. Il était alors en couple avec une rousse qui, au même endroit exactement, avait insisté pour entrer.

Une vendeuse les y avait accueillis aimablement alors qu'elle s'occupait d'une autre cliente. O et son amie détaillèrent les différents sous-vêtements, souriant et rougissant de plus en plus, parce qu'il y avait de moins en moins de sous-entendus entre eux.

— Tu veux que j'essaye celui-là ? Tu voudrais le voir sur moi ?

Elle alla à la cabine d'essayage et, comme la vendeuse était prise ailleurs, entraîna O avec elle derrière le rideau. Elle se déculotta, n'essaya même pas le string et se colla contre lui en l'embrassant.

— Attends, si elle nous…

— Elle est occupée… On fait vite… J'ai envie…

O rapprocha soudain ce lointain souvenir avec celui de A rue Saint-Benoît, trois semaines auparavant : c'était bien les deux seuls de sa vie où il avait été entraîné si loin pour faire l'amour dans un lieu public.

Sa main entre les cuisses, elle sentit son souffle glisser sur sa nuque et allongea le cou. Il releva la tête plongée dans ses boucles et découvrit qu'elle avait le regard fixé ailleurs.

Ses yeux étaient plongés dans ceux de la vendeuse qui les espionnait depuis peu à travers le rideau. Aucun reproche ni de sourire particulier. Mais *tout le reste…*

La jeune rousse se tourna pour afficher sa nudité (la vendeuse devait avoir une dizaine d'années de plus qu'eux), ensuite tout alla très vite. Les choses se décidaient entre femmes avant que O ne les comprenne… La vendeuse entra. Lui se rangea pour la laisser passer dans la cabine.

Elle lui glissa à l'oreille, avec une insolente sensualité :

— On est tous un peu crapules, pas vrai ?… Laisse, ça va aller…

Et elle prit *sa* place.

Il demanda à sa copine :

— Ça… ça va ?

Mais celle-ci n'avait plus suffisamment sa tête pour pouvoir lui répondre.

La vendeuse reprit de la main là où il s'était arrêté et sa copine se mit à l'embrasser…

O montait la garde dans le magasin en observant la place Morny. Il entendait les gémissements de sa copine, qui jouit vite et très fort. Il attendit ensuite qu'elles sortent, mais le rideau resta immobile. C'est alors que, peu à peu, il entendit monter une voix qu'il ne reconnaissait pas… C'était au tour de la vendeuse.

En sortant, sa copine, fleur, le regarda avec un regard humide de gratitude (mais il était trop troublé pour le décoder…). Elle donna à la femme le nom de leur hôtel et leur numéro de chambre pour le soir même.

La vendeuse promit de venir.

— Tu m'écoutes ?

O était tout à coup de retour avec A, place Morny.

(La pluie n'allait plus tarder à cesser...)

Elle racontait qu'elle avait longtemps été une "allumeuse sans cœur".

— J'étais insupportable. Et cruelle... Je mesurais l'amour de mes mecs à leur capacité à me supporter... Il fallait bien que je paye ça un jour... Tu as de la chance : je suis calmée aujourd'hui...

O savait depuis toujours que, pour s'y connaître en amour, il fallait avoir souffert, mais aussi avoir *fait* souffrir : le bourreau voit seul des choses sur la victime que cette dernière ignorera toujours.

« Molière a eu raison de comparer la femme à un potage. Bien des gens désirent en manger, ils s'y brûlent la gueule... et d'autres viennent après... » selon Flaubert. O était rassuré, à entendre A, d'être de ceux qui, avec elle, venaient *après*... (Le timing est indispensable, surtout pour les cœurs d'artichaut comme O.)

A dit alors qu'elle voulait visiter Trouville.

Il remonta dans la voiture, mais un souvenir ravivé aussi soudainement que celui de la rousse et de la vendeuse ne pouvait plus le quitter...

Il se souvenait parfaitement que la femme les avait rejoints dans leur chambre de la *Villa Augeval*. Sa copine s'était douchée pour être certaine de pouvoir être touchée et embrassée partout. La vendeuse avait un large peigne en écaille : quand elle l'ôta, une immense chevelure se déroula, lui couvrant en partie les seins. Il se souvint que sa copine avait dansé nue pour cette fille, et que plus elle dansait, plus elle devenait une autre créature.

Au début, elle ne se défendait pas quand il la caressait, mais, même s'il ne faisait que lui presser les doigts, c'était bientôt en trop : elle se dégagea pour mieux rester seule avec la vendeuse.

Cette dernière l'observa ; elle se dit que ce type se défiait trop de lui-même pour réussir à s'imposer. Et, en effet, il accepta d'être attentif, puisqu'on lui refusait le droit d'être attentionné.

Quand il repense à cette scène de cul aujourd'hui, il se dit qu'il l'a forcément perfectionnée, avec des détails les plus obscènes possible ; il sait combien la mémoire ment avec l'âge, mais il ne pouvait faire que cela fût autrement. Dans tous les cas, il avait sous-estimé le flair de ces deux-là pour les choses entre filles. Alors qu'il pensait qu'elles seraient douces, il observa ce déploiement de force féminine avec quelque chose d'effaré et de perdu.

Ensuite, ce moment tourna au mauvais rêve.

Ça débuta par un échange de regards avec la vendeuse. Alors qu'il était assis sur une bergère, elle ne put dissimuler un élan de pitié. Un instant plus tard, ce fut au tour de sa copine. Elle lui adressa un air de triomphe. Mais de triomphe *personnel.* Qui disait qu'elle se menait *seule*, qu'elle avait un cul *infatigable*, qu'elle était la plus *audacieuse* des deux (incapable de sentir que sa timidité était une tendresse…).

Il comprit alors que cette fille était dangereuse pour lui.

Ces deux femmes enlacées sous ses yeux, c'était magnifique à voir, mais, au fond, ça n'avait aucun sens.

Elle avait levé un bras et brisa une lampe.

Il finit par s'esquiver, sans qu'elles remarquent son départ.

La raison ne lui dénonça jamais la manière dont il s'était échappé.

Seul sur l'autoroute du retour, étrangement léger et heureux, il avait l'impression d'avoir fait un doigt d'honneur à tous les faux érotismes de l'époque…

~

A et O marchaient sur la promenade Savignac (les *Planches* version Trouville) : il faisait maintenant un grand soleil, et le sable étincelait.

Il n'y avait pas ici de noms d'artistes du cinéma américain peints sur des barrières, mais des noms d'écrivains, de musiciens ou de peintres liés à l'histoire de la ville, écrits sur le dossier de bancs bleu ciel.

Ils recommencèrent le même jeu des titres avec Marguerite Duras, Alexandre Dumas, Giacomo Rossini, Hector Malot, Guy de Maupassant…

Devant un nom, elle dit :

— Je n'aime pas du tout Proust. On le lit, on le lit, on le lit… et il ne se passe jamais rien !

— Non. Il ne se passe que des émotions… Comme dans la vie.

Sur le dernier banc de la promenade (impossible d'en lire l'artiste titulaire), il y avait un couple d'enfants assis. Douze ou treize ans. Un garçon et une fille. Ils ne se parlaient pas. Lui hésitant. Elle les yeux extrêmement brillants.

C'était l'"instant critique".

A les regardait en souriant.

(Tout disait que ce garçon aurait son baiser s'il avait du courage !…)

— Allez, vas-y, petit, pensa-t-elle.

Elle s'arrêta devant eux et retourna O du bras pour l'embrasser à pleine bouche, sans fougue mais avec beaucoup de délicatesse. Elle voulait que ce fût un modèle de baiser.

Quand elle pivota un peu plus tard, après avoir repris la balade, les deux jeunes s'embrassaient enfin sur leur banc…

A eut alors un incroyable sentiment de réussite, l'impression d'avoir été, l'espace d'un instant, comme un petit dieu païen, d'avoir forcé le cours des choses, presque d'avoir accompli un miracle.

Elle se sentait fée, et c'était grisant.

— Tu vois, lui dit O, il n'y a pas eu d'explosion de voiture, tu n'as pas ouvert un placard avec un fantôme à l'intérieur, pas de tueur en série pour te traquer, et pourtant, il s'est bien *passé* quelque chose...

Elle l'embrassa, mais cette fois avec fougue.

Depuis qu'il avait fait sa déclaration de démission, il n'était plus tout à fait lui-même, lui non plus. Il avait l'impression que rien ne pourrait lui résister, que cette grande maison romantique sur la plage peinte tout en violet serait un jour la sienne, que la mer elle-même lui appartenait déjà... Il quittait son job de fonctionnaire, il changeait de vie, il écrirait bientôt aussi bien qu'Iris Murdoch ou Octavio Paz.

Il se sentait Dieu, et c'était grisant.

Les pieds dans l'eau, tous les deux étaient plus jeunes que les jeunes du banc !

Dix ans auparavant, quand la vendeuse de Deauville avait quitté la chambre de la rousse, une heure après le départ de O, elle s'était lentement rhabillée avec toutes ses fringues mises spécialement pour ce plan à trois, qui lui parurent tout à coup vulgaires et coupables...

Elle marcha seule dans la rue.

Petite, elle se souvenait avoir observé les femmes qui gravitaient autour de sa mère (surtout à l'âge de la fille du banc) : les épouses apparemment exemplaires, les sensuelles qui ne pouvaient se retenir, les indiscrètes malhonnêtes, les donneuses de leçon, les frigides, les éternelles vengeresses, les dévotes sans dieu, les putes de trois heures du matin, les pleureuses, les laissées-pour-compte, les vraies saintes, les libres et les libérées... Elle se demandait à laquelle d'entre elles elle finirait par ressembler... Peut-être, aucune ?

Ce que O ignorait, c'était que cette femme de trente ans, dépoitraillée pour le plaisir de la rousse dans la cabine de son magasin, était mariée de *seulement* cinq jours...

Cinq jours plus tôt, elle disait oui à un homme dans l'église Saint-Augustin ; elle lui jurait fidélité, et tout. Elle s'était pourtant longtemps sermonnée plus jeune : "Je fais mes conneries, mais, sitôt mariée, j'arrête tout."

Cinq jours. Elle n'avait pas résisté plus que ça face au besoin irrésistible de se mettre en danger.

Elle allait rentrer à la maison et raconter son premier mensonge à son premier mari...

— Voilà. J'ai ma réponse, pensa-t-elle. Je serai donc cette femme-là.

Pendant ce temps (ou plutôt une décennie plus tard), O et A, eux aussi, marchaient sur des révélations.

Il avait enfin trouvé celle qui le comprenait et le rendait à lui-même. Rien n'était bon comme de reprendre sa vie en main au nom de quelqu'un !... Plus elle lui plaisait, plus il se plaisait... Il voulait toujours l'étonner... (À la fin de leur promenade à Trouville, ils devaient rejoindre une location meublée située dans les terres, il s'y refusa et, cassant sa tirelire comme il avait cassé son plan de carrière, il leur réserva une suite de l'*Hôtel Flaubert* sur la plage.)

Pour A, il eût été insultant que son mec, dès lors qu'elle entrait dans sa vie, continue à être lui-même. Il fallait qu'il modifie son projet, et c'était exactement ce que O avait fait !

Elle irradiait. Elle aurait pu répéter, mot pour mot, les émois de Nin : « J'ai trouvé l'amour – j'ai trouvé l'amour, l'amour, l'amour partagé ! Je suis bénie, je suis gratifiée, gratifiée d'une extase nouvelle, d'une nouvelle forme d'amour, d'un homme nouveau, d'un monde nouveau... »

Elle attribuait à O ses propres ambitions… Elle ferait de lui un écrivain connu… Elle serait à ses côtés quand tout le monde se retournerait sur son passage… Elle ne serait pas son alter ego, mais son *ego* tout court…

Tout irait bien. Depuis qu'elle l'avait rencontré, elle était si heureuse qu'elle ne montait plus sur les balances, ne lisait plus son horoscope, ne répondait plus aux appels de sa mère…

Elle était si heure que ah !

Boogaloo Dudes…

Voilà. Tous les deux baignaient dans leur film…

14

Camille pour Camille cherchait un bouquet de fleurs, mais refusa d'offrir une botte déjà travaillée par un vendeur, "prête à l'emploi".

Il préféra sillonner les meilleurs fleuristes de la capitale afin de réaliser lui-même une composition qui ne pourrait *jamais* ressembler à aucune autre. (Même le papier cristal, il le voulait rare !)

Il arpenta Paris, et toute sa journée y passa : rue Henry-Monnier, rue Burq, rue Oberkampf, rue des Saints-Pères, rue de l'Abbé-Grégoire, rue Montorgueil, rue Lucien-Sampaix, avenue Ledru-Rollin... (Son bouquet d'aujourd'hui, c'était aussi une longue promenade passée à ne penser qu'à *elle*.)

Il s'était imposé de ne sélectionner qu'une seule fleur par fleuriste ; chacune pour son émotion.

L'ancolie du Colorado mêlée à l'agapanthe, la plumeria aux vipérines et à la pulsatille, la rose du Bengale avec la Jacqueline du Pré ; quand il arriva chez Camille rue de Bruxelles, ce n'étaient plus des couleurs et des odeurs qu'elle reçut dans les bras, mais de la lumière, avec un je-ne-sais-quoi supplémentaire...

Il ne raconta aucun des efforts que ce cadeau avait exigés de lui.

Plus elle admirait son bouquet, plus son geste de soliste n'avait de valeur que secret.

Camille devait aller déposer d'urgence des documents de travail rue de Provence ; il l'accompagna, avant de prendre leur balade en main et lui montrer, comme prévu, son "premier" Paris.

Il faisait à son idée.

Rue des Martyrs, ils étaient une bouffée d'air frais sur le trottoir, que très peu remarquait. Autour d'eux, les gens pressés se brassaient sans jamais se toucher. Tous ces Parisiens qui portaient sur leurs figures quelque chose qui ne va pas, ces couples qui s'aiment mais ne jouissent jamais ensemble, ces gens qui n'espèrent plus que leur vraie vie commence, ces hommes au bord des larmes, ces femmes qui digèrent mal, ces cerveaux surmenés aux bras chargés…

Camille et Camille voyaient tout, leurs sens aiguisés comme après un long jeûne.

— Il suffirait de si peu, déclara Camille. Mettez tous ces gens nus, ou à demi nus, et ce ne sont plus les mêmes… Là, quand ils se frôlent, ils se gênent…

— Ils pourraient s'exciter !

— Exactement.

La pente de la rue des Martyrs vers Montmartre était très prononcée : on imaginait bien le supplice de saint Denis et de ses diacres.

Mais, pour aujourd'hui, il aurait fallu rebaptiser cette voie la *rue des Martyres*, tant, au cours de leur ascension, Camille et Camille souffrirent de remarques sexistes, aussi vieilles que la voie elle-même.

Tout d'abord, une fenêtre ouverte laissa entendre la voix de Jacques Brel :

— Mais les femmes toujours ne ressemblent qu'aux femmes… Et, d'entre elles, les connes ne ressemblent qu'aux connes… Et je ne suis pas bien sûr, comme chante un certain, qu'elles soient l'avenir de l'homme…

Plus haut :

— La volonté des femmes est un mouvement perpétuel sujet à la Lune. Leur folie les porte ordinairement à rechercher ceux qui les fuient, et fuir ceux qui les recherchent. Au surplus, l'argent est le sorcier de leurs cœurs, il n'y a point d'homme si monstrueux qu'il ne puisse les gagner par cette entremise. Celui qui dressa le premier des Temples à l'Amour savait mal à quoi il devait employer son encens et son argent !

— Toutes sont de nature superbes, vaines, légères, malignes, cruelles, ravissantes, méchantes, envieuses, incrédules, trompeuses, ambitieuses, frauduleuses, déloyales, ingrates, impétueuses, audacieuses et déréglées, faciles à faire place à la haine et à la colère, dures à s'apaiser.

Pour certaines, on aurait dit que ces remarques vivaient dans les vieux murs… flottaient dans l'air !

Une femme même, faisant des signes à un balcon, apporta sa contribution :

— Je crois que nous avons des âmes de singe, nous autres les femmes. On m'a affirmé du reste (c'est un médecin qui m'a dit ça !) que le cerveau du singe ressemblait beaucoup au nôtre. Il faut toujours que nous imitions quelqu'un. Nous imitons nos maris, quand nous les aimons, dans le premier mois des noces, et puis nos amants ensuite, nos amies, nos confesseurs, quand ils sont bien. C'est stupide… Enfin, moi, quand je suis trop tentée de faire une chose, je la fais toujours !…

Plus improbable encore, un vieux barista à la retraite (qui avait été remplacé par notre serveur au *Mansart*) lisait du Anatole France sur son lit :

— Le christianisme a beaucoup fait pour l'amour en en faisant un péché. Il exclut la femme du sacerdoce. Il la redoute. Il craint les ruses de celle qui perdit le genre humain ; mais, par la crainte qu'il en fait paraître, il la rend puissante et redoutable !

Plus haut encore, quelqu'un regardait *La Femme du boulanger* de Pagnol, et la voix de Raimu se faisait sévère :

— Ah, te voilà, toi ! Regarde, la voilà, la Pomponnette. Garce, salope, ordure, c'est maintenant que tu reviens ?...

En arrivant en haut de la rue des Martyrs, Camille et Camille étaient épuisés et essoufflés par autant de vieilles conneries...

Des vieilleries ?

Deux jeunes femmes, au coin de la rue des Trois-Frères, passèrent à leur hauteur. L'une d'elles avait le visage défait et suppliait son amie :

— Tu lui diras que tu m'as vue pleurer, hein ?...

Il paraît que tout invite à l'amour dans Paris, et qu'il faut une sacrée force pour y résister...

~

Camille et Camille contemplaient l'horizon depuis l'esplanade du Sacré-Cœur.

Une queue d'averse suivait la Seine, de Saint-Germain vers Charenton. Fière, Camille crut reconnaître l'emplacement de l'obélisque de la Concorde. Çà et là, des carrés de marronniers faisaient des taches noires.

Ils tournèrent les épaules pour faire tête au vent.

— Ici, ce n'est pas une vue, c'est une sensation, dit Camille : celle de se tenir au-dessus des problèmes…

(Le "Point de vue de Dieu" aurait proposé A, fan de Hitchcock.)

Camille découpa pour Camille ce paysage de Paris en quartiers, en monuments et lieux rares qu'il lui ferait découvrir.

La montagne Sainte-Geneviève, les Buttes-Chaumont, les pentes de Chaillot, le carré des Invalides, le vieux Picpus ou le Petit-Montrouge…

Il lui parlait très près et son souffle rencontrait le sien.

Elle l'écoutait en laissant courir ses yeux.

Les lointains étaient aussi gris que les zincs ; on aurait dit que, vers Choisy, le ciel se jetait sur les toits de Paris. Une trouée bleue se fit au-dessus du Louvre. Camille, ravie, aperçut un arc-en-ciel s'allumer…

— Ici, au Sacré-Cœur, ce sera notre Point Zéro, déclara Camille. Toutes nos visites rayonneront depuis cet emplacement.

Il l'embrassa.

Puis pointa un quartier que Camille crut reconnaître, à tort, pour Montparnasse.

— Nous commençons là-bas.

Ils se rendirent alors rue Saint-Jacques.

— Nous pourrions passer plusieurs semaines à ne visiter que cette longue rue, tu sais. Il existe une histoire et un nom pour presque chaque façade.

Il la conduisit au numéro 172.

Une plaque commémorative signalait que s'élevait ici, en l'an 1200, l'enceinte de Paris voulue par Philippe-Auguste, ainsi que la porte Saint-Jacques.

— Mais cet endroit est beaucoup plus que cela, dit Camille. Là où nous nous tenons a été posée, selon le premier plan de la ville qui date de l'an 12 avant J.-C., la première pierre de la Lutèce des Romains ! Les deux axes principaux de la cité s'y croisaient, le *Cardo maximus* et le *Decumanus*. Aujourd'hui toutes les routes de France se réfèrent au point kilométrique positionné devant Notre-Dame de Paris. Au temps de Lutèce, ce point, c'était peut-être ici.

Il sourit.

— Bel endroit pour commencer, non ? dit-il.

— Bel endroit pour une rencontre, fit-elle.

Il l'embrassa. Après quelques pas, ils retrouvaient de la perspective et pouvaient voir, au loin, le Sacré-Cœur.

— Nous étions là-haut…

Il l'emmena ensuite au square Viviani et lui laissa admirer un très vieux faux acacia entouré d'une margelle de sécurité.

C'était l'arbre le plus ancien de Paris.

— Planté en 1601 par le botaniste Robin, dit-il. Il a dû, dès sa première pousse, devenir une attraction pour les Parisiens, car sa graine provenait des Amériques ; son essence pousse dans les montagnes Appalaches…

Ils contemplèrent ce grand témoin, qui donnait l'impression de les regarder aussi, vieillard appuyé sur sa canne à trois branches.

— Plus de quatre siècles ! C'est fou…

— Cet arbre, ajouta Camille, c'était le Nouveau Monde qui poussait brusquement sur les bords de Seine. Un bond aussi capital que celui que nous avons fait tout à l'heure depuis Lutèce…

Camille l'embrassa.

Là encore, il s'arrangea et pointa le Sacré-Cœur en souriant.

Elle appréciait beaucoup qu'il ait choisi, pour leur première découverte de Paris, à la fois la pierre et la nature.

Il l'emmena ensuite dîner. Il se souvenait d'une adresse rue Notre-Dame-des-Champs où l'on servait de parfaites poules à la crapaudine (recette du frère Hugo).

Longtemps avant de rencontrer Camille, Camille avait posé dix jours de vacances pour cette semaine, s'étant réservé un voyage seule en Islande. Elle l'avait annulé : trop heureuse d'être amoureuse et de découvrir enfin Paris comme une terre lointaine et inconnue.

Pagnol l'a dit : « On atteint à l'universel en restant chez soi. »

Et encore mieux, dans son lit !

Ils retournèrent chez elle.

Depuis plusieurs jours, elle tenait son appartement impeccable comme jamais. De sa vie, elle n'avait autant rangé et essuyé partout. C'était parfaitement idiot, mais ça la rassurait et la rendait joyeuse. De même pour le magnifique bouquet de fleurs qu'il lui avait offert : jusque-là, Camille n'avait eu qu'un petit vase jaune en forme de flûte, offert par un ex. Anticipant une attention de Camille, elle était allée s'acheter un nouveau vase, plus large et plus élégant. Ainsi, quand il se présenta avec le bouquet rare qu'il avait mis une journée à composer, elle était, elle aussi, enchantée de pouvoir le mettre en valeur dans ce beau nouveau vase, qu'elle avait choisi en ne pensant qu'à *lui*...

Tout cela, le vase et le bouquet, restaient des secrets, qui élargissaient leurs cœurs.

Ils éteignirent les lumières pour faire l'amour dans le salon de Camille.

Par la fenêtre, on pouvait apercevoir la grande verrière de l'appartement d'en face, celui du vieux Nathaniel.

Comme chaque soir, quelques bougies seulement éclairaient le lieu...

~

Quand il était rentré de sa balade inopinée à Pigalle où il avait surpris sa jeune Lee assise dans un bistrot avec des amis si différente d'attitude avec eux de la femme qui vivait chaque jour à ses côtés, Nathaniel avait décidé qu'il était temps d'en finir.

Pour son bien à elle.

Il aurait pu le lui dire. Lui expliquer son ressenti et sa décision de se séparer. Mais la sagesse n'épargne pas la lâcheté : "Lee refuserait de m'entendre... Elle protesterait... Voudrait me donner tort..." Et il avait horreur des marchandages dans un couple.

De son côté, elle ne s'était jamais imaginée vivre avec un homme qui ne soit de sa génération ; mais Nathaniel s'était révélé extrêmement doux ; après une poignée de relations tumultueuses et brèves, elle s'était surprise à penser : "Ça doit être reposant un homme à soi comme ça."

(On aime toujours selon ses besoins...)

Elle avait choisi de parier contre elle-même.

Ses amis n'avaient vu que de l'aliénation dans sa décision, alors qu'elle n'y reconnaissait que de la liberté. (Autour d'eux, beaucoup avaient laissé courir le bruit qu'elle avait été son étudiante, que ce couple était un cliché du maître et de la disciple séduite : mais non. Ils s'étaient rencontrés à un dîner, et mutuellement plus.)

Quelques jours réussis avec cet homme s'étaient changés en quelques semaines, qui devinrent quelques mois, qui devinrent trois années...

Nathaniel l'initia à beaucoup de choses, mais elle sentait que c'était *elle*, qui lui apportait le plus. Malgré son âge, il était encore capable de prendre de nouvelles habitudes pour lui faire plaisir, et cela l'émouvait. Avec cela, il était un magnifique professeur de patience : il suffisait de le regarder vivre pour apprendre. Il aimait s'expliquer et aller au fond des choses. Longtemps professeur des universités, comme tous les gens qui travaillent en groupe, il avait le talent de se faire comprendre.

Ils vivaient ainsi, beaucoup pour eux-mêmes, reclus dans leur appartement ; à son contact, elle avait découvert qu'elle avait, comme lui, une nature *confinementielle* (c'était un mot à lui).

Mais voilà qu'en revenant ce même jour, après une heure passée avec des amis au restaurant *Les Vedettes*, ignorant que Nathaniel l'avait surprise depuis la rue, elle avait, elle aussi, senti tout de suite quelque chose dans l'air… sans pouvoir nommer le malheur qui la menaçait.

Hélas, Nathaniel savait comme personne que tout, dans la vie, s'achète par la souffrance…

Il était toujours aussi courtois avec elle, mais semblait manquer de sincérité. Il s'intéressait moins à ses travaux. Elle s'impatientait parce qu'il ne demandait plus rien. Il parlait de plus en plus vite ; parfois même, son débit et sa voix se faisaient précipités et brutaux. Quand elle répondait, il montrait qu'il s'ennuyait après très peu de minutes. Si elle sortait, il ne lui demandait plus où elle allait, ni, plus tard, d'où elle revenait… Dès qu'elle essayait de savoir comment il allait, il ne lui répondait rien qui puisse la rassurer ou la consoler : il se feutrait. Il se mit soudain à parler de ses ex-femmes. (Ce qu'il n'avait jamais osé faire auparavant.) Il ressortit des photos de son passé… (Lee n'ignorait pas qu'il avait été marié à deux reprises, et avait vécu dix ans avec une troisième femme.)

Il arrivait à des conclusions étranges :

— Les hommes finissent tous polygames. On n'a pas eu forcément plusieurs femmes au même moment, mais, dans nos vies modernes, on finit toujours par avoir eu plusieurs femmes dans le temps… Elles ne se suivent plus, mais se juxtaposent. Et, à la fin, tout se confond…

— Tout se confond ??

— C'est cela l'homme (ou la femme) moderne : des polygames *successifs* !

Il avait parfois des ricanements qu'elle ne lui avait jamais vus.

Elle pensa qu'il devait être tombé malade… C'était la seule raison acceptable… La seule explication pour justifier un revirement de caractère aussi radical… Oui, il était malade… Il avait récemment appris qu'il allait bientôt mourir… Et il n'ose pas lui en parler…

Elle se souvint d'un oncle qui avait dit, un jour : "Je m'en vais du pancréas." Il mourut trois jours plus tard, alors qu'il connaissait sa maladie depuis deux ans.

— Tu es malade, c'est ça ? lui demanda-t-elle un matin, les yeux rougis par l'insomnie.

— Non, pas du tout… Pourquoi me dis-tu ça ? D'ailleurs, si je l'étais, je ne le dirais à personne. Je suis l'exact opposé d'un hypocondriaque : moi, je suis le *bien portant imaginaire* !

Et il rit de sa blague.

Il rit…

Soulagée que sa terreur nocturne ait été démentie (il n'allait pas mourir dans les deux jours), elle découvrait cet homme frappé d'un autre mal : il ne l'aimait plus.

"Il ne m'aime plus…"

On essaye de tout compliquer, mais la vérité est toujours simple.

"Il ne m'aime plus !"

Il pleuvait ce matin. Un grand ruissellement battait la verrière.

Nathaniel avait laissé un livre méconnu de Balzac sur son bureau : *À combien l'amour revient aux vieillards.* Si c'était délibéré, elle trouvait cela absolument mesquin. Pour ce simple détail, elle avait eu envie de lui hurler dessus.

Mais ils n'avaient jamais tonné. Pourquoi commencer ?

Elle resta en colère, quoique contre sa propre faiblesse.

Encore quelques jours ainsi et ils en vinrent aux questions fermées, aux réponses par oui et par non. Elle se disait qu'il l'incitait à devenir aussi mauvaise que lui… Tout marchait à leur perte.

Un soir, il lui fit se sentir une intruse dans son appartement (sachant à quel point ce pouvait être impardonnable).

C'était intenable. Elle n'y tint pas.

Il l'écouta l'injurier, d'une voix puissante, qui se brisait très peu.

(Après Lee I et Lee II, il découvrait Lee III…)

Elle le fixait ce soir-là avec des yeux indéchiffrables, signe qu'elle avait pris sa décision.

Il comprenait qu'elle allait partir…

Pourquoi ne répondait-il rien ? Elle savait pourtant qu'il connaissait tous les gestes qui retiennent une femme.

Alors qu'il restait muet et immobile, assis sous l'œil de ses milliers de bouquins resserrés sur leurs rayons, elle lui cria :

— Au fond, tous ces livres ont plus de cœur que toi !

Ce furent ses dernières paroles avant de claquer la porte.

(L'appartement ne fut jamais aussi rempli d'elle que depuis qu'elle était partie avec toutes ses affaires…)

Il resta longtemps immobile, auprès de sa bougie qui, vue du salon de chez Camille, faisait une escarboucle à travers la vitre.

Ce qu'il avait fait d'odieux, il se réconfortait en se disant qu'il l'avait fait par amour.

Quand il raconta cette expérience à un ami, celui-ci s'écria :

— Mais tu es un abominable salaud !

— Non. Je ne le crois pas. Je lui ai fait un précieux cadeau, tu sais… pour la vie.

Il sourit, mais ça ne voulait pas.

— Avant moi, elle a toujours été quittée… Je lui ai appris à rompre.

Pour ce qui était de son comportement personnel, il ne pensait pas utile de chercher toujours à sortir d'une rupture la tête haute…

En définitive, cet homme, cultivé et expérimenté, n'était pas un salaud, c'était un con.

« *Un sot plein de savoirs est plus sot qu'un autre homme…* »

Il pensait avoir pensé au mieux.

Il apprit que six mois plus tard Lee s'était mariée. Avec un divorcé père de quatre enfants. Qui lui fit une vie d'enfer. Et un an jour pour jour après son départ fracassant, cette même jeune femme, qui n'avait rien demandé à personne, détestait tous les hommes…

~

Camille et Camille avaient de quoi rayonner. Nus dans le salon après l'amour, tout était joyeux, à vous chatouiller la myéline des nerfs. Il n'y avait pas la moindre angoisse dans l'air.

Ils suivaient une jolie dramaturgie, apparemment sans truquage. (M'accuserait-on d'enfoncer des portes ouvertes, je répondrais qu'en littérature, toutes les portes sont ouvertes depuis Virgile…)

Ces amoureux pouvaient se regarder sans rien dire, chacun offrant à l'autre ce qu'il avait de plus précieux : des heures de sa vie. Surtout que pour eux, chaque minute avait son prix : ils assistaient à leur *genèse*…

Une fois encore, Paris, si vaste autour du lit, semblait entièrement resserré.

Camille voulut s'allumer une cigarette.

— Attendez, lui dit-elle.

Elle lui donna une robe de chambre. Elle se couvrit d'un peignoir (le même que celui du Premier Samedi...) et ouvrit la porte de l'appartement. Pieds nus, ils grimpèrent par l'escalier de service, puis par une échelle de trappe directement sur les toits de l'immeuble. Il n'y avait pas de terrasse mais une toiture en pente très douce.

— Je monte ici pour lire, ou pour prendre le soleil, dit-elle.

Elle s'allongea, mais fut déçue. Elle était d'humeur à contempler les étoiles et Paris, cette nuit, était recouvert de nuages qui réfléchissaient l'éclairage public sans rien laisser traverser...

— Ce n'est pas grave, dit Camille en s'étendant à côté d'elle. Vous allez voir...

Il pointa en direction du nord puis dit, en baissant légèrement le bras :

— L'étoile du Berger doit être par-là... À cette période du printemps, la Grande Ourse doit donc se situer quelque part par ici... Maintenant, on peut déduire sans grand risque de se tromper Orion, Pégase, Cassiopée et les signes du zodiaque : là, la Balance ; ici, le Capricorne... Regardez bien : voilà la chevelure de Bérénice !... Vous devinez tout ça ?

Camille fit un effort et bientôt, oui, ce fut comme si le ciel s'ouvrait entièrement, rien que pour elle.

Enfin, soupçonneuse, elle demanda :

— Vous êtes sérieux ?

Il éclata de rire.

— Bien sûr que non !... Je n'ai pas la moindre idée d'où peut être la Grande Ourse, ni même la Lune !... Mais ce n'est pas grave, si ? Comme nos ancêtres, on peut voir dans le ciel ce qu'on y veut... Recommençons.

Elle n'aimait pas sa plaisanterie. Il se concentra à nouveau.

— Là, dit-il après avoir tendu le bras, ce n'est plus la chevelure de Bérénice que je vois, mais… la chevelure de Camille ! Et là, un peu plus au sud, la constellation des lèvres de Camille… Là, les hanches de Camille, la nuque de Camille, le sein de Camille, la couronne de Camille, la traîne de Camille, la croix de Camille, le trône de Camille !…

Ils rirent. Elle aima son imagination.

(Ils n'entendirent pas la porte, à ce moment, claquer violemment chez Nathaniel et Lee…)

Ils s'embrassèrent.

Il parla ensuite du poème de Ronsard cité dans la *Chartreuse* où il est dit que Dieu annonce nos vies par les étoiles, mais que nous ne lisons pas…

Il écrasa sa cigarette et ils décidèrent de rentrer pour échapper au serein.

Mais, dans la descente de l'échelle droite, Camille se prit le pied dans un barreau et chuta.

Il se précipita, affolé.

Elle n'avait rien, mais ils avaient eu très peur tous les deux.

Silence.

Étendus sous la trappe de toit, leurs peignoirs mal fermés, dans une lumière blafarde d'issue pour les pompiers, ils avaient le cœur battant.

C'était le moment des *affinités subversives*.

Il y avait un éléphant rose sur la lune de *2001, l'Odyssée de l'espace*. Un air de Rossini était si ralenti qu'il ressemblait à du Boulez. Le nombre Pi était décompté *à l'envers* : la course infinie vers… le 3 ! Un corps d'homme était enterré sous une butte de permaculture : tous ses pores se métamorphosaient en rhizomes. Ce lit avait le goût du bleu…

On le sait, depuis les Évangiles : « La lampe du corps, c'est l'œil. »

Il avoue tout.

— Je t'aime.
— Je t'aime !
Enfin !…

(Ce serait aussi leur premier jour de tutoiement…)

15

La grand-mère de Camille, qui les avait reçus chez elle à Auteuil et qui, accessoirement, avait dans sa jeunesse démembré et fait disparaître le corps d'un beau garçon, déjeunait aujourd'hui avec une vieille amie au salon de thé du musée de la Vie romantique, dans le neuvième arrondissement.

Son amie était habillée tout en noir, âgée aussi d'environ quatre-vingts ans ; elle était la veuve de l'homme mort sur son lit rue de Bruxelles, la nuit même du premier baiser de Camille et Camille dans l'ancienne Rover.

— Désolée, ma chérie, dit la veuve à la grand-mère, je t'ai donné très peu de nouvelles, mais la mort de l'autre m'a plongée dans un état !

— Quand tu disparaissais avant, c'était que tu avais un nouvel amant. Je ne t'ai jamais vue prendre le moindre deuil au sérieux. Y compris celui de ton premier mari. Tu baisses.

— Non. Je ne *baisse* pas, figure-toi ! Commandons vite, je suis affamée. Et je te raconte.

Son mari avait exigé de pouvoir mourir chez lui, dans leur appartement qu'ils partageaient depuis un demi-siècle ; tout au long de leur mariage, il avait presque toujours obéi à ses exigences d'épouse ; pour son heure dernière, ce n'était pas déconnant qu'elle répondît à son attente.

Elle fut cependant frappée de son trouble au moment de poser les lèvres sur le front de l'époux, et lui exprimer son dernier Je-t'aime…

Les premiers temps dans cet appartement, ils avaient chacun apporté des soins heureux à son aménagement, puis ce goût leur passa et, aujourd'hui, il se remarquait au premier coup d'œil que leurs efforts de décoration s'étaient arrêtés net avec l'élection de François Mitterrand.

Toutefois, elle avait arrangé la chambre de son mari comme celle d'un mourant d'autrefois : avec quatre grands cierges aux coins du lit et un large crucifix au-dessus de sa tête. Orpheline de père, elle avait grandi auprès d'une mère qui aimait s'entourer de soutanes. Elle n'avait jamais perdu le goût des cérémonials chrétiens ; et elle pratiquait toujours.

Son mari venait d'expirer.

Il lui fallait un homme d'Église.

Cela ferait bien.

Elle aimait les émotions de bon goût.

Elle savait qu'un ancien séminariste avait emménagé dans une des chambres de bonne de l'immeuble. Jamais un véritable prêtre ne ferait aujourd'hui le déplacement jusqu'à elle (c'était fini, ça), aussi fit-elle appeler le séminariste par le voisin de palier, afin de l'assister dans ses prières. Ce serait mieux que rien.

Elle s'étonna de voir entrer un jeune homme pas si mal fait, avec un livre de prières dans les mains.

Elle rentra quelques larmes pour l'accueillir dignement.

C'était si chrétien à lui de venir… Dans ce moment difficile de recueillement…

— Aujourd'hui, plus personne ne sait conduire une veillée funèbre comme de mon temps !

— Vous n'avez pas de famille pour vous accompagner, madame ?

— Hélas, personne.

Elle détestait les enfants. Le plus beau cadeau que lui avait fait son mari, c'était de s'être révélé stérile.

— Pas de longue maladie pour votre époux, j'espère ?

— Oh, grâce à Dieu, non !

Juste crevé par l'âge.

— Il s'est endormi dans la paix, dit-elle.

Une bonne odeur de santé émanait de ce jeune homme.

Il déclara alors : "Chaque homme dans sa nuit s'en va vers sa lumière..." Cette phrase réconforta aussitôt la veuve (comme toujours lorsqu'elle entendait citer les Écritures). Depuis sa première communion, ces formules d'Église répétées dans les circonstances de douleur lui semblaient d'une efficacité incontestable, en plus d'unir entre eux tous les malheureux avec le Seigneur.

La vitalité du rite l'étonnait toujours.

C'est à ce moment qu'elle aperçut le jeune homme approcher de son défunt et se pencher pour lui baiser respectueusement le front.

Elle ne rêva pas : le séminariste l'embrassa *exactement* au même endroit qu'elle un peu auparavant. Comme si... ses lèvres à lui s'étaient posées sur ses lèvres à elle...

Ça la rendit toute femme.

Il se releva, l'air grave :

— Dieu notre Père, nous voici rassemblés pour te prier. La mort nous a frappés en nous enlevant celui que nous aimons, et voici qu'il y a au fond de notre cœur comme un grand vide, comme une blessure... Ô Dieu notre Père, viens essuyer nos larmes, console notre cœur et fais grandir notre espérance jusqu'au jour de nos retrouvailles dans ton Royaume.

Ces mots la ravissaient.

Il avait une voix qui eût été magnifique en chaire.

Le jeune homme s'assit sur une chaise à ses côtés, ouvrit son recueil, et commença les prières des morts à mi-voix.

(La chambre baignait dans ce faux silence enveloppé du bruit des grandes villes...)

Le garçon était un ancien séminariste qui avait brusquement quitté le séminaire Saint-Irénée près de Lyon, l'année dernière. Non pas qu'il ait perdu la foi : selon ses propres dires, il en avait changé...

Le séminariste avait croisé une fille. Il en était devenu fou. (Au-dessus du coup de foudre, il y a l'illumination, la *vocation* !) Il ne connaissait presque rien de cette femme, mais reconnut en elle cet idéal que, depuis le fin'amor, tout homme est requis d'adorer.

Au début, la fille se montra étonnée, puis flattée que quelqu'un puisse ainsi délaisser un Dieu révélé pour elle...

— Je ferai pour vous ce que j'étais appelé à faire pour le Seigneur ! lui dit-il idiotement.

À travers elle, il aimait la création, la vie, la nature, les êtres...

C'était trop. Elle ne voulait être adorée que pour elle-même.

Elle aurait pu dire, comme Clymène : "Voulez-vous qu'on vous aime ? Aimez-nous un peu moins..."

Elle fuit rapidement ce fou.

Elle n'était pas prête pour un amour aussi inconditionnel, sans soupçons, ni jalousie. Être aimé beaucoup plus qu'on n'aime soi-même peut conduire au supplice. Si ce fidèle n'avait pas lu que des textes sacrés, il aurait pu recevoir dans *Les Jeunes Filles* de Montherlant cet avertissement de Bossuet : « On fait un tort irréparable à la personne qu'on aime trop ! »

Si seulement son affection avait pris des formes plus terrestres...

Il continua de la vénérer malgré tout, d'un amour séraphique, comme on apprend à adorer un Dieu qui ne se montre ni ne nous répond jamais (ce que la fille fit très bien avec lui, dès lors). La pratique de la prière lui avait donné une force de dévouement peu commune : il avait le cœur assez profond pour vivre heureux dans la séparation. D'ailleurs, plus il devenait sans espoir, plus son amour ressemblait à l'amour divin…

(Parfois, cependant, il lui arrivait de rêver que sa passion ait un accident et perde une jambe. Elle aurait alors besoin de lui… Quelle joie de s'occuper d'elle et de pouvoir enfin lui prouver sa dévotion !)

(Parfois, aussi, il rêvait de chair, tourmenté de l'envie de faire ce que tout le monde faisait.)

La veuve savait peu de choses sur ce garçon, sinon, comme l'immeuble, qu'il était sorti du chemin de la prêtrise à cause d'une femme.

En dépit de son âge, ses petits yeux étroits marchaient toujours et elle voyait bien que ce jeune homme avait tout pour lui plaire…

Elle essaya d'abord de dominer ses pensées et de s'abandonner au bercement de la prière (elle craignait aussi de ne pas montrer assez de tristesse…). Elle ne regardait plus son mari, non parce qu'il avait le teint qui noircissait déjà, mais parce qu'elle reposait chaque fois les yeux sur l'endroit où *il* avait appuyé ses lèvres… Parfois, elle tâchait de s'intéresser à la vétusté de sa moquette, aux taches et à leurs histoires, fixa même deux statuettes rococo aux dorures fatiguées (il faudrait les vendre, ces saletés) : tout pour cesser de penser au garçon…

Elle se leva enfin, afin de mieux changer d'air ; et aller lui préparer une tisane.

Elle tournait autour de lui comme une mère.

Il remarqua bientôt que le soulèvement de son corsage allait plus vite quand elle l'approchait. Ça ne le rendit pas tout homme, mais presque (il n'avait encore jamais touché une femme).

Elle ignorait où il en était avec cette fille de Lyon, seulement, aussi folle fût-elle, elle ressentit le besoin urgent de lui être *préférée* ! Comme du temps de l'école primaire de la rue Milton, avec les deux autres Garces (dont la grand-mère de Camille) et ce jeune apollon qui finirait enterré, par leur faute, aux quatre coins de l'Île-de-France…

Elle lui toucha délicatement le bras, pour le remercier une nouvelle fois de sa présence. (La vieille n'avait pas oublié les bonnes pratiques : pour transmettre le désir, aider le travail des yeux, un contact est toujours nécessaire. Léger. Une main posée sur l'avant-bras, c'est un classique.On peut la laisser plus qu'un peu, sans embarrasser, ni avoir l'air gêné…)

Elle rapprocha sa chaise. Elle osa enfin lui glisser la main sur la cuisse. Lui ne put lui dissimuler qu'il venait de frissonner.

La situation devenait parfaitement *buñuelesque* (cette pièce décorée à mi-chemin entre l'oratoire et la chambre ardente, le mort étendu, les bougies fondantes…).

Dix minutes plus tard, elle était à genoux devant lui.

Le cadavre tout proche, au lieu de la refroidir, l'aiguillonnait ; elle mêlait la virginité du garçon et la décomposition en cours du mari ; à plus de soixante-dix ans, elle se sentait plus de rouerie qu'à trente (parce que rien ne lui faisait plus honte ?).

Elle pensa, la nuque raide, et les mains bien élargies sur ses cuisses :

"Devant Dieu qui nous voit… c'est encore meilleur…"

(Agenouillée, comment l'aurait-elle célébré de façon plus dévote ?…)

— Tu ne changeras jamais !... s'exclama la grand-mère de Camille à la table du salon de thé (pas plus formalisée que ça par le récit de son amie).

— Personne ne change, ma chérie... Parfois une chose nous échappe et les autres l'interprètent comme un signe de changement... Nous aussi, d'ailleurs... On s'imagine y croire... mais le naturel revient vite... Y compris à cent ans !

— Et maintenant ? Le pauvre petit séminariste ?

La femme hocha la tête.

— Tous les jours !

Vieille, elle était lasse de tous ses souvenirs ; veuve, elle voulait s'en fabriquer de nouveaux.

Le séminariste en était à se cingler lui-même, mais comme il s'y prenait mal, elle proposa de l'assister...

Tout le monde était content.

~

Non loin de là, au *Bon Georges*, Camille déjeunait avec Sonia, son amie rencontrée dans les jardins de l'hôtel de Sens, et qui habitait rue Nicolet où elle avait rencontré Camille pour la première fois.

Cette jeune grand-mère trompait toujours son mari avec un homme qui, entre deux coïts clandestins, semblait jouer avec ses nerfs...

— La première fois, il m'a croisée place Jean-Gabin. J'ai vu ce type me sourire. Un beau ténébreux. Un pot de miel à cheveux grisonnants... Mais je n'ai pas voulu lui répondre. Pourtant, le lendemain, en empruntant le même chemin, j'ai aperçu des photomatons accrochés à tous les troncs d'arbre de la place. C'était l'homme de la veille ! J'en ai décollé une : il y avait son numéro au dos, et "Je veux te revoir". Le surlendemain, c'était des poèmes qu'il avait épinglés aux arbres (comme Orlando)... Cela fait maintenant deux mois qu'on s'envoie en l'air...

— Et ton mari ? Il ne se rend compte de rien ?

Sonia eut un haussement d'épaules, presque enfantin.

— Tu parles !... Il ne voit rien du tout !... De toute façon, il ne me regarde plus...

— Ce n'est pas la même chose.

— Je l'ai dans la peau, ce nouveau type, tu comprends ? Dans la peau ! insista-t-elle en tapant sur son avant-bras gauche avec les doigts.

Camille trouva tout, la formulation et le geste, d'une absolue vulgarité.

Mais Sonia masquait mal son air d'enfant perdue ; cette femme savait qu'elle courait à sa perte, et cela pourrait attendrir n'importe qui.

— Quand bien même... ajouta Camille. S'il découvre vraiment ce que tu fais ?

Sonia ria fort (et donc faux).

— S'il découvre... il comprendra, dit-elle.

~

Rien ne pouvait jamais entamer la bonne humeur de Camille. Une heure passée à écouter les déboires et les plaintes de Sonia aurait pu l'incliner à douter de tous les couples, mais, comme Camille était resté imperméable aux sexismes de la rue des Martyres, ses malheurs, avec leurs mauvaises vibrations, glissaient sur elle.

Les doutes, s'ils venaient, ne pouvaient être qu'intérieurs.

En rentrant rue de Bruxelles, elle pensa que les nombreuses qualités qu'elle trouvait à Camille étaient forcément connues d'autres femmes... (Elle n'était d'ailleurs pas rebelle au plaisir de se dire qu'il plaisait.) Mais alors... combien étaient-elles *encore* sur le coup, en ce moment ?

Des amies, des collègues, des sournoises...

Puis vint la question (la pire) : les valait-elle, *elle*, toutes ces rivales inconnues ?

Combien de temps allait-elle le garder ?

Une fille n'irait-elle pas "épingler sa photo" sur des écorces de platane ?

Hmm... Quand elle arrive (faire le décompte des jalousies à venir), difficile de se laver d'une telle angoisse.

Depuis qu'elle l'aimait, elle rêvait beaucoup. Parfois elle rêvait dans un rêve et, certaines nuits, ce rêve avec Camille était si beau qu'elle espérait qu'il s'épanche dans la vie ; d'autres fois, son rêve la faisait douter et elle poussait au noir toute la journée... Mais toujours, au milieu de ses affres, elle retrouvait de délicieux moments de grande tranquillité : oui, ce serait *lui*, elle l'avait enfin trouvé, *pour la vie*.

Quelquefois, afin de tromper l'ennui en l'attendant, elle ne rêvait pas, elle rêvassait : elle avait vu aujourd'hui un papillon jaune heurter la vitre de sa fenêtre pour entrer. Plus tard, deux pigeons s'étaient posés sur la rambarde, tournés vers elle qui regardait au ciel. Elle se dit alors que les débuts de l'amour ressemblaient beaucoup aux débuts d'un deuil : on voit les mêmes choses que d'habitude, mais on ne les *remarque* plus de la même façon : on perçoit des *signes* partout.

(Après la mort de son grand-père, dès qu'un insecte volant pénétrait dans la maison, sa mère disait : "C'est *lui* qui vient nous visiter !...")

S'imaginant que ce papillon et ce couple d'oiseaux (symboles de renaissance et de fidélité) pourraient être d'heureux présages d'elle avec Camille, elle savait pertinemment qu'elle jouait à y croire... mais continuait sur sa lancée.

Cela lui plaisait, et ne lui coûtait que des minutes.

Entre-temps, ils enchaînaient leurs visites et leurs découvertes dans Paris.

La villa Léandre, le square du Vert-Galant, le jardin des Francs-Bourgeois, la tour Jean-sans-Peur, la cité des Fleurs, le musée Carnavalet...

Chaque fois, comme annoncé, Camille ramenait Camille sur l'esplanade du Sacré-Cœur, devant la vue de tout Paris. Et chaque fois, cette vue "changeait"... Il suffisait à Camille de pointer du doigt les lieux où ils étaient déjà allés s'embrasser... Peu à peu, pour la jeune Camille, cette carte de Paris devenait sa carte intime.

Il l'emmena aujourd'hui au Quartier latin visiter le musée de Cluny.

Ce musée du Moyen Âge était mitoyen de thermes romains qui dataient du premier siècle. (Là encore, la percussion des siècles sur quelques mètres carrés était impressionnante.)

Du Moyen Âge, Camille lui expliqua le principe des *exempla*.

Il s'agissait de brefs récits, ou de représentations sculptées sur ivoire, inspirés de l'Antiquité, qui définissaient un comportement ou un type particulier ou un type moral... Ces historiettes, ces "exemples", pouvaient aussi bien être des modèles à suivre que des contraires à proscrire. Le tout était de donner à penser le plus largement possible sur soi-même... Par réflexions et comparaisons. (Une histoire est là pour nous faire gagner du temps, sinon à quoi bon ?) Il s'en produisait des milliers au XVe siècle. C'était alors une des meilleures méthodes d'édification qui soient. Le plus d'*exempla*, le mieux.

— Un peu comme les amoureux au début d'une relation quand ils se rencontrent… Ils se racontent énormément !

— Oui…

Oui. On multiplie les anecdotes pour multiplier les points de vue.

~

— L'amour, tel que nous nous le représentons, ne va pas durer…

A était chez O, rue Bobinot. Son appartement offrait une déco « récup chic », dans les gris clairs et gris foncés, avec des bois très sombres et des métaux artificiellement vieillis.

Il lui expliquait ce qu'il comptait écrire, maintenant que, grâce à elle, il avait quitté sa vie de fonctionnaire pour celle des lettres.

— Dans l'*Iliade*, Homère déploie une épopée de dieux, de demi-dieux et de héros… Au XXe siècle, l'*Ulysse* de James Joyce nous raconte, pour la première fois, que nos petites actions quotidiennes de simples mortels vivant dans de grandes villes modernes sont aussi "héroïques" que les grands exploits des guerriers d'Homère. (Quand on y pense, pourquoi pas ? C'est une prouesse de sortir de son lit le matin pour aller pointer au boulot, non ? Quels que soient le poste ou la paye, c'est le "siège de Troie" tous les jours !) Tu me suis ?

— Vaguement…

— Maintenant, regarde autour de nous : la situation a encore évolué depuis les années 1920 de James Joyce… Aujourd'hui, tout le monde individuellement se considère comme un dieu, se comporte comme un dieu et veut être traité comme un dieu !… C'est Joyce la tête en bas et Homère les pieds en l'air ! Les gens sont devenus fous. Chacun se croit très sérieusement le cul assis sur l'Olympe. Il y a donc une nouvelle (troisième ?) *Odyssée* à écrire, après Homère et Joyce, une farce "hénaurme" où attaquer le grotesque de l'époque…

Il désigna quelqu'un par la fenêtre, à un feu rouge :

— Regarde le type, là, au volant de sa camionnette, je te parie qu'il ne faudrait pas le chauffer : sans le savoir, il se prend pour Agamemnon à la tête de la flotte grecque ou Steve McQueen dans *Bullitt* !…

— Ça a l'air intéressant, dit A (se demandant si un tel sujet pourrait jamais se vendre…). Moi, j'aime surtout les romans d'amour.

— Et c'est là où je souhaite creuser ma vraie idée !

La pièce principale de son appartement n'était pas le salon, mais la cuisine : O préparait à dîner pour A. Comme à chaque fois, il s'y prenait longtemps à l'avance. Leur ami commun John n'avait pas menti en dressant son portrait : "Personne ne fait la cuisine pour deux comme lui !" Il était allé aux provisions : il aimait faire plaisir et faire beau. Surtout, il ne reculait devant rien pour A. (Au début, quand on est amoureux, on adore être *défié.* Faire ses preuves est un délice…) A lui dit un jour qu'elle cherchait un nouveau tapis avec un motif particulier introuvable : il le dénicha pour elle au fin fond du dix-neuvième (du Joyce). Il aurait pu, aussi bien, jeter les Troyens dans le Scamandre, et souiller tout un fleuve de leur sang (du Homère). Il lui avait réparé sa cuisinière avec un peu de joints et de glu sans besoin de recourir à un professionnel (du Joyce). Il aurait été aussi heureux de se jeter dans un combat singulier à mains nues sous les remparts d'Ilion (du Homère)...

O était le héros de sa propre petite histoire d'amour. Quand il arrivait à ses fins, il devenait Achille. Quand il se vautrait, il était Bloom...

Il expliqua :

— On veut croire que le sentiment amoureux, tel que nous le connaissons, a toujours existé et existera toujours. Mais on se trompe complètement. Regardons les choses : l'humain n'est qu'un simple mammifère et, en tant que tel, malgré tout ce qu'on a pu élaborer sur sa psychologie individuelle et collective, il n'a que deux véritables obsessions dans l'existence (et ce, depuis l'aube des temps) : il ne veut pas souffrir et il ne veut pas mourir.

O sourit.

— Tu peux tourner le problème dans tous les sens, tu en reviendras toujours à ces deux fondamentaux. Souffrir, c'est avoir faim, avoir froid, ne pas dormir, être blessé par d'autres animaux, tomber malade... Depuis deux siècles, l'homme a répondu à pas mal de ces points qui l'ont décimé pendant des millénaires. Il sait se nourrir, se protéger, se chauffer, sans trop d'efforts... Mais ne pas mourir ?

Il haussa les épaules.

— Jusqu'à aujourd'hui, même s'il a beaucoup rallongé son espérance de vie, l'homme en est toujours à la bonne vieille méthode fournie par la nature : pour ne pas disparaître, il se perpétue... (En cela, il ne fait guère mieux que l'amibe ou le dromadaire. Mais nous serons bientôt dix milliards !...) J'en reviens à la douleur : en seulement quelques générations, l'homme moderne a réussi à remplacer la plupart de ses souffrances physiques par des souffrances... mentales.

Il jeta de l'huile et ses courgettes émincées dans une large poêle chaude.

— À l'époque des chasseurs-cueilleurs, je doute que le chagrin d'amour ait jamais eu le temps de provoquer de réels ravages dans la société… Nos souffrances sont, aujourd'hui, hormis les maladies et les accidents, principalement morales et, comme le chaud, le froid, la faim, la peur des bêtes sauvages, nous allons, naturellement, arriver à nous en délivrer… Le progrès des neurosciences de ces dernières années est révélateur : la peur, l'angoisse, les traumatismes, le chagrin, le manque, la jalousie, la dépression, le deuil, la remémoration douloureuse, les blessures narcissiques, le grand sabordeur intérieur qui nous empêche d'être heureux… tout, *tout* va disparaître ! (Comme on a bâti des maisons pour se garantir du froid, de la pluie et des bêtes, on va bâtir des châteaux forts dans notre cerveau…)

D'un mouvement sec, il déboucha une bouteille de vouvray pour le laisse respirer.

— On a toujours cherché à se divertir de nos peines…, dit-il. On a fait du théâtre, des belles chansons, de grands romans, on a bu des potions mirifiques, on a lobotomisé nos asilés, aujourd'hui on intervient chimiquement (ou on pratique le pranayama), mais ce n'est que le début… On est à peine au commencement de cette révolution ! De même que l'homme va s'augmenter physiquement pour ne plus laisser ses cellules vieillir et s'anéantir, il va métamorphoser sa *psyché*. (L'un et l'autre vont de pair…) L'homme rendu demain presque immortel devra se doter d'un intellect très différent. Il ne pleurera plus, sinon de joie, ne se vengera plus, ne jalousera plus, ne souffrira plus d'abandon ni d'emprise, n'aura plus d'accès de folie pour untel ou unetelle qui l'ignore… Inutile de se récrier ou d'essayer de résister face à ce bouleversement : *ça va arriver* ! Parce que c'est exactement dans le sens de l'histoire. L'homme ne cessera jamais d'essayer d'atteindre ses deux objectifs : ne plus souffrir, ne pas disparaître... *Homo sapiens* finira dépassé, comme *Homo erectus* avant lui...

— C'est horrible, ce que tu dis. Je n'ai pas du tout envie que ça arrive !

Il sourit.

— Ah ah... Le revoilà, le petit "complexe de dieu" dont je parlais tout à l'heure, après Homère et Joyce... Comme un dieu, tu te crois finie ?... Pourquoi alors supporter que les choses changent ?... C'est une autre forme d'hybris : rester *modestement* l'humain que l'on est ?...

— Et tu veux faire un livre sur cet homme du futur ? Tu n'es pas le premier, je pense...

— Non, je désire autre chose. Si, pour être enfin heureux, l'homme supprime ce qui le fait souffrir, il va aussi se couper de ce que ces souffrances lui ont inspiré... Les hommes de demain riront de nos drames amoureux, des suicides de Werther ou de Juliette Capulet, comme nous rions aujourd'hui de nos ancêtres qui pensaient que l'éclair était une flèche échappée des mains de Jupiter... Ils n'auront plus de réelle empathie pour madame Bovary, la mélancolie de Schubert ou de Neil Young ne leur dira plus rien, fini les tourments avec Dante et Pétrarque ! Personne ne versera plus sa larme à la fin de *Die Hard*...

— J'ai pleuré, moi, à la fin de *Die Hard* !

— Nos descendants ne seront pas devenus insensibles : leur sensibilité aura changé (comme nous, aujourd'hui, ne sommes plus touchés par certaines œuvres qui faisaient gémir nos prédécesseurs... Relis l'*Astrée* ou Madame de Scudéry pour voir !...).

Il montait des œufs en neige. A reconnut à ce moment un titre doux de Fleetwood Mac qui tournait dans le fond, et ça la rendit triste.

— Comme beaucoup de nos émotions vont disparaître, continua-t-il, je voudrais écrire un livre qui les recense toutes, une dernière fois, de nos plus petites contrariétés jusqu'à nos pires souffrances, un inventaire de nos sensations, un catalogue du cœur, avec les réflexions qui les accompagnent, tout en racontant l'histoire du dernier couple du futur, du dernier couple qui résistera aux injonctions de son époque, et s'aimera, envers et contre tous, comme s'aimaient Héloïse et Abélard…

— C'est sinistre ton histoire. Ton futur est sinistre !

— Je ne crois pas. L'homme ne veut plus souffrir, ça ne veut pas dire qu'il ne continuera pas à avoir du plaisir… Il n'écoutera peut-être plus Mozart, se fichera des états d'âme de Virginia Woolf, mais il saura s'inventer de nouvelles formes d'art (qu'on est bien incapables d'imaginer aujourd'hui : *in-ca-pa-bles*)… Il faut avoir confiance… La beauté ne va disparaître parce que la mélancolie sera devenue un mot ancien !… L'avenir est un grand roman… Et nous, nous tenons bien notre place dans cette évolution…

— C'est du transhumanisme.

— Parler de transhumanisme, c'est croire que les humains de demain ne seront plus… quoi ?… *humains* ?… Que nous serions alors l'aboutissement réussi de notre espèce ? Surtout ne changeons rien ? C'est sympa de préempter ainsi le devenir de toute l'espèce pour satisfaire nos codes moraux… De toute façon, c'est déjà trop tard… Rien n'arrêtera plus la recherche… Si l'homme a déployé tant d'efforts pour apprendre à se connaître, ce n'est sûrement pas pour en rester là ! Cela est dans notre nature, depuis longtemps avant l'âge des cavernes, et moi, j'ai beaucoup de mal à considérer notre nature comme… *contre* nature.

Elle n'aimait pas beaucoup ses arguments.

— Tu vas l'intituler comment, ton livre ?

— J'hésite entre *Peines d'amour perdues et gagnées* ou *Le Parti pris des choses*.

(Elle se demandait si de tels titres se vendraient jamais…)

Il approcha d'elle, en souriant, et dit :

— L'amour, tel que nous nous le représentons, ne va pas durer… Alors, aimons-nous très *très* fort, avant qu'il ne soit trop tard !…

Il l'embrassa entre les yeux, puis sur la bouche, lentement.

Ça, elle aimait.

~

Il y a une métaphysique des lieux, comme il y a une métaphysique des corps : et les deux peuvent offrir beaucoup plus que ce qu'ils promettent.

Le sexe, c'est l'expérience radicale, comme de se retrouver… au centre du chœur de la Sainte-Chapelle.

Un matin, Camille et Camille sortirent faire le compte des gargouilles de Notre-Dame : ces hérons emmanchés d'une sale gueule.

Ils se levèrent très tôt pour être les premiers dans la file d'attente.

Le jour se faisait à peine. Ils allèrent admirer la Seine glacée par les derniers orages. Une vapeur montait du fleuve et noyait les deux rives (leurs façades de calcaire semblaient la boire lentement). Arriva le moment de la fonte du brouillard par le soleil, et là, tout à coup, comme chaque matin, l'éveil de Paris se fit, agité et bruyant, avec des hommes et des femmes en cascade…

Le réveil colossal de Paris !

Camille aimait faire marcher Camille dans les pas des grands noms du passé : ici avaient séjourné Picasso, Delacroix, la reine Margot, Simone de Beauvoir, Clemenceau, Dalida…

Est-ce que tout était vrai ? Ces murs mentaient-ils ? Nicolas Flamel avait-il changé le plomb en or rue de Montmorency ?

Qu'importe. Là où la grande figure a vécu, on se fiche pas mal du vrai...

— C'est toujours la légende qui survit !

Camille possédait une très vieille boussole de marin. Quand il les dirigeait, il disait : "Prenons cette rue pour aller avenue de Breteuil... Pour voir Vincennes... Pour rejoindre la Butte-aux-Cailles..." Mais il pouvait aussi bien annoncer, boussole à la main : "Tout droit, on arrive directement à Asunción, à Rome, Moscou, Helsinki, à Valençay, à Sumatra !..." Il aimait beaucoup que n'importe quelle rue de la capitale fût une destination, le début d'une expédition...

En marchant de la sorte, ils se sentaient au centre de tout.

Camille était pour Camille le nombril du monde.

Le jour de son arrivée depuis Colmar, elle n'avait jamais connu Paris. Parisienne depuis un an avant de tomber amoureuse de Camille, elle ne connaissait que de rares pavés.

Tout changeait maintenant, découverte après découverte.

(Visiter Paris, c'est la manière la plus abordable de ressentir un chef-d'œuvre ; aussi Camille empruntait-il l'expression idéale de Borie : « Paris est un musée des émotions de plein air... »)

Elle voulut, à son tour, l'utiliser à son idée.

Elle décida que, chaque week-end, ils n'iraient pas s'enfermer chez l'un ou chez l'autre, ils n'iraient pas visiter Chantilly, Versailles ou Senlis pour "s'aérer" : ils voyageraient *à l'intérieur* de Paris, faisant des escales d'un quartier typique à un autre, en louant chaque fois des petits studios. Les visites de Camille allaient trop vite, Camille était certaine qu'il fallait *dormir* dans un lieu pour le connaître.

(Et puis elle adorait l'idée de changer constamment de chambre…)

La première fois, elle le surprit en louant sous les toits d'un immeuble de la Porte-Dorée qui avait vue jusque sur la Grande Pagode.

Ce fut un jeune homme bedonnant et peu expressif qui leur remit les clefs de l'appartement. Quand Camille enlaça Camille et l'embrassa en découvrant les charmes du lieu choisi par elle, cet homme détourna le regard (à peu près avec la même espèce de dégoût que le serveur de la terrasse du *Mansart*...) ; Camille remarqua sa pâleur.

— Vous vous sentez mal ?

— Non. Ce n'est rien. Merci…

En lui, il se disait : "Ils ne comprendraient pas…"

Ce garçon était un cas : amoureux sans retour, amoureux contrarié, dans le temps et dans l'espace… Il révérait, depuis l'enfance, une actrice du siècle dernier qu'il n'avait (évidemment) jamais rencontrée : Barbara Stanwyck. Il en était devenu fou en découvrant *Un cœur pris au piège* à quinze ans au Champo. Pour lui, elle était la femme parfaite, idéale, entière, et aucune n'avait jamais pu l'égaler, moins encore la remplacer. C'était une maladie d'amour, mais pure et absolument sincère. Disparue en 1990 à quatre-vingt-deux ans, elle vivait toujours en pensées avec lui. Il la voyait partout, jeune et déterminée. Lui parlait parfois. (Il devrait consulter l'ancien séminariste de la veuve… À eux deux, ils auraient certainement des tuyaux à se refiler sur toutes les conditions d'impossibilité de l'amour !…) Il était un érotomane qui rêve l'objet de son dévolu, ce qui était sa manière de ne pas être déçu, ni rejeté. (En songe, nos actions ne sont-elles pas toutes héroïco-fleur bleue ?)

Comme n'importe quel amoureux, il se sentait bien dans sa folie…

Seuls les couples qui s'embrassaient devant lui le faisaient souffrir.

Il laissa Camille et Camille.

Trouverait-il jamais une compagne ? Un sosie, peut-être ? Sans doute jamais.

Ce garçon n'avait pas assez de bien-être pour se croire digne d'une femme en chair et en os…

L'appartement loué par Camille venait d'être refait à neuf. Il avait longtemps appartenu à un monsieur décédé l'an passé. Son corps avait été retrouvé par les pompiers, plusieurs semaines après sa mort. Dans cet immeuble où pas un étage n'était sans locataire, personne ne s'était aperçu de sa disparition (comme personne ne s'apercevait *avant* de son existence…). Le vieil homme vivait en reclus. (Y compris au cours de l'invasion du virus, personne ne s'était inquiété, et tous avaient cru son appartement vaquant.)

Sa mort provoqua la consternation entre voisins. Comment une personne pouvait-elle avoir été, à ce point, anonymisée ?

On apprit que cet homme était le siège d'un vieux drame : il avait perdu la femme de sa vie, à trente-sept ans, *littéralement* sur un mauvais mot… Une parole malheureuse lui avait échappé lors d'une dispute bénigne : son épouse ne l'avait plus jamais vu comme avant après cette phrase, et avait fini par le quitter. Il ne s'en était jamais remis. Aucune justification n'avait pu modifier le choix de sa femme. Un mot malheureux qu'il ne pensait même pas ! Depuis lors, il se méfiait de tous les mots. Mais, comme il lui eût fallu des mots pour instruire proprement le procès des mots, à compter du départ de sa femme, il résolut de ne plus jamais parler… À personne. Il tint parole jusqu'à sa mort. C'était sa façon de porter le poids de son regret…

Mais heureusement, au premier étage, deux retraités emménageaient après le départ de leurs grands enfants ; ils vieillissaient ensemble depuis leurs vingt-cinq ans, et il leur arrivait encore de rougir l'un avec l'autre.

Signe d'absolue fraîcheur.

Sur le même palier que Camille et Camille vivaient trois garçons en concubinage. Peu après leur arrivée dans l'appartement, une dispute éclata et il fut bientôt flagrant pour Camille et Camille qu'un *trouple*, ce n'était pas un couple à trois, mais bien trois couples en un…

Pour recouvrir leurs cris, Camille posa un 33-tours de Mozart sur la platine proposée dans le salon, et monta le son.

Miracle !

Le Divertimento K 138 en fa majeur…

C'était exactement l'air de musique auquel il avait pensé au *Mansart*, lors de son premier samedi avec Camille.

Ce fameux air qu'il n'avait pas réussi à retrouver en rentrant chez lui…

Fa la do...

Cette musique ferait date.

Do ré si do la...

Par hasard, ils venaient de trouver le "jingle" de leur couple…

~

Pendant ce temps, tout allait mal depuis que O avait démissionné et annoncé à ses proches sa décision de ne plus se livrer qu'à sa passion. Au boulot, on le tourna en dérision

("Adieu, l'Écrivain ! Ollé, Victor Hugo !") ; dans sa famille, on l'engueula sec.

A fut immédiatement ciblée. D'où sortait-elle, cette fille ? Que cherchait-elle ? Vers quoi l'entraînait-elle ? C'était forcément de sa *faute*… Il s'illusionnait… Il était sous emprise… Il foutait sa vie par terre… Sa pire ennemie s'avéra être, comme toujours, sa belle-mère. La "marâtre", qu'il détestait depuis sa jeunesse, se défoulait et dressait tout le monde contre lui.

Pour l'heure, O se braquait. Jusqu'à la brutalité.

Défendre A, c'était se défendre soi-même.

Mais forcément, étonné parfois de se retrouver seul chez lui l'après-midi avec tout son temps libre, face à la tâche ingrate de créer, il ne pouvait pas ne pas douter, un peu, de sa décision subite et radicale…

Seul, il trouvait difficile d'arriver à rien de bon, c'était uniquement en présence de A qu'il reprenait courage et s'exaltait (il ne lui raconta pas la résistance unanime qu'elle inspirait).

A avait ses bureaux rue Saint-Honoré. Elle travaillait depuis cinq ans dans l'agence de pub *Peter & Steven*. Pour ça, elle s'était trouvé un studio à deux pas, rue Vauvilliers. Souvent, elle déjeunait avec ses collègues (masculins) au restaurant *Chez Denise*. En sortant ce jour-là, sur le chemin de retour, elle découvrit, avec stupeur, son ex qui l'attendait dans la rue…

L'ex du Grand'chagrin !

Il lui sourit, bêtement (comment paraître autrement).

— J'espérais te parler… Je m'excuse… Je me suis trompé… C'est toi que j'aime… Je veux revenir…

Elle s'était toujours dit que s'il osait reparaître, elle saurait quoi lui balancer et l'envoyer sur…

Elle accepta de discuter.

Elle accepta de boire un café.

Tiens.
Ils allèrent à la *Taverne de l'Arbre sec*.

Elle s'étonnait en mal…

(De son côté, O, sur sa page blanche, cherchait une rime à son prénom…)

16

— Non, il ne s'est rien passé, mais le seul fait que je puisse lui parler et répondre à ses messages, c'est une catastrophe, non ?

A était à table en face de John, l'ami commun qui l'avait incitée à s'intéresser à O et avait organisé leur rencontre au musée du Vin…

John (en fait Jonathan, souvent diminué en John, mais surnommé Don Jon…) était le plus brillant commercial de *Peter & Steven*. Il prospectait les clients et en signait à la pelle. Vendeur dans l'âme, il était capable de faire acheter n'importe quoi à n'importe qui ; et avec les femmes, c'était pareil. John était le plus invraisemblable queutard de la boîte. Son palmarès féminin était inouï et les autres, comme O, se demandaient comment il pouvait s'y prendre (mais, comme tous les séducteurs professionnels et les grands artistes, John ne partageait jamais ses trucs…).

Avec lui, on devait se contenter de rares réflexions échappées :

— Souvent il suffit d'être tendre et de se plier à quelques petits mensonges… Je ne mène pas la chasse, je suis plutôt la voiture-balai…

John n'avait pas la constitution physique du mâle type institué par les derniers siècles : il était efféminé. Chétif aussi. Il parlait doucement, et peu. Mais, énormément, avec les yeux.

Cet homme devait tout son art à son premier métier : à dix-neuf ans, il vendait des assurances-vie autour de Pont-à-Mousson. Dans « assurances-vie », c'est le mot vie qu'il avait retenu. Il commença par prospecter auprès des agriculteurs et des éleveurs que connaissait sa famille : en savoir sur eux, même un simple détail intime, faisait toute la différence. N'importe qui aime à se sentir considéré : dès lors, selon John, il faut avoir la curiosité *flatteuse* et l'intérêt *ému*. Il faut se *lier*. Avant de rencontrer un nouveau prospect, il se renseignait toujours sur sa vie, son histoire familiale, ses passions, etc. S'il n'apprenait rien, il n'engageait pas de vente et allait voir ailleurs. Il se contentait de jouer en virtuose de la corde sensible : les gens qui connaissent leur talent perdent moins de temps que les autres...

D'ailleurs, John avait trouvé de quoi perfectionner sa technique : les femmes.

Il savait les écouter, il savait, comme avec ses clients, se modeler sur leurs discours.

Ça pouvait parfois ressembler à de la sorcellerie : il était devant une effarouchée, il s'effarouchait ; devant une déprimée, il déprimait ; devant une rêveuse, il rêvait... Il adoptait les mêmes tendances, les mêmes goûts, les mêmes opinions, les mêmes inquiétudes. Il devenait pour ces femmes une formidable récréation : on pouvait tout lui dire parce qu'il pouvait tout comprendre. De surcroît, comme il partageait avec soin les idées de ses interlocuteurs, hommes ou femmes le trouvaient toujours très *intelligent*...

Son succès lui valut le sobriquet de Don Jon, mais John n'avait rien à voir avec le vrai mythe de Don Juan. Ce dernier brisait les femmes, les abandonnait, profitait d'elles, piétinait leurs âmes… John n'en abandonnait aucune. En leur servant de miroir, il les aidait à se révéler à elles-mêmes, puis soignait sa sortie : il ne quittait jamais une femme, il la laissait partir… il la "casait" même. La connaissant (n'avait-il pas, pendant quelques jours ou quelques semaines, eu le même passé et espéré le même avenir qu'elle ?…), il savait mieux que personne quel homme (ou quelle femme) lui trouver. Il faut s'imaginer la figure de Don Juan couplée avec celle de Cupidon ! Là encore, il réussissait quasiment tous ses coups. Il ne se fâchait jamais avec ses ex, il restait même leur meilleur confident. Il était un grand manipulateur, Don Jon, mais comme on le dit d'un bon kiné : il soulageait.

Tombait-il jamais amoureux ?

Sans doute pas.

(Il s'était envoyé A à son arrivée à l'agence, cinq ans auparavant, mais sans prolongement ni redite. Elle montrait alors un grand besoin d'attention. Elle se rappelait comment il s'y était pris avec elle : au cours d'un congrès à Cannes, il l'avait regardée de manière très insistante, au point de l'embarrasser au milieu de leurs collègues, puis il ne s'était plus du tout intéressé à elle, pendant des jours.

Il la laissa cuire dans sa flamme…

Frustration classique.

A était d'autant plus énervée que cette technique fonctionne sur elle qu'elle l'avait déjà utilisée avec certains garçons…)

John adorait séduire les femmes chimiquement.

Ils étaient aujourd'hui au *Colibri*, près de chez lui.

— Tu n'as pas encore vraiment laissé sa chance à O, dit-il à A qui s'alarmait du retour inattendu de son ex dans sa vie.

— Qu'est-ce que je dois décider ?

— C'est encore un peu court, tout ça… Je ne te donne qu'un conseil : fais quelque chose pour O qui puisse le rendre *très* heureux. Pour savoir si on aime quelqu'un, je ne connais qu'une règle : découvrir à quel point ça nous fait plaisir de lui faire plaisir. Donner et recevoir, c'est la même chose, sinon merde. Selon moi, l'amour, c'est de l'égoïsme à deux bandes !… Inutile de se morfondre ou de passer des heures à discuter le pour et le contre avec des amis qui n'y connaissent rien, il faut s'occuper de l'autre pour s'occuper de soi, et que cela marche enfin à deux. Fais quelque chose d'étonnant pour O, tu sauras tout de suite si cet homme vaut que tu te battes pour rester avec lui.

— Tu dois avoir raison.

— Oui.

Mais est-ce que John croyait à tout ce qu'il disait ?…

~

Parfois, quand Camille et Camille parcouraient les avenues Junot ou Charles-Floquet, ils s'imaginaient vivre derrière ces beaux hôtels particuliers et énuméraient les plaisirs d'habiter dans tel ou tel quartier. Mais ils passaient très vite à autre chose : ils se fichaient pas mal de ces adresses à millions (il y avait mieux à faire avec tout cet argent…) ; ce qu'ils aimaient, c'était rêver à deux.

Comme beaucoup de chiens ressemblent à leurs propriétaires (ou l'inverse ?), devant certaines façades étonnantes d'immeubles à Paris, ils essayaient de deviner le caractère de ceux qui y résidaient :

— C'est la maison d'un avare… D'une constipée… D'un sadique qui joue de la harpe la nuit… D'une collectionneuse d'allumettes… D'un prof de sanskrit fan d'Harry Potter…

Parfois, au contraire, en croisant une tête de passant dans la rue, ils se disaient :

— Celui-là doit habiter au premier rue Danton…

— Lui ?

— N'importe où rue des Immeubles-Industriels !…

Ils adoraient la rue Dieulafoy qui ressemblait à un dessin animé, les devantures anciennes de la rue Durantin qui sentaient bon son Simenon, le jardin botanique de la Faculté de pharmacie de Paris ou le grand mur des *Je t'aime* du square Jehan-Rictus aux Abbesses…

Ils jetaient des vœux dans les eaux de toutes les fontaines : celle des Quatre-Saisons, des Innocents, fontaine Stravinsky ou Canyoneaustrate, et tous semblaient… se réaliser !

Camille fit une découverte médicale inespérée sur une plante du Costa Rica, Camille gagna deux nouveaux gros clients ; tout ce qu'ils demandaient, ils l'obtenaient ; ils étaient heureux en famille et leurs familles heureuses pour eux… On aurait dit que le monde entier se conformait à leur bonheur.

Ils propageaient partout une paix et une joie à donner de cruels chagrins ; pourtant ils échappaient à la malédiction des envieux et des jaloux, qui ont dévasté plus d'un chant comme celui-ci : Camille et Camille se montraient peu. Hors de portée, hors de cible.

L'arcane est bien connu : pour vivre cachés, ils vivaient heureux…

~

Parmi leurs relations, ils ne s'étaient trouvé qu'une seule amie en commun.

Elle était journaliste, écoféministe, créative et engagée.

Drame d'une société de l'offre : elle pensait toujours qu'il existait mieux ailleurs. Drame d'une société de la comparaison : elle se dépréciait sans arrêt.

Camille allait souvent avec elle au cinéma. Les deux filles se retrouvaient à Beaugrenelle.

Un jour, devant une comédie romantique anglaise, Camille l'entendit (son amie parlait énormément pendant les films...) s'extasier sur les qualités irréelles du héros amoureux parfait, qualités qu'elle prêtait aussitôt à son mec du moment, sans la moindre objectivité.

Le pauvre gars (qui n'en demandait pas tant) se voyait hausser au degré impossible du prince charmant.

Une autre fois, devant une comédie romantique française, la même spectatrice s'offensa du personnage masculin principal, veule et infidèle. De la même manière, elle prêta aussitôt ces défauts à son homme.

Le pauvre gars (qui ne demandait toujours rien) se vit soupçonné et accablé pour rien.

Ni héros ni salaud, il n'était jamais pris pour ce qu'il était (soit le sel de Salzbourg, soit du vulgaire goudron).

— Il a l'air de bien le vivre, constata Camille.

— Il l'aime encore, alors ça passe...

Camille et Camille faisaient ce jour-là une balade en barque sur le lac Inférieur du bois de Boulogne. L'été était magnifique.

Ils naviguèrent à hauteur de la statue de *L'Union de l'Homme avec la Nature et l'Amour* à la pointe de l'île nord : un couple nu et un baiser de bronze dans la verdure.

— On ne devrait jamais séparer l'Amour de la Nature.

— Ça expliquerait bien des choses...

Un groupe de touristes japonais les prit en photo alors qu'ils s'embrassaient.

Oui, ils étaient aussi *beaux* que ça !

Ils étaient mieux que l'amour fou ou que l'amour monstre, ils étaient l'amour né ; parce qu'ils ne cherchaient jamais de signaux de jalousie pour se rassurer sur leur amour, parce qu'ils n'avaient aucun goût hégémonique, parce qu'ils embaumaient le cosmos de Fourier, on les regardait vivre comme on regarde l'impossible.

Ils canotaient au même endroit où le jeune Aragon avait pris la décision de se faire poète, et passèrent la journée à regarder le soleil se coucher sur le Bois…

Derrière eux, autour du lac, un jogger courait, sans trop d'égards pour les passants (comme ces imbéciles qui croient que tous les chemins leur appartiennent…).

~

Sonia, l'amie de Camille, rentrait chez elle, rue Nicolet.

Elle fut surprise d'y trouver son mari : elle le croyait parti jusqu'au soir (il jouait aux boules les jeudis square Buisson).

Il nota sa surprise.

Ni l'un ni l'autre ne dirent un mot sur ce point.

— Je suis allée déposer mon caban à *Society Room* pour une retouche. Ensuite, j'ai rejoint Camille. (Tu sais, Camille, ma nouvelle amie ?…) Nous avons déjeuné près de l'église Saint-Merry avant d'aller à Beaubourg. Expo très chiante, autour de la pastèque ; mais ça m'a permis de faire mes dix mille pas quotidiens. Après j'ai accompagné Camille vers

Mogador où deux amies à elle nous ont retrouvées. Enfin, je ne sais pas ce qui m'a pris, je suis rentrée à pied à la maison ! C'était trop. Je suis é-pui-sée… (C'est fou que je m'entende aussi bien avec une fille qui fait la moitié de mon âge, tu ne trouves pas ?…) Je vais me couler un bain… Il y a un Melville à la télé… Si tu veux, je peux nous faire des pâtes fraîches ce soir ?… Ou alors on commande ?…

Il n'avait rien demandé.

Il connaissait Camille, oui. De nom. Il ne doutait pas que cette fille existât, mais il savait aussi que sa femme lui mentait : Camille servait de prétexte ou d'alibi.

— Il y a longtemps que je n'ai pas été aussi heureuse de rentrer, lui dit-elle avec une douceur qu'elle espérait persuasive.

Elle l'embrassa.

C'était un baiser coup de dague.

Le mari savait que Sonia le trompait depuis plusieurs mois…

Ce jour-là, comme les précédents, il avait sa façon à lui de s'enfermer dans un silence qui empêchait tout débordement, mais, à l'instant, il avait remarqué la peau qui sent la crème de beauté, la lèvre inférieure longuement aplatie, et puis cette désinvolture générale, qu'il supportait de moins en moins. Quand elle lui mentait, Sonia parlait fort et vite, pour bien montrer qu'elle était à l'aise et qu'elle n'avait aucune culpabilité à enfouir. La fausseté de sa voix lui donnait quelquefois envie de vomir… directement sur elle.

Elle le regarda :

— Tu fais une drôle de tête, tout à coup… Tu as quelque chose à me reprocher ? C'est grave ?… Il y a une femme dans ta vie ?

Provocation puérile, elle était tout enjouée de son petit coup.

— Oui, Sonia, il y a une femme. Malheureusement, c'est toi.

Il le pensa très fort, mais n'osa pas le dire. Elle ne comprendrait pas, la gourde...

Elle l'embrassa une deuxième fois ("Je plaisante...", crut-elle devoir ajouter), puis il l'entendit s'enfermer dans la salle de bain, et ouvrir le robinet.

La retraite était rapide aujourd'hui.

Sans doute s'était-elle toute seule mise à mal avec cette histoire de longue marche ? S'il lui demandait de consulter le podomètre de son téléphone ?... Il lui arrivait parfois de sentir, comme aujourd'hui, que son mensonge "flottait", alors elle lançait une pique pour détourner l'attention ou bien, pour ne plus regarder son mari dans les yeux, faisait semblant de ne pas trouver quelque chose au fond de son sac... Vite, le refuge bienfaisant de la baignoire brûlante...

Quand il avait découvert que Sonia le trompait, son mari s'était d'abord dit que la plus grande sagesse, à leurs âges, était de laisser aux choses leur libre cours, d'attendre avant de condamner (elle nierait, de toutes les façons), après ces longues années de mariage, pourquoi n'aurait-elle pas le droit à un dérèglement passager ? Cela aurait pu être lui, le premier fauteur... Il la connaissait : il imaginait ce moment secret où, avec la grossesse annoncée de leur fille, elle avait dû sentir qu'elle devenait vieille *à perpétuité*... Depuis qu'elle se changeait en grand-mère, elle avait donné beaucoup de signes d'émotion et de doute, d'affreux symptômes. Il sentait qu'elle entrait dans une mauvaise phase. Il le voyait quand, en famille, elle cachait son agacement derrière des sourires dangereux.

N'importe quelle passion finit par s'amortir, aussi pensait-il que leur paix serait à ce prix : lui laisser le temps de revenir à elle...

Il voulait croire au phénix du foyer.

Il ne dit pas un mot. Ni à elle ni à personne.

Il pensait avoir l'échine pour ça.

(Étonnant, il lui avait toujours déclaré que si jamais elle le trompait, il la quitterait sur-le-champ… Il était sûr de lui, péremptoire, et voilà que, cocu jusqu'à la gauche, il faisait exactement l'inverse de ce qu'il menaçait. Comment peut-on connaître qui que ce soit, quand personne ne se connaît soi-même ?…)

Certes, elle *restait.*

Oui, elle était là, à la maison, avec lui, mais si ignominieusement…

À chaque fois qu'elle devait s'expliquer, elle échouait à paraître claire. Elle s'était enferrée dans un système de mensonges trop étroit pour elle. À force, la pauvreté de ses subterfuges devenait blessante. Un jour, après un long après-midi, elle revint en disant qu'elle avait fait les magasins pendant des heures sans rien trouver ; la fois suivante, pensant sans doute paraître plus crédible, elle lui avait acheté un petit pull marron… Elle essayait de lui faire croire, à travers ce cadeau, qu'elle avait pensé à lui, mais ses yeux, comme toujours, *pipaient.* Il lui en voulait de si mal mentir. L'art du mensonge, c'est de le pratiquer au plus près de la vérité ; elle n'avait pas plus cet art-là qu'aucun autre (surprenant que le sentiment de sa bêtise ne lui apparaisse pas). Un double zéro en fait, cette fille, dans l'adultère.

Il y avait des jours où, entraîné par le vertige de la révélation, il se sentait prêt pour la bataille, mais, soudain silencieuse et lointaine, comme une maîtresse trahie, il comprenait qu'elle avait envie de disparaître, pas seulement loin de lui, mais loin de tout… Elle se mettait au piano… pour ne plus parler ou pour s'exprimer de l'intérieur (elle massacrait Chopin avec force). Clairement, par tous les moyens, elle s'appliquait à l'enduire…

Pourtant, par moments, il pensait encore naïvement qu'elle allait retrouver ses esprits et lui avouer que tout cela n'était qu'une farce.

Depuis des années, leurs coucheries étaient devenues glacées, mortes et stupides. Il avait perdu les moyens de la troubler (en cela, il reconnaissait son péché). À quel moment précis avait-elle rencontré les limites de sa vertu ? Il savait qu'elle disait rarement non à ce qui la flattait : il voyait assez bien comment elle s'était laissé séduire.

Toute cette histoire était d'une banalité à pleurer…

Se venger ? À quoi bon ? On fait toujours moins bien le boulot de Dieu.

Quand elle se montrait trop arrogante avec lui, il savait qu'il suffirait de lui faire peur. D'une allusion. D'un mot. Pour qu'elle change de ton. Qu'elle modifie son plan. Qu'elle s'écroule, sans doute, en petits morceaux.

De toute façon, qu'elle mente ou lui dise la vérité, il ne la croirait jamais plus, *jamais* : l'infidélité lui avait craché dans la bouche…

Il pensa au vieux dicton russe : « Ma femme n'avait pas de soucis, il a fallu qu'elle s'achète un goret… »

Il n'essaya bientôt plus de savoir ce qu'elle faisait ni où. Avec elle, c'était fatiguant, il y avait un serpent caché sous chaque pierre… Elle s'était mise à boire. Elle sortait souvent la nuit ("Merci Camille…"). Elle ne savait pas s'enivrer, partant elle savait mal rentrer, *in fine* elle ne sut plus garder sa culotte… Le mari (qui avait surpris les photomatons dans une enveloppe) était aussi tributaire des hauts et des bas de l'adultère de son épouse. Cela "tanguait" parfois dans l'autre équipe… Certains soirs, elle rentrait et il lui suffisait de lui balancer une dureté sur sa manière de s'habiller ou sur ses vieilles habitudes… et elle était payée jusqu'à la prochaine fois. (Rien de mieux qu'un conjoint dans la vie pour lâcher sa mauvaise humeur.)

Un jour, il crut enfin une trêve venue.

Après plusieurs jours de catatonie, elle reprit vigueur et lui confia :

— Ça n'allait pas ces derniers temps... Je n'étais plus moi-même... Mais maintenant, ça va mieux... Oui...

Il était heureux de n'avoir rien dit. L'écart serait terminé. Il ne lui en parlerait jamais... et les choses pourraient reprendre normalement.

Sonia sortit du bain dans un long peignoir bleu. (Pourquoi garda-t-elle les cheveux mouillés ce soir-là ?)

— Alors ?... Je nous fais les pâtes et on regarde le film ? C'est *Le Deuxième Souffle*...

— Je pense que tu n'en manqueras pas.

— Qu'est-ce que tu dis ?

Il lui tendit en silence son téléphone.

Sonia avait passé la journée avec son amant. L'épouse de ce dernier les ayant suivis, elle était passée peu après chez le mari avec des photos...

Blême, Sonia se reconnut sur des clichés passablement lamentables (dans un parking couvert !).

Lui, qui pensait la parenthèse finie, dit :

— Tu as manqué de prudence. Mais bon... Hélas, les œufs pourris finissent par éclater d'eux-mêmes.

Dès cet instant, ne se supportant plus, elle voulut l'assassiner de sa haine.

Jamais il n'avait vu une telle expression sur un visage. (Et dire qu'il aimait, autrefois, la mettre en colère ; qu'il trouvait "adorable" quand elle voyait rouge... Dire que, quand il l'avait connue, à vingt ans à peine, elle écrivait encore comme une enfant...)

Aujourd'hui :

S'il en était seulement capable, il lui donnerait bien une paire de gifles.

Si elle en était capable, elle lui donnerait bien un coup de couteau...

— Ce n'est arrivé qu'une seule fois ! cria-t-elle enfin pour sa défense.

Il sentit qu'il allait devoir la guider vers les aveux, et ça l'agaçait.

— Je peux tout t'expliquer !...

Elle finit très vite par s'ancrer totalement dans ses dénégations.

Et par lâcher :

— Une fois seulement. Je le jure sur *la tête de ma fille* !

Silence.

Il essaya de sourire, mais ne fit qu'une grimace.

Après un aussi flagrant parjure, ne pouvant plus jamais l'aimer, il ne craignait plus qu'elle lui fît du mal.

Il lui fournit les exemples, avec les dates et les heures, pour lui faire comprendre qu'il savait tout de sa disgrâce depuis des semaines...

Dès lors, elle résolut de plaider sa cause, à défaut de pouvoir la nier (parlant comme quelqu'un qui se serait toujours contenu) :

— Si tu m'aimes, tu dois me comprendre : j'étais *malheureuse* ! Nous nous étions éloignés et...

— Ce n'est pas une raison. Il fallait au moins en parler. Ou bien, *partir*. Avant de saloper la vie. "J'étais malheureuse !..." C'est trop facile. Comme celui qui vole un pain dans une boulangerie et qui dirait ensuite, pour sa défense : "J'avais faim !..."

— J'ai perdu la tête...

Elle fondit en larmes, en ayant conscience de jouer la comédie.

— Mon Dieu, que tout cela est petit ! s'exclama son mari.

— Ne m'en veux pas, je ne me sentais plus libre... Je ne voyais ma vie que sous l'angle de la contrainte...

Que croyait-elle à la fin ? Longtemps, lui *aussi* avait temporisé avec leur vie commune !...

Cet aveu qu'il n'avait pas été parfaitement heureux à ses côtés la rendit brusquement hystérique. (Elle sentit qu'il pourrait vraiment la quitter...) Elle éclata de gros mots. Cela grandissait et tournait à la haine. Plaintive et culpabilisatrice, elle hurlait, parlant très vite, mais séparant chaque syllabe ; la colère lui faisait claquer les consonnes et détacher les mots. Face à un tel déchaînement, ce ne fut bientôt plus un effort pour lui de se taire et de l'observer...

Mais, pensant à ses moments avec son amant, elle se disait qu'elle n'avait que de la joie à se reprocher !

Le téléphone de Sonia vibra sur une table.

Un message écrit de l'amant en question... Avec un cœur...

Ils le virent tous les deux.

— Tu es ridicule, lui dit-il.

Comme elle avait perdu, comme elle n'avait pas d'arme à feu sous la main : elle sourit.

Elle eut d'abord l'œil lumineux. Puis un coin des lèvres se releva. Froide de mépris, de l'air de lui dire : "Ben ouais, pauvre gars, tu n'es plus le seul dans ma vie... C'est lui qui me baise... Jusque dans *ton* lit... Ici même..."

Le sourire sur sa bouche n'eut pas le temps de s'achever qu'une gifle la rendit sourde d'une oreille pendant quelques secondes.

Malgré qu'elle ait blêmi, le plus surpris des deux, ce fut lui.

Heureusement d'ailleurs.

Il détourna la tête.

Jamais il n'avait porté de coup sur une femme.

Il se dit piteusement : "Ma main est partie toute seule..."

Elle hurla :

— Ne bouge plus ! Je t'interdis de me regarder !...

Bon. Il allait falloir forcer la paix, d'une manière ou d'une autre...

Mais, maintenant, tout était de sa faute.

Sonia se murait dans le silence. Il savait qu'elle gagnait du temps… et préparait sa prochaine riposte.

Il quitta l'appartement.
Pensant au proverbe : "Celui qui est mauvais à lui-même, pour qui sera-t-il bon ? Il a fait du mal à tout le monde…"

Mais, aujourd'hui, c'est à lui qu'il destinait ce reproche.

17

Au bout de quelques jours, A réussit à se persuader que pour en avoir le cœur net à propos du retour de son ex, il lui fallait recoucher avec…

Sa peau l'alerta dès les premières caresses : ses seins, ses cuisses, ses mains n'en voulaient plus. Cette coucherie était aussi bête qu'imprudente, mais A se foutait de la raison ; en cela, elle se rapprochait de Lee, la compagne de Nathaniel : quand celle-ci s'était mise en ménage avec un homme de plus de deux fois son âge, face aux questions et aux critiques, elle répondait :

— Il faut croire à l'amour comme un Père de l'Église comme Tertullien croyait à son Dieu : *parce que c'est absurde*. En amour, tout ce qui est logique est faux ! Il n'y a jamais rien à *comprendre* !…

A avait juste eu besoin de vérifier, grâce à ses sens, que tous ses efforts pour passer outre cet ex avaient bien fonctionné ; elle voulait auto-confirmer son triomphe sur ses sanglots et ses insomnies.

L'ex finit par lui dire sur l'oreiller, sans se douter de sa nullité :

— Alors, j'espère que je t'ai manqué ?…

A retrouva O peu de temps après l'avoir jeté hors du lit.

Ils allèrent voir *Les Amandiers* à l'Arlequin. En sortant de la séance, ils n'étaient nullement d'accord sur les mobiles du film, mais aucun d'eux n'éleva la voix. Ils étaient adultes, et ce long métrage aussi.

Ils dînèrent dans une brasserie de Montparnasse.

Puisqu'elle avait encore cité maints exemples de films pour nourrir leur conversation, il lui demanda d'où lui venait l'étendue de sa culture cinématographique.

— Oh, c'est mon père… Je n'ai pas trop eu le choix… Quand j'étais petite, il regardait un film par soir. Je n'étais pas si passionnée que ça, mais à force… Il en reste quelque chose.

— Quelle chance.

— Oui.

Elle ne mentait pas, mais ne disait pas tout…

Son père n'était pas qu'un amateur de films : il regretta toute sa vie de ne jamais s'être lancé dans la carrière. Jeune, la peur l'arrêta au seuil d'une grande école de cinéma ; il souffrit toute sa vie de fausses résolutions et de faux départs : "C'est décidé, j'arrête tout demain et j'écris enfin mon scénar !" (Quand il voyait un mauvais film, rien ne l'arrêtait ; quand il en voyait un bon, ça le foudroyait… Il avait la motivation artistique *montée à l'envers*.)

C'était pour cela que A voulait toujours pousser les gens qu'elle rencontrait à réaliser leurs rêves. Elle avait cette souffrance irrésolue venue de l'enfance. O pensait qu'elle avait reconnu en lui un artiste, qu'il s'agissait d'une *chose spéciale* entre elle et lui ; mais A faisait cela avec tout le monde. Non parce qu'elle en avait envie, mais parce qu'elle ne pouvait pas s'en empêcher : elle voulait réparer le souvenir de son père à travers ses mecs…

Tout à coup, elle se sentit mal à l'aise. Le bruit du restaurant… Elle venait de coucher avec un autre homme… Elle faisait croire à ce gentil garçon qu'il aurait du génie, alors que c'était parfaitement improbable... Il avait quitté son poste et s'était froissé avec toute sa famille pour elle...

C'est fou comme le "romanesque" vire au ridicule en très peu de temps.

Les contes de fées séduisent, mais parce que le "facteur humain" en est souvent ôté...

Là, devant ses tripous aveyronnais et un verre de mâcon, elle ne s'aimait pas.

Lui remarquait qu'elle parlait peu ; elle ne menait pas le feuilleton du dîner pour une fois. Il lui découvrait un mauvais visage.

Devant eux, Camille et Camille entrèrent dans la brasserie et prirent une table non loin.

Elle souriait et lui riait.

Même assis à une table de distance, ils avaient l'air l'un avec l'autre, souples et légers : du papier bible, ces deux-là. (Ce qui représentait une insulte pour tous ceux qui, dans la salle, n'arrivaient pas à vivre pleinement leur couple...)

Avant le dîner, Camille et Camille avaient fait une excursion au Louvre, pour une visite en nocturne. Ils s'étaient longuement arrêtés devant le buste antique d'Antinoüs, de l'aile Denon.

— Ce marbre n'est pas celui de quelqu'un qui a conquis ou sauvé une cité, dit-il ; c'est simplement le souvenir d'un jeune homme qui a aimé, et qui a été aimé... Antinoüs était l'amant de l'empereur Hadrien. Sa beauté l'aura rendu aussi immortel que les héros de son siècle. (Yourcenar n'a pas raté son portrait dans sa ressuscitation...)

— Elle a combien de temps, cette statue ?

— Elle date du deuxième siècle de notre ère. On la croit contemporaine de la mort d'Antinoüs en l'an 130, ou très peu de temps après... Il y en a eu beaucoup d'autres...

— C'est vrai qu'il est beau !

Camille adorait qu'elle ait utilisé le présent.

Elle compta :

— Soixante-dix générations nous séparent de lui. On est sûrement incapables aujourd'hui de savoir comment il pensait, comment il vivait vraiment à son époque… Tout cela est trop loin de nous… Mais…

Elle sourit :

— Quand Antinoüs attendait Hadrien… Quand Hadrien craignait qu'Antinoüs ne vienne pas… Quand ils se blessaient, se jalousaient, puis se réconciliaient… là, *nous savons !* Le temps n'existe plus quand on invoque les émotions.

— Et puis le *plaisir…*

— Oui. Le plaisir aussi !…

Depuis qu'ils s'étaient rencontrés et que Camille lui avait obtenu en urgence un rendez-vous chez un ophtalmo, Camille portait une paire de lunettes. Camille la regardait en souriant : même après des semaines, il trouvait toujours que cela lui allait bien… Il adorait ce nouveau visage qui l'était, un peu, *grâce à lui…* Elle, elle posait souvent les yeux sur sa petite cicatrice au menton, sans jamais lui en demander l'origine : ils conservaient ainsi des zones d'ombre, l'un pour l'autre, petites et grandes. Même au sein du couple le plus fusionnel, le plus proche, le plus durable, ils savaient qu'il ne faut jamais tout se dire, ni tout approfondir. La part de secret de chacun, c'est son espace pour rebondir.

Dans un couple, il faudrait le plus souvent s'appliquer l'injonction de Louis XIV à lui-même : *Bouclez-la !*

Camille saisit la main de Camille : un geste simple, de quoi déplacer l'arc du monde.

En face, la connivence entre A et O semblait avoir de plus en plus de mal à émerger.

A avait tout de suite reconnu la femme en rouge du musée du Vin ! La rivale…

O ne l'aurait peut-être pas remarquée si tôt s'il n'avait suivi le regard nerveux de A.

Oui, c'était bien *elle...*

Elle n'avait pas la même robe, ni les mêmes bottines, mais il l'aurait sans doute reconnue de dos. Il revécut immédiatement ses instants de solitude au musée, ses attentes, ses questionnements, son échec rapide...

Forcément, il ne put s'empêcher de se demander quelle serait sa vie, aujourd'hui, s'il avait réussi à l'aborder ce soir-là ?

Serait-il à l'autre table avec elle ? Ou elle avec lui ici ?

Il hébergea ce conte quelques minutes de trop : A le surprit sur son visage.

Il contrefit aussitôt l'indifférence...

(Il n'oubliait pas qu'elle lui avait avoué avoir observé son "manège" au musée du Vin autour d'une inconnue en rouge, avant de se décider à lui courir après.)

A l'imaginait déjà en train de faire des parallèles et, entraînée par cette idée, elle ne s'arrêta plus...

Elle devint parfaitement irascible.

Quand il sentait qu'il se trahissait, O avait le tic de presser sa lèvre inférieure entre le pouce et l'index.

Prête à exploser, elle voulut mentionner la présence inattendue de cette femme, mais sa voix flancha.

Ce soir, leur sensation motrice faiblissait dangereusement.

Autour, un autre couple, plus âgé, s'ennuyait et suivait tout le monde des yeux, surtout les serveurs. Ils regardaient passer, à hauteur de tête, les pavés et les confits, les sautés Marengo, les dorades sauce vierge, les choux chantilly et les babas au rhum... Ils avaient surtout faim de tout ce qui se présenterait à eux (au moindre regard avec un inconnu, leurs visages se déshabillaient). À côté, un couple, plus fermé, ne croyait plus aux frissons extérieurs et passagers des unions libres (il y a des jeux amoureux qui s'arrêtent non pas faute de combattants, mais faute de terrain...). Là, un mec riait à ses propres blagues. Ici, une femme en consolait une autre (en ne parlant que d'elle...). Et puis, partout, des tablées bruyantes, aux verres pleins, qui ne servent qu'à oublier...

Pendant ce temps, Camille et Camille se taquinaient, les yeux riant. Le moindre trait prolongeait encore la joute galante...

— Je suis fatiguée... Je veux partir ! *Maintenant* !

A n'accepterait plus de rire.

Elle se sentait amoindrie, et c'était O en personne qui l'agaçait à travers le souvenir de la femme en rouge. Elle se revit pliant les reins rue Saint-Benoît avec lui, et ça l'énerva.

(Dieu que nous sommes mal programmés !)

Ce n'était que l'odyssée de sa (mauvaise) conscience...

O, lui aussi, sentait monter l'agacement.

Ils se levèrent.

Comme ils ne trouvaient plus rien à se dire, ils se disputèrent.

Et devinrent méchants, par excès de sensibilité...

(Lorsque O passa près de la table de Camille, cette dernière ne reconnut *absolument pas* le garçon qui lui avait tourné autour au musée du Vin...

Ils ne vivaient plus dans le même univers...)

Au dehors, rien de majeur dans Paris : la Lune était à moitié allumée sur la tour Montparnasse et la Seine se dandinait comme une vieille bête couchée...

18

Elle était à la terrasse du *Mansart* depuis plus d'une heure, et faisait bander toute la rue.

Un casque sur les oreilles, c'était peu dire que cette femme aux épaules nues et aux cheveux longs, lunettes noires et tatouage rouge, se foutait pas mal des regards qui s'arrêtaient sur elle : elle ne les devinait même pas ; elle était dans son monde, un monde de musique idéalement orchestré à son image…

C'était la *Playlist Girl*.

Depuis ses quatorze ans, cette fille dressait obsessivement des listes de chansons pour son seul plaisir, des compilations sans nombre adaptées à toutes les humeurs possibles.

Listes étudiées pour quand elle est en couple, plaquée, amoureuse, déprimée, heureuse, désabusée, suicidaire, pimpante, fatiguée, odieuse, mystique, solitaire, inspirée, émue, nue, travestie, saoulée ou saoule ; pour quand elle pleure, quand elle a honte, quand elle refuse de dormir, quand elle s'en fout…

Les chansons qu'elle écoutait ressemblaient à un livre : chaque titre de ses compilations devant se suivre comme des pages. Ce rat de discothèque écoutait tout. Quand elle créait une nouvelle liste, ou en modifiait une, pour elle c'était comme écrire son journal intime. Si quelqu'un s'était repéré dans son immense cosmologie musicale, il aurait pu constater que certaines de ses playlists étaient, en soi, par leurs variétés et la pertinence de leur structure, d'authentiques chefs-d'œuvre.

Elle avait trente ans, mais le rock était sa musique de prédilection.

Elle avait été en couple deux ans avec un Noir originaire de Delacroix en Louisiane qui avait fui *Katrina* enfant : "Il n'aimait que cette musique... Moi, j'aimais cet homme..." Mais, très vite, elle devint beaucoup plus érudite que lui (et ne l'aima plus, mais ça n'avait aucun rapport...). De *Rocket "88"* à la dissolution des White Stripes, elle devint absolument incollable.

Elle avait peu à peu compris que le rock n'était pas qu'un genre musical, c'était une réponse à tout, un bon pote, une philosophie, la main au panier et la main sur l'épaule, une carapace aussi, un continent éloigné, c'était Héraclite rené dans Bob Dylan... Elle l'aimait d'autant plus, ce bon vieux rock'n'roll, qu'il était mort et oublié depuis pas mal de temps, avec son grand frère la folk. Elle avait l'impression d'être la prêtresse d'un culte primitif perdu... La vestale de la gamme pentatonique... La pythie du riff de guitare (parce que, comme tout le monde, elle trouvait les riffs beaucoup plus précieux que les solos !...).

Le rock actuel ? Des zombies.

— C'est sympa, les zombies, mais on ne risque pas d'être surpris...

Aujourd'hui, au *Mansart*, la Playlist Girl écoutait *Joe Hill* interprété en concert par Joan Baez...

Camille aurait pu la reconnaître : cette femme était la même qui, lors du Premier Samedi, le coude appuyé sur la table, écoutait un long discours dans son téléphone et répétait sans cesse, d'un ton las : "Ce n'est pas ce que j'ai voulu dire… Ce n'est pas ce que j'ai voulu dire… Non, ce n'est pas ce que…" À l'époque, elle se séparait d'une certaine Delilah, qui l'accusait d'être une sacrée salope parce qu'elle ne trouvait plus à l'aimer…

Green River succéda gentiment à *Joe Hill,* et c'est alors qu'il apparut sur le trottoir d'en face.

Il était plutôt enveloppé (d'ailleurs, elle l'appela le Gros dès le premier coup d'œil) : étrangement, ce fut son tee-shirt qui attira son attention. Elle se força à regarder plusieurs fois pour être certaine de ce qu'elle voyait… Elle crut reconnaître le visage du chanteur Shawn Phillips.

La possibilité de trouver un mec d'aujourd'hui, trentenaire comme elle, avec la pochette de l'album *Collaboration* de Shawn Phillips (1971) imprimée sur le torse était proche du zéro absolu !…

Elle en fit tomber ses écouteurs.

Le Gros possédait une Harley avec de larges enceintes. Avant de la démarrer, il lança la motoradio.

La musique, assez puissante, atteignit la terrasse.

Putain, il jouait *Vehicle* de The Ides of March !

Elle se leva.

— C'est qui, ce mec ?

Un instant après, elle était devant lui.

Surpris, le Gros regarda à son tour le tee-shirt de la Playlist Girl…

Il était court et jaune, avec pour seule inscription : *Take me to Madre…*

Il connaissait.

Et voilà.

~

Ils s'aimaient parce qu'ils aimaient la même chose.

Il était aussi féru de rock'n'roll qu'elle, ou plutôt féru de ce qu'il nommait "la veine électrifiée", qui commençait le jour où l'on avait envoyé du courant dans une guitare, et qui s'arrêtait avec le déclin des supports analogiques.

Tous les deux partageaient la même vénération des artistes, mais le Gros s'était spécialisé dans la religion des ingénieurs du son, des mixeurs et des arrangeurs de génie, depuis 1949 ; le plus pointu, le mieux. (Un des ex de Camille, le fan de *La Guerre des étoiles*, celui au millier de figurines de stormtroopers alignées dans son salon, lui avait dit un jour : "Tout le monde a une petite spécialité curieuse, bien à lui, un domaine dans lequel il en sait étonnamment plus que la moyenne, et qui nous définit... Tout le monde a ça... C'est tellement *nous*, ces conneries, que cela devrait être inscrit sur notre carte d'identité !")

La Playlist Girl arrivait quand même à parler avec le Gros des prises en multipistes de la batterie de *The Wall.*

Drôle d'oiseau que cette rockeuse...

Elle lui expliqua, devant une bière, que sa vie avait basculé en une seule phrase lue dans les mémoires de Dylan : « Il faut être gentil parce que la vie est pleine de gens qui mènent une rude bataille... »

Autrefois, ado, et même jeune adulte, elle se montrait volontairement dure, intransigeante, cruelle, avec tout le monde. Elle aimait mettre les gens mal à l'aise, appuyer là où ça faisait mal : expression systématique d'un mal-être qui ne trompait personne. Et quand on la rabrouait, elle déclarait toujours, piteusement : "Mais... je plaisantais !..."

Puis la phrase de Dylan lui enseigna la gentillesse, en dix-sept mots simples.

Sa mère travailla quinze ans au vestiaire de *Chez Castel* ; elle n'était jamais là le soir, mais avait plein d'amis inoubliables. Elle lui enseigna qu'une bonne nuit pouvait guérir de semaines de poisse et d'ennui…

À condition que la musique soit forte.

Ce soir-là, le Gros sonna avec une caisse remplie d'albums et de simples.

De son côté, elle avait ordonné ses vinyles et ses acétates.

Ils allaient jouer à la Nuit des Cent disques.

Dans l'ancien temps, avant le succès des cassettes, les amateurs se réunissaient pour écouter (et faire découvrir chacun son tour) leurs musiques favorites sur platine. Le duel consistait à toujours répondre au mieux à une chanson par une autre chanson. C'était un défi de connaisseurs.

Cent titres. Une nuit complète.

À ce jeu, la Playlist Girl dégainait souvent avec *Rock on* de David Essex. Cette chanson qui avait l'air d'une interminable intro… Un début solide. (Elle en possédait un premier pressage 45-tours impeccable.)

Il répliqua aussitôt avec *Kiss Off* de Violent Femmes (mais elle connaissait : "Ça m'arrive de la chanter sous la douche, le matin !")

Plus tard, elle lança *Redemption* de Blood Sweat and Tears, pour la coda.

Lui, *Hey Jude* par Wilson Pickett, pour la slide de Duane Allman.

Parfois, après un Return to Forever ou un des premiers Genesis (« *Lenny Bruce declares a truce and plays his other hand…* »), il reculait avec un petit *Dust in the Wind* ou un *Helplessly Hoping,* histoire de redescendre des hautes sphères…

Lorsque, avec les heures, la fatigue menaçait de se faire entendre, elle envoyait *Gettin' Out* de The J. Geils Band, *Chrome Sitar* de T-Rex ou *War* d'Edwin Starr…

Le Gros admirait.

Et puis, tout à coup, les pieds de nez du thème de *Born Free* de John Barry ou de *Thou Art Gonna up on High* de Haendel chanté par Gwynne Howell...

La sono était idéale. Cette fille s'y connaissait aussi en haute-fidélité.

Ils parlaient très peu. Sans surprise, il lui mit, en guise de tonique, *Queen of the Highway...*

Mais ce fut sur un live de Delaney & Bonnie, à trois heures passées, qu'elle l'embrassa.

Le duel aux microsillons était compromis ; elle fit tourner une cassette longue durée...

Eux-mêmes glissèrent sur son canapé, avec *Goodbye Old Missoula* en fond, cette belle guimauve.

Sur *Burning Fingers*, les premiers frissons.

Ils finirent de se déshabiller pendant *Portait of my Love* de Matt Monro.

Elle se retourna sur *Superfly.*

The Kinks, Traffic, Roberta Flack, Leon Russell...

Épaules secouées et ondulement des hanches, ils "dansaient"...

Parfaitement inenrayables.

Elle jouit pendant *A Change is Gonna Come* de Sam Cooke.

La première fois que le Gros était allé chez elle, il avait découvert son soigneux désordre. Sur la table basse, des livres : un exemplaire du *Messie récalcitrant*, de *Un cantique pour saint Leibowitz*, de *Risibles Amours,* du *Matin des magiciens* et de *La Source noire...* Aux murs, les affiches géantes de *The Trip* et de *El Topo*. Aux toilettes : des posters de Marc Bolan et de Daniel Byrnes !

Décidément, il pourrait s'embarquer pour l'autre bout du monde avec cette fille...

Quand elle lui dit que la voix de Bobby McFerrin la faisait toujours pleurer, il sut qu'elle était la femme de sa vie.

Games People Play…

Après presque cinq heures de bonne musique, ils restèrent enlacés le temps de *Murder Must Foul* de Dylan.

Comme un dernier cantique du roi Salomon…

Puis le silence.

La Playlist Girl habitait au 52 rue Lepic.

Cette nuit, à l'étage supérieur, Camille et Camille avaient loué un appartement pour leur week-end. Eux non plus ne dormaient pas : ils venaient d'écouter à travers le mur, fascinés, la joute musicale entre leurs voisins à travers le mur… Ils n'en revenaient pas de ce qu'ils avaient découvert…

Ils firent aussi l'amour (sur *Chrome Sitar*).

Ces derniers temps, ils se parlaient de plus en plus pendant l'acte sexuel : cette fois, ils s'étaient excités (provoqués ?) en réinventant leur première rencontre, rue Nicolet. Dans ce rêve à deux, ils s'étaient sautés dessus, en bas de la rue Bachelet. Elle avait levé sa robe sans réfléchir et il l'avait prise, plaquée contre un mur, devant l'escalier Becquerel. Pas de lettres, pas de rendez-vous au *Mansart*, pas de blabla : que du cul… (et *Hush* de Joe South par Billy Joe Royal…)

Ils s'imaginaient tomber ainsi amoureux par la peau.

Et ça marchait très bien…

Cet appartement de la rue Lepic, ce n'était pas Camille qui l'avait loué comme d'habitude, c'était lui qui l'avait choisi (l'adresse avait son histoire, les frères Van Gogh y avaient vécu).

Seulement Camille cachait une meilleure raison d'emmener Camille ici.

— Je connais le propriétaire, dit-il. Il part pour quatre ans travailler au Mexique. Il voudrait le louer à quelqu'un de confiance. Le prix est raisonnable pour le quartier… On… On pourrait s'y installer tous les deux, si ça te dit ?

(Elle adorait l'atmosphère des Abbesses, il le savait.)

Vivre ensemble ?

Pas de lettres, pas de rendez-vous, pas de blabla : c'était oui.

En dessous, la sono de la voisine reprit pour le lever de soleil : avec beaucoup de douceur, et Nick Drake.

19

En quittant le domicile conjugal, le mari de Sonia passa aussitôt chez son ami le plus proche, rue Bachelet.

Ils se connaissaient depuis l'enfance et le cours Chomel.

Le mari lui raconta la trahison de Sonia, sa journée, son départ, ses dernières semaines à la regarder le tromper.

— Je suis navré, mon vieux... on ne peut plus navré...

C'était faux, avec Sonia, il avait toujours su que ça arriverait...

— C'est comme ça : il faut souffrir !

Cet homme de plus de soixante ans n'avait jamais été marié, avait toujours refusé d'avoir des enfants, n'avait eu que des histoires courtes et trouvait que sa vie était passée comme un rêve.

Sa phrase fétiche était : "Je ne me suis jamais ennuyé !"

— Ça dure depuis des mois...

— Quelle horreur. Tu croyais vivre avec la mère de ta fille, mais c'était la femme d'un autre qui dormait à tes côtés !

Le mari lui demanda s'il pourrait rester ici le temps de se trouver une adresse. L'ami accepta, puis se leva et leur servit deux grands verres de scotch.

(Le mari n'osa toutefois pas aborder le sujet de la gifle qu'il avait infligée à sa femme.

L'ami pouvait donc s'autoriser à poursuivre sur un ton plutôt léger…)

— Je ne sais pas si l'homme descend du singe, mais je suis sûr que toutes les femmes descendent d'Ève. Le ver était dans le fruit !

— T'es de plus en plus misogyne, critiqua le mari.

— Même pas ! Qui n'est pas misogyne, arrivé à notre âge, n'a jamais aimé les femmes, on le sait tous. C'est dans l'ordre des choses d'être *déçu* ! Et elles, c'est pareil ! Essaye un peu d'écouter ce qu'elles se racontent autour d'un verre quand elles ont cinquante ans… Elles nous détestent toutes ! Elles ne redeviennent affectueuses que plus tard. Alors, nos défauts les amusent… Mais à la cinquantaine, qu'est-ce qu'on prend ! Et souvent, ça va plus loin… Ta femme n'y échappe pas, et tu en payes le prix. Allons, mon vieux…

Il lui posa la main sur l'épaule :

— Dis-toi que, dans un vieux couple, comme dans un chêne, chaque nœud est à sa place.

— Non, je refuse de dire une connerie pareille ! Je n'ai pas de nœud, moi : je ne l'ai jamais trompée !

— Et j'espère que tu vas maintenant reconnaître ton *erreur* ! Je ne le répéterai jamais assez : les maris fidèles font de très mauvais cocus. Ils se font des idées impossibles et après ils s'étonnent que personne ne les partage ! Si tu avais trompé ta femme, tu vivrais tout ça beaucoup mieux. Les gens honnêtes, ça ne connaît pas la vie…

Au cours de leur deuxième tournée de Bowmore, le mari détailla comment Sonia avait libéré sa furie dès qu'elle avait su qu'elle était découverte.

— Ça t'étonne ? Ce n'est qu'un début… La colère n'existe pas pour rien. C'est comme ça : il y a des choses qui ne peuvent se dire que dans la brutalité… De toute façon, avec les femmes, ce sera toujours de notre faute : même si tu les surprends la main dans le sac, en train de te faire marron dans ton propre lit, tu peux être certain qu'elles te démontreront que c'est toi qui as tous les torts. Et si elles tombent à court d'arguments : elles *mentent.* Même la tête sur le billot !

Il prit un air songeur.

— C'est beau à voir une femme infidèle qui ment…

Puis se rembrunit aussitôt.

— Pardon.

Ces deux-là, en jeans gris et cheveux blancs, étaient peut-être pires encore que des boomers ; c'étaient des *gloomers*… Tout ce qu'ils pensaient et disaient tournait au noir. L'époque ne leur pouvait être que haïssable. (Leur patron devrait devenir, selon Flaubert, saint Polycarpe de Smyrne, qui se lamentait déjà au début du premier millénaire : « Dans quel siècle, Mon Dieu, m'as-tu fait naître ! »)

— Pour moi, dit l'ami, le type qui a déclaré un jour que "la fidélité finissait toujours par payer" n'a jamais dû être marié ! Tu as devant toi un type qui n'a eu *que* des aventures avec des femmes mariées… En vrai, je préfère me couper un doigt que d'y glisser une bague !

— Tu n'as pas besoin de ça. T'as toujours eu la frousse de t'engager. Encore aujourd'hui, t'es incapable de signer un contrat sur plusieurs mois pour ton téléphone portable. Je ne t'imagine pas passer devant le maire.

— Comment expliques-tu alors que j'ai su être fidèle, quand je le décidais ?

— Toi ?

— Oui, moi.

— Tu n'as *jamais* été fidèle…

— Oh !

— Ah oui ?

— Écoute bien. Je n'ai aimé que des femmes jolies et je n'ai jamais pu les tromper qu'avec d'autres femmes jolies.

Question de principe. D'équité, même ! C'est pourtant clair : je suis fidèle... à la BEAUTÉ.

— Faux jeton, va !

— Comment ?

— Et la pharmacienne de Marseille ?

— Là, c'était différent. C'était hygiénique. Une pharmacienne ! Ça ne compte pas, j'avais un panaris.

— Tu lui écrivais des poèmes ! Et la fille de l'agence immobilière ?

— Ça ne compte pas non plus. On avait fait une bonne vente ensemble !

— Et ta belle-sœur ?

— C'est elle qui m'a forcé.

— Mouais...

Le mari sourit, ayant nourri sa conclusion :

— En fait, tu es fidèle à la beauté *quand l'occasion se présente*... Comme tout le monde !... Mais est-ce que ça compte seulement ? À la fin (j'ai payé pour l'apprendre), beauté ou pas, c'est bien avec une *âme* que tu vis...

Il y eut un long silence, puis :

— Les femmes pensent la moitié de ce qu'elles disent et disent la moitié de ce qu'elles font. Et les hommes, c'est l'inverse. Comment veux-tu que cela marche ?

Après quoi, l'ami eut un temps de réflexion, arrêté et vacillant.

— Je suis l'auteur de cette pensée, dit-il, mais je ne suis pas encore sûr de l'avoir comprise...

~

Le lendemain, le mari trouvait à se loger et quittait son quartier.

Pour mieux conjurer son mariage, il eut le réflexe d'aller chercher là où il avait vécu jeune et célibataire. Il trouva un studio meublé à louer au mois, boulevard de Reuilly ; ravi aussi de fuir son ami de la rue Bachelet qui l'empêchait de réfléchir sereinement, avec toutes ses "lubies" maquillées en conseils. (On en a tous des amis comme ça...)

Le studio était planchéié, sous les toits, avec des sanitaires sur le palier. Un peu crade, mais élégant. La décoration collait à la mode actuelle de regarder toujours dans le rétro ; couleurs acidulées, rondeurs, fauteuil Globe, tabourets Tam-Tam, couvre-lit jaune moutarde, il se crut projeté dans les années 60...

Au bout de quelques heures, le seul fait d'avoir été s'acheter de nouveaux vêtements et d'avoir rempli le frigo lui procura la joie juvénile de se sentir chez soi !

Dans un mariage, les manies sont aussi des manies mentales, il sentait qu'il allait s'en défaire facilement. Il était heureux d'être loin d'*elle*, et de l'air qu'elle dégage. Ravi surtout de voir que la suite des opérations ne lui appartiendrait plus.

En peu de jours, cette nouvelle existence tranquille (cette tranquillité nerveuse, en tout cas) le remit sur pieds...

Sa vie redevenait enfin *imprévisible.*

Sa fille vint le visiter, catastrophée. Elle portait son bébé sous le bras avec elle (celui qui était en soins intensifs le jour où Camille avait rencontré Sonia pour la première fois au jardin de l'hôtel de Sens). Le mari se sentait proche de ce nourrisson. Les médecins avaient tous assuré que les prématurés rescapés profiteraient d'une santé plus solide que la moyenne. L'épreuve les avait *trempés*... Eh bien, le mari ne se voyait pas autrement, aujourd'hui : revitalisé, retrempé après la lutte. Lui aussi sortait de "couveuse", soit trente ans de ménage.

— Ne t'inquiète pas, dit-il à sa fille, j'ai pris un avocat. Et j'ai suivi un vieux conseil qui ne m'a jamais quitté : dans les divorces, il faut se choisir un conseil qui en a beaucoup plus bavé personnellement que vous…

Ce n'était pas du tout ce qu'espérait entendre sa fille, mais il était égoïstement à ses idées.

Pourrait-elle comprendre son plaisir d'être seul dans un lit, d'allumer ou éteindre la lumière à sa guise, de se griller une clope dans le noir, de se garder le coin frais des draps, de se tartiner un bon bout de fromage de Stilton à n'importe quelle heure ?

Pouvait-il lui dire que, libéré comme il l'était déjà, sa mère ne venait même plus l'emmerder dans ses rêves ? Pourrait-il lui avouer que les semaines passées à la regarder froidement devenir un monstre (et une monstruosité) l'en avaient plus sûrement détaché. Et sans doute sauvé, par la même occasion ?

Pouvait-il lui dire que la gifle, terrible, et qu'il regrettait tous les jours, actait – aux dépens de Sonia – le fait qu'il n'y aurait définitivement plus de retour en arrière (même s'il ne fallait pas que cela résonne comme une justification…) ?

Il était allé trop loin (ou tombé trop bas) : mais c'était fini.

Non… D'ailleurs, il ne lui servit que des banalités… ou répondait à côté.

Il n'attendait qu'une chose : qu'elle s'en aille et le laisse seul.

À présent, déraciné et en paix, bien des souvenirs lui revenaient auxquels il n'avait pas pensé depuis longtemps, voire depuis le jour de son mariage… Ils se présentaient par filières. Il leur consacrait beaucoup d'attention, sautant d'une époque à une autre, enjambant les premiers flirts du collège et les premiers amours manqués de sa vie d'adulte, toutes ces étoiles perdues du cœur. Il faisait chaque jour de longues marches, enchaînait des semaines sans adresser la parole à personne. Le rêve.

(On devrait se séparer plus souvent… ça peut faire du bien à l'âme.)

Il joua à identifier les bruits dans l'immeuble et les rumeurs qui montaient depuis la cour par la fenêtre de son studio ; heure par heure, il repérait le quotidien de certains voisins, l'activité du concierge, les pigeons installés à demeure, la vie secrète des vieilles huisseries et des colonnes de plomb…

Un jour, une latte de bois se brisa sous son pied, le long d'une plinthe autrefois embue. Il la retira pour aller en trouver une similaire près du Bazar de l'Hôtel de Ville ; il découvrit alors une sorte de cache dissimulée sous le plancher. Un petit sac de tissu serré, des crayons à mine, un compas, une boîte de biscuits de Nantes avec des tickets jaunes de métro et une petite liasse de vieux francs : des billets de banque ornés des profils de Molière (500 francs), de Racine (50 francs) et d'Hugo (5 francs)… Un autre monde.

Tout cela était sûrement enfoui depuis des décennies.

Dans le sac en tissu : un livre grand format. Il s'agissait d'une édition bilingue brochée des *Poèmes de John Donne* éditée par Gallimard en 1962, sous couverture blanche. Le livre était encore en bon état, protégé de l'air et de la lumière (épargné par l'humidité), mais il était extrêmement usé, parce qu'énormément *lu* ?

En l'ouvrant, le mari comprit : presque toutes les pages de l'exemplaire étaient annotées au crayon, dans les marges et entre les espaces des poèmes. Une écriture fine et serrée, mais nettement lisible, *appliquée.*

Près de deux cent cinquante pages…

Il s'assit sur le bord du lit.

Dès la deuxième de couverture, il comprit de quoi il retournait : il avait dans les mains le *Journal* manuscrit d'une femme, premièrement daté au 2 février 1963 à Paris. Une courte réflexion en guise d'ouverture : *Aujourd'hui piscine. Enrhumée. Je devrais me mettre à l'anglais, pour les films, et pour lire ses poèmes dans le texte. J'aime beaucoup, dans l'introduction de Poisson, ce conseil : « Dire des choses et non des mots ». Je vais essayer ici.*

Le mari n'arriva pas à découvrir le prénom de l'inconnue, mais, très tôt, il comprit qu'elle devait être assez jeune, qu'elle était depuis peu à Paris et... qu'elle habitait dans ce même studio où il était en train de la lire !

Il regarda autour.

Il eut alors l'étrange impression d'être un intrus ; il n'était plus chez lui, mais chez cette lectrice sans nom de Donne.

Il se mit à tourner les pages avidement.

Par petites touches et nombreuses anecdotes, il pouvait tout à coup suivre le quotidien de cette jeune femme de 1963, qui parlait beaucoup de musiques et de films, qui voyait les rues de Paris envahies par des gens de sa génération ; il savait qu'elle vivait dans une parenthèse enchantée, commencée en 1959 avec le procès gagné de *L'Amant de Lady Chatterley* sur la censure et qui s'achèverait avec les morts de Brian Epstein à Londres et de Sharon Tate à Hollywood...

Entre-temps, tout ce que la jeunesse pouvait créer de grand et de beau, elle le fit.

Aux yeux du monde.

Grâce à ses notes, il apprit qu'elle lisait *Ciné-Paris*, *Bonjour les amis*, *Mademoiselle Âge Tendre*, *24 Heures*, et Joseph Kessel... Elle écoutait Europe n° 1, suivait les actualités Pathé au cinéma, achetait des soutiens-gorge Triumph et des bas Scandal. Ses livres de poche, elle les trouvait à la Librairie Universelle, rue de la Pompe. Elle fit (sans réelle conviction) une audition pour devenir comédienne devant Jean Meyer qui, visiblement, avait mal apprécié qu'elle s'asseye en tailleur par terre pour lui répondre ! Elle enviait énormément une cousine qui travaillait depuis un mois pour l'IFOP : elle passait ses journées, avec un micro et un Nagra portatif, à enregistrer les passants pour des questionnaires et des sondages plutôt bien payés. Cela lui paraissait le summum de la vie libre moderne pour une jeune fille. Une copine, secrétaire à la rédaction de *Pariscope*, avait les combines pour se faire inviter au cinéma et au théâtre (mais cette fille était un peu *suante* : à une projection privée de *Primary*, elle avait plusieurs fois insisté pour lui peloter les seins, "faveur pour faveur", ce que la lectrice de Donne n'aimait pas du tout...).

Elle raconte :

Je lis aujourd'hui Du pur amour *de Marcel Jouhandeau. L'amour n'a pas de sexe !*

J'ai trouvé un prof d'anglais. Sympa, mais c'est sûrement un maniaque...

Je me suis acheté une petite robe en tissu madras. Tiens ? Je commence à me sentir jolie depuis que je suis à Paris. Ça doit être l'air de la ville qui fait ça... Je ne crois pas être la première... Aujourd'hui, au Bretagne, *tous ces garçons qui parlent, qui parlent, qui parlent... Que des bouches qui voudraient embrasser... Et moi, en plus, je me tais !*

C'est en découvrant que le film *Le Mépris*, sorti en décembre 1963, était interdit aux moins de dix-huit ans, qu'il apprit que sa jeune anonyme n'avait que dix-neuf ans. *À un an près, je ne rentrais pas dans la salle !... Beau film, pas beaucoup de plans, la musique plus belle encore que le Parthénon, mais je n'aime pas voir des couples qui se déchirent... Quel besoin ? Laissez-nous tranquilles avec vos histoires !... Il paraît que c'est du Godard et du Karina tout du long dans les engueulades... Il paraît que, dans une boîte à Rome, pendant le tournage, Godard jaloux a giflé Anna Karina devant tout le monde parce qu'elle dansait avec un Italien. Elle aurait dit plus tard : "Moi, j'ai aimé cette claque, car il était encore amoureux..." Je trouve cette phrase plus belle que tout ce qui est montré dans* Le Mépris.

Elle notait souvent des détails pittoresques, comme le fait d'avoir lu écrit en grand sur un mur, rue de l'Odéon : *La vérité est peut-être triste... Signé Renan.*

Puis, plus tard, rue Navarin : *Si vous craignez la solitude, ne vous mariez pas. Signé Tchekhov.*

Enfin, un autre jour, rue Mogador : *Je dis que les mâles et les femelles sont jetés du même moule ; sauf l'institution et l'usage, la différence n'est pas grande. Signé Montaigne.*

Elle apprit que c'était un écrivain en herbe qui s'était lancé dans cette série de "Signés" partout dans la capitale.

Elle écrivit :

On dit que les Français ne lisent plus de livres, alors il aurait déclaré : "Faisons des murs de Paris des pages de grande littérature !..."

La diariste ajoutait, en soulignant cette phrase (ce qu'elle faisait rarement) : *Je pourrais aimer un garçon qui a des idées comme celle-là...*

Elle était célibataire. Son dernier petit copain semblait l'avoir plaquée à l'aide d'un télégramme. Elle se plaignait du procédé. (Le mari en sourit.)

Au Cigale, *aujourd'hui, on s'est fait emmerder par les garçons. Je ne couche pas. Et je me fous de leurs blousons et de leurs cheveux qui poussent... Moi, je leur dis que j'aime John Donne et j'attends leurs têtes...*

Elle note à la date du 7 avril 1964 qu'elle s'est acheté un nouveau lit au marché des Puces. Un lit double (*enfin !*) avec une armature en laiton, d'épais barreaux et quatre boules aux extrémités.

Le mari releva d'un coup les yeux du livre.

Il pâlit. Le lit sur lequel il était assis était toujours celui de la fille des années 60 !... Il ne regarda plus la décoration des lieux de la même manière ; ce qu'il avait pris pour des copies et de simples inspirations sixties étaient authentiques ?...

Comme par réflexe, il se leva.

~

Les choses sérieuses commencèrent vraiment au 15 mai 1965.

Elle s'était rendue au théâtre du Poche-Montparnasse pour assister à la première des *Lettres portugaises* avec Chantal Darget, toujours avec son amie peloteuse (mais qui s'était calmée). Il y avait deux pigistes de *L'Express* avec elles et aussi un de leurs amis, qu'elle découvrait pour la première fois. (Un vague salut à son intention, sans intérêt ni d'un côté ni de l'autre.)

Est-ce que c'était le texte de la pièce qui eut une telle influence sur elle ? Pendant toute la représentation, elle ne pensa qu'à son voisin de gauche… Elle s'appropria les affres de la nonne abandonnée par son amant, ses déclarations passionnées, ce ravage de l'amour fou, qui se jouaient sous ses yeux… « *Adieu, je voudrais bien ne vous avoir jamais vu…* » Par moments, elle aurait pu agripper la cuisse du garçon ! (Dans son *Journal*, elle employait des expressions touchantes pour décrire ce moment ; ainsi : *le cœur sautant comme jamais…*) Pour une fois, elle ne se plaignit pas de cette "représentation" d'un amour en crise… Au contraire. Elle en voulait un semblable ; elle voulait se découvrir digne d'une aussi remarquable souffrance amoureuse ; elle enviait plus que tout les larmes de la religieuse portugaise…

À la sortie du théâtre, elle avait l'impression d'avoir déjà émotionnellement vécu tout un roman avec ce nouveau garçon.

Elle avait besoin de passion. Tout de suite.

Il l'ahurit en lui disant :

— Pisse.

Ils étaient chez elle, le soir même. Elle était déjà entièrement nue, les jambes écartées sur le lit.

— Si tu es résignée à ta petite copulation habituelle, à quoi bon avoir baissé ta culotte aussi vite ?

— Mais…

— Il faut une sensualité éhontée, si tu veux du nouveau, et grimper. Casser la honte. Joues-y, Constance ! Tu verras, on est heureux autant qu'on est dupe.

(Elle s'appelait donc Constance…)

Elle comprit et accepta ce qu'il disait.

(Ça marcha vite : sitôt que cela devient un jeu, on dirait que l'âme n'a plus peur…)

— L'intimité vraie, ce n'est pas tout se dire (ça, ce sont les amis et les antennes ouvertes à la radio…), c'est tout se faire. Le plaisir, s'il est pris d'en haut, même le plus malsain, peut redevenir chaste. Comme le reste, le sexe est un moyen de communication… mais avec les Dieux ou la Nature. Au choix.

Pendant qu'il disait ses bêtises et la caressait, elle faisait un effort prodigieux pour garder toute sa tête. À la fois ravie et bouleversée, elle constatait la surprise de se révéler à elle-même par la sexualité. Puis, elle adorait le voir poser sur elle un regard d'adoration tyrannique…

Et le plaisir des entrailles soulevées qui menaçaient de rompre totalement… Du jamais ressenti, ni secrété.

Ils appelèrent cela "l'eau sacrée"…

~

Les mois qui suivirent dans le *Journal* documentèrent la relation de plus en plus étroite entre Constance et cet homme du théâtre. Ils entrèrent dans des jeux poussés à l'extrême. Jusqu'à se prostituer l'un et l'autre (sans distinction de sexe) ; chacun répondant aux désirs soumis ; il n'y avait aucune limite au plaisir d'offrir du plaisir.

Ils s'aimaient.

Le mari avait du mal à supporter cette lecture, tant le jeune couple était la preuve que, dès qu'on l'élargit, le corps devient un despote capricieux ; leur amour courait le risque de devenir fantastiquement destructeur, libéré de tous les tabous par une manœuvre élégante : le cœur.

Beaucoup de scènes avaient lieu dans ce même studio qu'occupait le mari. Souvent, il avait beau regarder autour de lui, il avait du mal à imaginer ce petit espace en feu, sentir le lion. (Un jour, elle demanda de lui planter un compas dans la cuisse. L'homme avait d'abord pratiqué des entailles dans un mur avec la pointe, pour en marquer la dangerosité. Ce mur était aujourd'hui derrière une bibliothèque-étagère. Le mari se leva pour la déplacer et retrouva, exactement à la place décrite, le sillon de la marque dans le plâtre... Il en frissonna.)

Le 2 novembre 1965, ils retournèrent au théâtre du Poche-Montparnasse où ils s'étaient rencontrés afin d'assister à une représentation du *Métro fantôme*, mise en scène par Antoine Bourseiller, cette "claque" de LeRoi Jones...

Cela les amusait de revenir sur les lieux de leur coup de foudre (à présent qu'ils se donnaient des coups de fouet... Tout allait très vite dans leur histoire. "Quand ça veut, ça veut..."). Chantal Darget interprétait de nouveau le rôle principal : l'inquiétante Lula.

Constance nota dans son journal une réplique de la pièce :

« Je mens le plus que je peux. Ça m'aide à contrôler le monde autour de moi. »

Le mari pensa aussitôt à Sonia.

— Regarde. Tu as vu qui est dans la salle ?

Dans quelques jours, Jean-Luc Godard allait entamer le tournage de *Masculin Féminin*, inspiré à l'origine de Maupassant (*Le Signe*) et de Sade (*La Philosophie dans le boudoir*), pour parler du sexe et de la jeunesse actuelle.

Lorsque le film sortirait au printemps, Constance y retrouverait une scène de la pièce applaudie ce soir, mais aussi un extrait des *Choses* qu'elle venait de dévorer (Perec n'avait que vingt-neuf ans…).

Cette nuit fut mémorable entre toutes, et couvrit deux pages de l'écriture délicate de Constance sur son *John Donne*.

Ce qu'ils aimaient, ces deux-là, c'était l'instantanéité de leur désir : rien ne l'annonçait ni ne le préparait. Après le théâtre, ils suivirent un groupe d'amis de Med Hondo jusqu'au petit matin…

(Il était à redouter que le soleil n'inverse sa course tellement de sacrifices avaient eu lieu…)

Le mari se dit soudain que ce manuscrit caché sous le plancher du studio aurait pu y rester pendant des années, voire des siècles…

Dans deux cents ans, comment lirait-on ce récit naïf mais cruel où le dégoût se mêle à l'envie, la souffrance au plaisir, la soumission à la domination absolue ?

(La jeune femme parlait rarement du plaisir en lui-même ; elle l'effleurait : ah, l'impossible récit de l'orgasme !…)

L'année dernière, le mari avait regardé un documentaire sur une équipe de chercheurs dans un laboratoire à l'ENS de Saclay qui travaillaient sur la cessation thérapeutique de la douleur humaine physique et morale, à longue durée.

Puisque la douleur n'était jamais qu'un système d'alerte, l'homme réussirait bientôt à substituer ce mécanisme physiologique (plutôt "inconfortable" pour le corps) par des capteurs artificiels indolores afin d'identifier, plus vite encore que nos nerfs, tout dysfonctionnement, lésion ou maladie…

(On ne dira jamais assez combien l'anesthésie a de l'avenir avec le genre *Homo* !)

(À mesure que la science avance aujourd'hui, nos descendants ne s'éloignent-ils pas de nous à une vitesse vertigineuse ?)

Les chairs endolories de Constance décrites dans son *Journal*, ses plaisirs scandaleux, resteront sûrement d'épais mystères pour nos neveux…

Toutefois, inutile de revenir d'un futur éloigné pour avoir du mal à comprendre la suite de cette histoire.

~

Ni elle ni lui ne donnaient l'air de se droguer ou de boire. Ils ne prenaient aucun médicament (hormis Constance, depuis qu'elle avait accès aux plaquettes de pilules Enovid).

Pourtant le 22 février 1966, la jeune femme le tua.

« *Chaque suicide est un poème sublime de mélancolie. Où trouverez-vous, dans l'océan des littératures, un livre surnageant qui puisse lutter de génie avec ces lignes :* Hier, à quatre heures, une jeune femme s'est jetée dans la Seine du haut du pont des Arts. »

Seulement, l'homme du théâtre ne s'était pas jeté ; il lui avait demandé de le *pousser*.

La proximité de ce paragraphe de Balzac au milieu des poésies de Donne donnait à la page son vertige.

Aucune explication ne préparait ni n'accompagnait l'événement tragique, consigné froidement dans le journal. Avait-il demandé cette faveur comme une ultime preuve d'amour ? Quelle était l'origine de son envie d'en finir ? Celle-ci ne se lisait nulle part dans le texte de Constance. Ni elle ni lui ne semblaient avoir la veine suicidaire. Excessifs, sans doute. Fusionnels, aussi.

Mais alors... Pourquoi elle-même ne l'avait-elle pas suivi dans ce dernier défi ?

Elle écrivit seulement, en guise de conclusion à l'affaire :

Maintenant, je dois me trouver un mari, avoir des enfants, et oublier tout ça.

Et son journal s'interrompait sur cette phrase.

Le mari trouva détestable de ne pas comprendre.

Dans le manuscrit, Constance ne se décrivait jamais, ni ne décrivait son compagnon (elle réservait son attention à d'autres tableaux...). Ils pouvaient être blonds ou bruns, blancs ou noirs, beaux ou laids, l'importance ? Le mari avait seulement appris, au détour d'une confidence, que l'homme présentait une ride verticale assez prononcée entre les yeux (particulièrement quand il faisait l'amour)...

Il alla compulser à la Bibliothèque nationale les archives de presse pour essayer de découvrir si un corps n'avait pas été repêché par les autorités dans la Seine après le jour du suicide (Constance et lui avaient agi au petit jour, quand l'eau du fleuve commence à blanchir avec l'horizon). Trois corps avaient été retrouvés en aval dans le mois : deux femmes et un certain Buddy Fry, saxophoniste professionnel américain du Dakota du Sud, qui, selon la lettre retrouvée à son hôtel, n'aura pas supporté les effluves amoureux et les tentations nocturnes de Paris. Il avait parcouru sept mille kilomètres pour venir se briser le cœur quelque part rue du Dragon, sur une certaine Fanny !

Le mari avait toutefois un détail à sa disposition : un téléphone d'amie (liée à Jean Anouilh) noté à la hâte sur un coin de page : *Jasmin 1212*. Sachant que l'évolution de la numérotation française avait octroyé le 527 en remplacement des trois premières lettres de Jasmin, puis le 4 pour l'Île-de-France en 1985, enfin le 01 en 1996 pour le découpage national : il essaya de remonter tous les anciens propriétaires du numéro actuel.

Il dénicha aussi un annuaire de l'année 1966 et tenta d'identifier la peloteuse du *Pariscope* en contactant la rédaction, mais aucune de ses recherches n'aboutit à connaître une personne qui aurait pu fréquenter Constance. Il s'adressa alors au syndic de l'immeuble, dans l'espoir de découvrir, toujours aux archives, son patronyme. (Après tout, elle pouvait encore être vivante ?...) Le concierge l'aiguilla vers le propriétaire de son studio qui habitait au quatrième étage et que le mari n'avait encore jamais vu, n'ayant eu affaire qu'au gestionnaire de la location pour les clefs.

— Je ne suis là que depuis quelques années, dit le concierge, je ne pourrai pas vous aider. Mais lui, c'est le doyen de l'immeuble...

Lors de son analyse de la vie autour du studio, le mari avait repéré la voiture de cet homme âgé : une authentique Ford Taunus modèle 12M grise des années 50. Cette voiture de collection était dans un état de conservation admirable, en plus d'avoir un charme fou : le commissaire Maigret aurait très bien pu en descendre, ou le Beau Serge, ou Lola...

Quand l'homme de la Taunus ouvrit la porte de son appartement au mari, celui-ci tenait le livre de John Donne dans la main. Mais il le glissa soudain dans le dos, comme par précaution.

Le propriétaire avait dans les quatre-vingts ans, il se tenait encore droit et portait des cheveux très blancs. Quand il apprit qu'il avait son locataire du mois devant lui, il lui fit un grand sourire accueillant ; le mari commença par le rassurer (l'excellent studio !) avant de lui demander depuis combien de temps il habitait dans l'immeuble et s'il avait entendu parler d'une jeune femme qui logeait sous les combles dans les années 60 ?

L'homme eut un froncement de sourcils et le mari ne put alors ignorer cette longue et profonde ride qui lui scindait le front en deux.

Il pâlit : *c'était lui* ? Il n'était pas donc pas *suicidé* ?

— Alors, vous connaissez Constance ? lâcha-t-il dans la surprise.

Il y eut un silence. Tous les deux chutaient dans le même trou de ver, le même tunnel d'espace-temps, tournoyant autour du même prénom, et d'un visage, rêvé pour l'un et souvenu pour l'autre.

Un instant plus tard, le propriétaire l'avait fait entrer et lui avait servi un verre de fine.

— On appelle cela de l'érotomanie, dit-il, assis dans son salon. J'ignore vraiment ce qui s'est passé au cours de notre toute première rencontre au théâtre de Poche avec Constance... Non seulement elle est tombée amoureuse de moi pendant la représentation, mais elle s'est prise de la conviction délirante que je l'aimais aussi. Elle a réussi à emménager dans le même immeuble que ma famille (j'ai racheté le studio depuis). J'avais beau protester, je n'arrivais pas à m'en défaire... Il ne s'était pourtant rien passé entre nous !... Elle vivait sa passion à sens unique et me harcelait d'une manière qu'elle croyait gentille. J'ai porté plainte ; rien n'y fit. Sa "mélancolie érotique" ne s'est arrêtée qu'après une tentative de suicide. Elle a essayé de se jeter du haut du pont des Arts, mais elle a été rattrapée de justesse par un jeune passant. Dès lors, c'est sur lui qu'elle a jeté son dévolu, et, en l'espace d'une minute, je n'existais plus !

— Trouve-toi un mari, faites des enfants et oublie tout ça, lui ai-je dit.

Constance a définitivement disparu par la suite.

— Je crois bien que je n'ai plus entendu prononcer son prénom depuis cinquante ans.

Abasourdi d'apprendre qu'il avait été le lecteur d'un long délire, le mari lui remit l'exemplaire de John Donne avec le *Journal* de Constance, puis l'abandonna à sa propre lecture stupéfaite, à ces retrouvailles avec un esprit perturbé de sa lointaine jeunesse…

En rentrant dans le studio, il était presque déçu. Il avait eu envie de croire à cette histoire de chairs et de passions, même si les jeux employés le choquaient…

(Rarement l'amour sonne aussi vrai que lorsqu'il est fou ?)

Avant de le quitter, l'octogénaire lui avait montré une photo en noir et blanc de Constance en 1965, la dernière qu'il possédait (à un moment, elle lui glissait des portraits d'elle sous sa porte tous les jours).

Le mari sourit : elle était belle.

Elle ressemblait à une jeune Tina Aumont…

Alors que le mari observait à nouveau l'entaille creusée dans le plâtre du mur avec la pointe du compas (ce compas qui traînait avec les tickets de métro et l'argent liquide dans la boîte à biscuit de Nantes), il entendit son téléphone vibrer.

Choc d'époques.

Un message de sa femme Sonia :

"Ça y est, j'ai un avocat, enculé…"

Choc d'histoires.

20

Il lui dit : "Un auteur ne doit pas faire entrer le lecteur dans le cerveau de ses personnages, mais le faire entrer dans *son* cerveau. Pas le choix : ce dernier ne s'éclaire que trépané par la fiction… Surtout la fiction vraie."

O devenait méconnaissable.

Jusque-là, il avait réservé son côté "artiste" à ses histoires d'amour ; elles avaient été ses chutes de chapitre, ses morceaux de bravoure, ses élégies… Ce n'était plus le cas :

jamais il n'avait été occupé d'une œuvre comme aujourd'hui.

Le O romantique et dévoué, décrit par Don Jon pour intéresser A, n'était pas mort : il attendait simplement qu'un autre O, l'écrivain, finisse d'occuper la place.

Qui a dit qu'il fallait avoir du temps à perdre pour se consacrer à l'amour ?

(Au cours de ses recherches pour sa thèse, Lee était tombée sur Benvenuto da Imola, un commentateur du Dante du XIVe siècle, qui remarquait déjà à son époque : « Un noble passe plus de temps dans l'oisiveté et vit plus délicatement, donc son cœur s'enflamme plus vite que le cœur d'un paysan, tout comme le soufre brûle plus vite que le bois... » Lee se disait que ce devait être le cas de son Nathaniel, depuis qu'il était à la retraite...)

Notre société serait-elle malade d'amour, parce que, pensée pour le loisir, elle n'a plus que *ça* à penser ??

O confia quelques pages de son manuscrit à lire à A.

— Tu écris comme un homme, dit-elle seulement.

— Ça va de soi.

De son côté, elle s'était remise de sa folle colère du restaurant de Montparnasse, lors de la réapparition de la femme en rouge. (Sans doute, se dit-elle, avait-elle voulu simplement faire tomber sa honte ?...) Il lui dit : "La question de La Fontaine est éloquente : *Ce qu'on n'a point au cœur, l'a-t-on dans ses écrits ?* "

A se rappelait souvent le conseil de John au *Colibri* : "Fais quelque chose pour O qui puisse le rendre *très* heureux. Pour savoir si on aime quelqu'un, il faut découvrir à quel point ça nous fait plaisir de lui faire plaisir. Donner et recevoir, c'est la même chose, sinon merde..."

Elle voyait bien que O souffrait (peinait) à écrire, qu'il n'avait jamais assez pratiqué, sinon en songe, pour savoir s'y prendre vraiment.

— Tu n'as jamais eu de maître ?

— De maître ?

— Quelqu'un qui puisse te guider ? Un aîné ?

— Non.

— Tu as bien un auteur vivant que tu admires ? Tu n'es jamais allé le voir ? Je suis sûre qu'il aurait de bonnes choses à te transmettre.

— Ce n'est pas comme ça que cela marche...

— Et pourquoi ?

— Parce que.

— Ok. Je vois.

Ce grand auteur qui faisait l'admiration de O, A réussit à entrer en contact avec lui. (Il était représenté par une agence de communication rivale qu'elle connaissait.)

Un samedi, elle l'emmena à Louveciennes, sous le prétexte d'aller profiter du beau temps. Elle arrêta la voiture devant la grille d'une maison bourgeoise, cernée d'un vaste parc.

— C'est là.

— Quoi ?

— La maison de ton idole. Il t'attend.

— ...

— Il t'attend et, à ta place, je me presserais car, dans trois minutes passées, tu seras en retard...

~

Il lui dit : "Il faut cultiver son Cézanne intérieur..."

O avançait lentement sur l'allée qui menait au perron de la haute bâtisse de style Napoléon III (depuis l'enfance, il avait toujours rêvé habiter une maison Second Empire comme celle-ci, avec des briques de parement en terre cuite rouge. Il se demanda, à présent, si ce n'avait pas été une prémonition de ce qui lui arrivait aujourd'hui.

Dans les moments de tension et de nervosité, n'importe quelle idée peut nous venir...).

A avait dû insister encore une fois pour qu'il descende de la voiture. Il ne voulait pas la croire, ou n'osait pas se lancer... (Elle ne savait pas si sa timidité lui paraissait touchante, ou s'il commençait à sérieusement l'agacer.)

En sonnant au visiophone, il avait entendu la voix de l'Auteur lui répondre : "Bonjour. Je vous ouvre..." Il connaissait cette voix. Il avait tout lu de cet écrivain, jusqu'à ses premières publications et ses articles, et presque toujours, dans sa tête, c'était sa voix lente et grave qui lui parlait.

Il gravit les trois marches et la porte d'entrée s'ouvrit. Une gouvernante. (Il n'y aurait donc pas que la façade qui serait grand style...)

La dame précéda O dans une antichambre où il dut attendre.

"Est-ce qu'au vingt et unième siècle, on s'adresse encore à quelqu'un en employant le mot de *maître* ?..."

— Non, appelez-moi par mon prénom, cela ira très bien. Asseyez-vous !

Le bureau attenant était vaste. Une immense bibliothèque. O se dit que ce ne devait pas être sa pièce d'écriture, mais celle où il recevait les écrivains inexpérimentés comme lui.

Il savait qu'exactement quarante-sept années et huit mois le séparaient de l'Auteur. Il savait aussi qu'à son âge, l'Auteur avait déjà publié deux romans remarqués et s'apprêtait à publier son chef-d'œuvre.

(La compétition des âges dans la réussite est un grand classique chez les grands anxieux. Jules César le premier.)

— Vous avez réussi à trouver facilement mon adresse ? Tant mieux. Moi je m'y perds parfois. Jadis, toutes les routes menaient à Rome... Aujourd'hui, toutes les routes mènent à un rond-point !... Vous trouvez ça affreux ? Pas moi. Je suis même certain qu'avec un peu d'efforts on pourrait trouver de la poésie à ces giratoires qui nous forcent à danser tous les jours avec nos voitures. C'est toujours pareil selon moi : il faut savoir faire un pas de côté pour y voir plus clair...

O l'avait déjà entendu employer cette image du rond-point. Il radotait, et allait sans doute beaucoup radoter dans les prochaines minutes (pourquoi ferait-il un effort pour un jeune inconnu ?), mais il restait, selon O, l'auteur vivant qui avait su le mieux parler du couple et de l'amour depuis le tournant du siècle.

— Vous voulez écrire, c'est bien ça ? Je vous préviens : je ne donne pas de conseils. Des conseils d'écriture, à proprement parler, je n'en ai jamais reçu ; je n'ai donc rien à transmettre... Quand j'étais jeune, je suis allé visiter Mauriac (qui était alors un géant pour moi !). Je n'ai rien tiré de cette rencontre. D'abord, je n'ai pas pu en placer une... Ensuite, il m'a parlé pendant deux heures et demie de Blaise Pascal et de sa sœur ! (J'ose espérer qu'il m'avait confondu avec un journaliste, ça me le rend moins antipathique...) En revanche, je pourrais vous dire aujourd'hui ce que j'aurais fait *différemment* dans mon parcours d'écriture. Et de ça, je parlerai volontiers, car j'y vois une perspective qui, pour le coup, m'est personnelle... Vous en ferez ce que vous voudrez...

O se dit que l'Auteur n'en était pas à sa première entrevue avec un cadet d'écriture ; il déroulait un discours déjà bien travaillé. Au vrai, c'était sans doute mieux ainsi : n'ayant pas été alerté par A, O n'avait pu préparer la moindre question, ce qui le tétanisait depuis la descente de voiture.

Pour lui, cette entrevue était même pire qu'une première rencontre avec une fille !... Il trouvait d'ailleurs "troublant" à quel point ses réactions physiologiques et mentales (la gêne, les mains moites, les idées emmêlées...) étaient similaires. C'était la peur qui les reliait. (Attendez donc qu'on mette une pilule contre les effets de la peur sur le marché, et vous verrez les queues !... Allez-y pour faire rentrer le Djinn dans sa bouteille !)

La gouvernante apporta du thé et du café sur un plateau d'argent. Elle ne parlait pas. Pas une cuillère ne tinta. Il n'y avait aucun bruit dans la maison ni dans le parc. La sérénité absolue pour un créateur... O se dit qu'il devait être plus facile ici de nourrir des chefs-d'œuvre.

Comme ils allaient parler boutique, l'Auteur demanda à O la permission de le tutoyer.

— Pour écrire, il faut d'abord se *planquer*. Surtout à tes débuts, où tu n'auras guère le choix que de t'inspirer des personnes qui vivent autour de toi… Si jamais ils devinent que tu les observes pour un livre, ils vont *changer*, instinctivement ! Et ils perdront toute l'authenticité qui t'est indispensable pour te faire l'œil… Par exemple, ils te feront des confidences qui seront parfaitement fausses… Moi, je me suis dévoilé trop tôt… Après un ou deux livres, j'avais des gens autour de moi qui se prenaient pour des héros de roman, ou qui voulaient m'intenter des procès si mes écrits n'étaient pas à la hauteur de l'idée qu'ils se faisaient d'eux-mêmes !… Même ma propre mère !… Non, travaille dans l'ombre, le plus longtemps possible… Aussi, si je pouvais corriger mes premières années, je lirais plus et j'écrirais moins. Je réfléchirais davantage et je publierais plus tard. Utilise en premier ta matière grise (apprends ton métier) et ensuite seulement ton système nerveux (ce que la vie t'a enseigné). C'est long, très long. C'est ingrat. Mais un matin, comme par miracle, tu te réveilleras avec un cœur qui peut tout comprendre… Je dis miracle car, malheureusement, le travail ne suffit jamais. *Ce sont les dieux qu'il nous faut !* Exactement comme dans le mythe de Pygmalion. (C'est amusant, on croit souvent que c'est grâce à la perfection de son art que le sculpteur Pygmalion a réussi à donner vie à sa statue : mais pas du tout ! Dans la réalité, c'est une action de la déesse Aphrodite. C'est *elle* qui anime la pierre pour répondre à la prière de l'artiste…) Il faut donc solliciter les dieux… On peut travailler autant qu'on veut, on peut suer plus que quiconque sur son manuscrit, sur sa toile ou sur sa partition : à la fin, sans un miracle, sans un "accident", rien de vivant ne se réveille vraiment. (D'où cet indétrônable titre de Dullin pour ses souvenirs de théâtre : *Ce sont les dieux qu'il nous faut*... Ça vaut pour tous les créateurs...) Crois-moi : quand une grande idée te tombe dessus, pendant l'écriture ou n'importe quand : dis "merci". Cela ne coûte rien...

O pensa que c'était aussi exactement la même chose en amour. Les couples qui durent n'ont pas plus d'amour que les autres : ils ont seulement plus de chance... (Et cette chance, comme la déesse, est souvent une force extérieure.)

Les deux hommes marchaient à présent dans le parc, côte à côte. L'Auteur avait de magnifiques setters irlandais qui leur tournaient autour (et O avait toujours peur des chiens...).

— Inspire-toi de tout, dit l'Auteur. Prends ton bien là où tu le trouves, comme dit l'Autre... Le jeu est de toujours donner l'impression de n'avoir rien inventé. Le lecteur d'aujourd'hui ne veut plus croire qu'à l'authenticité !... Pour cela, chacun sait depuis toujours comment s'y prendre : ainsi que le dit l'adage, la première chose à faire, pour dire la vérité, c'est de porter un masque !

Il sourit.

— Je vois ce que tu te dis... Je prêche pour ma poche, c'est ça ?

Il l'invita à visiter son immense orangerie.

— Au début de ma carrière, je vivais avec une femme qui n'était pas faite pour moi (et donc, pas moi pour elle non plus... c'est mécanique). Ray Bradbury l'a très bien dit dans une interview : choisir qui vous accompagne dans la vie doit être la première préoccupation d'une personne. Mais comment savoir à temps ? Le mal marié (ou la mal mariée), c'est un classique chez nous... (Pauvre Socrate ! Quoique j'ai l'impression, dans notre métier, que les grandes femmes de lettres s'en sortent toujours mieux pour ça que les hommes ; comme Woolf et Yourcenar, ou même de Staël, par exemple. Enfin... c'est probablement un biais cognitif de ma part...)

C'était amusant : sous la serre, l'Auteur donnait l'impression d'être plus orgueilleux de ses pamplemousses que de toute sa littérature.

Ils retournèrent un peu plus tard dans la bibliothèque.

Le Grand'homme offrait toujours à ses visiteurs de pouvoir emporter quelque chose de chez lui en souvenir. Cette proposition était une élégante façon d'annoncer la fin de l'entretien à son hôte et de lui laisser entendre qu'il ne reviendra jamais… (En cela, il imitait Fontenelle, dit-on.)

O emporta une petite statuette d'Alfred de Musset.

Il était ravi.

Il avait dit : "Il faudrait trouver la potion qui inciterait le lecteur à relire !…"

Il avait dit : "D'après Chardonne, quand on prélève ses réflexions sur le présent, la matière infinie…"

Le soir même, il sembla à O écrire mille fois mieux qu'au matin. Mais surtout, il pensait énormément à A et à ce que l'Auteur avait pointé : "Choisir qui vous accompagne dans la vie doit être la première des préoccupations." N'était-ce pas grâce à A qu'il osait enfin écrire sérieusement ? Elle, qui lui avait offert de connaître son auteur favori ? Il n'avait jamais rencontré plus bel ange gardien dans sa vie.

Il quitta la chambre où il travaillait.

Elle le voyait changé et irradié depuis son heure passée avec l'Auteur, satisfaite d'avoir réussi son coup.

Il posa un genou à terre.

Elle le regarda, incongru et émouvant, au milieu de son petit salon. Exactement là où l'un de ses ex avait menacé de se suicider, un autre brisé une lampe, une amie saoule se mettre toute nue pour rien, là où son dernier mec s'était tenu froidement après lui avoir dit, devant la télé : "Je crois qu'on va s'arrêter là…"

Il déposa l'autre genou et demanda :

— Tu veux m'épouser ?

Elle ne se donna pas le temps de réfléchir.
Il avait l'air si *heureux* qu'elle répondit :
— Oui.

(Elle savait par John qu'il n'avait encore jamais offert de se marier à ses précédentes amoureuses…)

"Le mal marié, ou la mal mariée, c'est un classique… Mais comment savoir à temps ?"
(Avec la voix grave et lente de l'Auteur…)

21

Dans un couple, il y a la première fois où l'on dit "tu", mais il y a aussi les premières fois où l'on dit "nous"...

Camille et Camille emménagèrent au 52 rue Lepic comme prévu. Ils s'offrirent leur premier lit ensemble, leur première cafetière ensemble, leur première affiche murale ensemble (une originale du film *Fitzcarraldo* qu'ils adoraient tous les deux).

Elle était soulagée qu'il ne lui ait jamais proposé de vivre rue des Bourdonnais, où il n'habitait que depuis quelques semaines ; même s'il lui aurait laissé toute liberté de changer la décoration, cela n'aurait pas eu le même sel qu'ici. (Ils aménageaient avec la même joie que la veuve et son mari autrefois rue de Bruxelles : ils savaient que certaines pièces allaient les accompagner toute leur vie...)

Un de leurs premiers soirs, ils suivirent un documentaire animalier consacré aux parades nuptiales chez les mammifères, les oiseaux, les poissons, les reptiles et même les insectes. Au-delà de l'infinie beauté du vivant, ce qui les frappa, c'était de constater qu'à travers ces êtres si divers, il existait *toujours* des comportements de séduction préalables, qui ressemblaient, à leurs manières, aux jeux que Camille et Camille avaient partagés pour s'attirer et se plaire...

Il y aurait donc une mise en scène du désir indispensable à tout ce qui vit et se reproduit sur terre ?

Le jeu serait-il universel ?

Tombons-nous tous dans des ruses de la nature ?

Mais alors, comme l'a écrit Carver : « *De quoi parlons-nous quand nous parlons d'amour* ? »

Et pourquoi l'être humain, ce primate, trouve-t-il dans l'acte de séduire une gratification narcissique ?...

Bien qu'ils habitent ensemble, Camille et Camille n'en continuaient pas moins leurs week-ends *intra-muros*.

— Il y en a qui font le tour du monde, disait-elle, moi je veux faire le tour de Paris !

Et selon les lieux où ils louaient, il lui faisait découvrir des monuments plus ou moins connus : la palette colorée de la rue Crémieux, le passage des Panoramas, le Panthéon bouddhique...

Quelquefois, il paraissait si fier de lui annoncer :

— Le palais de la Cité !

ou

— Saint-Germain-l'Auxerrois !

Qu'il donnait l'impression que c'était lui qui les avait construits... Il fallait le voir s'exalter devant la colonnade du Louvre ou le Jardin alpin (il y a les hommes-enfants ; une fois encore, comme au *Mansart*, devant ces vieilles pierres il redevenait un enfant-homme !)

Parfois, fatiguée de trop de merveilles, elle demandait simplement à marcher dans les rues sans rien admirer.

— Plus j'y pense, lui dit-elle, et plus je crois qu'une ville, ce n'est pas un empilement d'étages découpé par des rues et des boulevards, ni une somme de monuments à connaître, c'est d'abord un empilement de vies et de siècles... Quand je vois toutes ces rues, dont certaines datent du Moyen Âge ou de l'Antiquité, ce ne sont pas les figures historiques qui les ont longées qui m'impressionnent, mais la foule des anonymes qui y a vécu... J'aime que nous mettions nos pas dans ceux des inconnus d'hier, nous qui sommes les inconnus d'aujourd'hui.

Un matin, ils restèrent dès l'aube place Marcel-Aymé à regarder couler la foule, la lumière du jour changer jusqu'à la nuit, les enfants aller à l'école et en revenir, les habitants s'apprécier ou se surveiller, des couples passer, beaucoup de couples, toujours des couples... Ils comprirent que c'était seulement ainsi que l'on pouvait reconnaître les rues vivantes, les rues heureuses, de toutes les autres : les rues mortes ou les rues mourantes sous les commerces.

Camille avait entendu une réflexion de Doisneau qui déclarait qu'il fallait beaucoup de temps avant de voir une rue ; pour la connaître, il fallait même s'y cacher dans un coin et l'observer tout au long d'une journée...

Camille et Camille avaient toute la patience du monde pour ce genre de choses, ni elle sans lui, ni lui sans elle.

Dans la rue Campagne-Première, il dit : "C'est ici que le personnage de Belmondo est abattu dans *À bout de souffle*."

Place de Mexico : "C'est là qu'a atterri Cyrano de Bergerac après son voyage dans la Lune."

Devant le souvenir du couvent du Petit-Picpus : "Jean Valjean s'est caché ici pendant des années avec la petite Cosette..."

Camille comprenait son émotion : lors d'un voyage à Jérusalem avec sa famille, au moment de la visite au Mur des Lamentations, leur guide avait désigné l'endroit où se trouvait le grand escalier qui menait au Temple. Cet escalier n'existait plus depuis le premier siècle. C'était pourtant *là* que Jésus, dans un acte de violence salutaire (ça existe) avait chassé les marchands...

— J'ai trouvé ce vide béant devant moi plus *présent* que toutes les autres pierres de la Ville sainte !

Elle aussi était sensible aux fantômes archéologiques.

Une nuit, ils se lancèrent le défi de planter un arbre dans la capitale. Ils mirent en terre un jeune argousier dans un petit square sauvage, dans le quartier de l'hôtel de Sens où se trouvaient les bureaux de Camille.

Que cela soit en plein soleil ou les paupières fermées par le vent et la pluie, ils marchaient ; sous les pergolas du petit jardin de la rue Visconti ou dans le magasin de soldats de plomb près de la Comédie-Française. Ils visitaient aussi les églises cachées et, à chaque fois, le silence les accompagnait quelques minutes après leur sortie.

— Tu crois en Dieu ?

— Je crois qu'il y a un projet dans l'univers… Et donc un *projeteur*… En tout cas, ça y ressemble, tu ne trouves pas ?

Ils retournaient souvent sur le parvis du Sacré-Cœur et, toujours, cette immense perspective de la capitale s'enrichissait de nouveaux souvenirs à deux…

— Sur une carte, tu as remarqué ?, Paris ressemble à une coquille, ou à un œil avec paupière et sourcils, vieux et humide, ou mieux : un poing serré… qui nous arriverait en pleine figure !

— Paris est toujours en colère.

— Puisque la chanson le dit.

Un week-end, ils dormirent à l'*Hôtel du quai Voltaire*. Chambre 12. Par la fenêtre, ils aperçurent un homme avec une canadienne et un béret qui tenait un vieil appareil photo argentique (un Rolleiflex ?). Il donnait l'air de photographier les Parisiens, mais c'étaient plutôt les décors autour d'eux qui l'occupaient. (Il faudrait un jour ce genre de clichés pour se rappeler Paris dans trente ans ou plus. Ceux qui sont adolescents aujourd'hui auront alors le cœur pincé en reconnaissant un modèle de voiture, une devanture, une publicité, un vêtement d'aujourd'hui… Quelque chose dans l'air, dans la lumière, qui aura forcément disparu. La nostalgie imaginaire de toute une génération…)

(Hier, on réduisait les trottoirs pour élargir les routes, aujourd'hui, on réduit les routes pour élargir les trottoirs. Demain, à quoi ressembleront nos rues ?)

Il l'emmenait parfois manger à l'*Entracte*, près de l'Atelier, "le meilleur carré d'agneau de Paris !". Chez leur italien préféré de la rue Audran, non loin de chez eux. Ou parfois chez *Maître Pierre*, rue Marbeuf.

Ils apprirent un jour que l'agence de pub de Camille, *Hibon Agency*, fusionnait avec celle de A, *Peter & Steven*. Les deux boîtes avaient déjà partagé une fête commune au musée du Vin (c'était alors une sorte de préambule au rapprochement stratégique…) : une nouvelle soirée fut annoncée en grande pompe pour célébrer la naissance de la nouvelle entité.

Et cette fois, la fête serait masquée et déguisée…

22

Camille et Camille se travestirent en roi et en reine de conte de fées, avec brocart, couronne et hennin. Ils se sentirent un peu à l'étroit dans leur taxi, mais une citrouille n'eût pas été mieux adaptée.

La fête se tenait sur l'île de la Cité, à la Conciergerie. La salle des Gardes et celle des Gens d'armes avaient été privatisées et tous ceux présents à Passy quelques mois auparavant revinrent en costumes…

O et A apparurent en chevalier et princesse du temps des cathédrales. (Détail galant : il portait ses couleurs…)

Une fois encore, O reconnut bientôt la collègue de A qui l'avait repoussé quelques semaines avant sa venue au musée du Vin. La "brune acariâtre"… (Il se doutait que, chez *Peter & Steven*, en ayant appris sa liaison avec A, elle avait dû dire, à plusieurs reprises : "Lui ? Je n'en ai pas *voulu…*")

Ce soir, elle était déguisée en vampire, génération Theda Bara.

— Celle-là, lui dit A qui la repéra aussi dès leur arrivée, elle a le cul ambitieux… Sous la couette, il lui faut le genre *conquistador* ; elle ne veut se donner qu'à quelqu'un capable (de son propre aveu) de conquérir le monde et de commander à l'avenir !

Ce qui décontenançait au premier abord, c'était qu'elle avait un visage extrêmement mobile ; l'inverse d'un masque, en plus inquiétant. En tout cas, elle connaissait parfaitement son corps et était capable de laisser sa trace dans n'importe quel lit d'homme. Était-elle heureuse ? Dans certains registres peut-être : tant qu'elle prenait son pied…

— Mais ce n'est pas l'Éden non plus, fit remarquer A. Alors elle jacasse. Je ne l'aime pas.

O était rassuré.

Aux platines, le Gros était là, en costume du Petit Jean de *Robin des Bois*. Il ouvrit son set musical avec une version instrumentale de *Different Kind of Prostitute*… Il allait, jusqu'au matin, mêler le rock au baroque et la folk aux musiques médiévales… (Quand ces dernières arriveraient, tout le monde se mettrait à parodier des danses anciennes… c'était l'idée.)

Le lieu était somptueux.

La Playlist Girl l'accompagnait : elle était grimée en Janet Weiss du *Rocky Horror Picture Show*. (Où avait-elle trouvé un masque aussi parfait de Susan Sarandon ?)

L'Amie à craindre de Camille était là aussi, cette glu qui l'avait emmenée de force à Bastille la dernière fois. Elle était costumée en Fée Morgane… Pourtant, depuis que Camille sortait avec Camille, elle s'était étonnamment montrée discrète. D'ordinaire, elle se mêlait de tout dans une relation de Camille ; il fallait compter d'office avec ses avis, qui étaient rarement les bons… Camille se dit à ce moment qu'elle et lui avaient beaucoup de chance depuis leur rencontre. Pourquoi tout le monde autour d'eux les laissait-il tranquilles, familles comme amis ? (Il y a parfois une réelle extase à se constater *béni*…)

Camille retrouva les deux vieux qui lui parlaient à Passy quand O s'était mis à lui tourner autour. Ils étaient costumés en symboles de la Sagesse et de la Prudence (ce qu'ils étaient vraiment l'un et l'autre).

Il y avait aussi, dans les parages, le Jogger qui avait renversé le sac de Sonia au jardin de l'hôtel de Sens. Il apparut à la Conciergerie en habit d'ange (ce qui était excessif…).

Même l'ex de A fit une apparition : lui, en Dragon (ce qui était dérisoire…).

Camille connaissait peu de monde, d'autant que chacun portait un masque : il se tint en retrait, pour mieux observer les costumes, pendant que Camille conversait avec des collègues.

C'est alors que Don Jon s'approcha de lui.

— C'est insensé, s'exclama-t-il. On identifie tout le monde au premier coup d'œil par ici ; moi, je suis déguisé en Don Juan… et personne ne me reconnaît !

Il se plaça aux côtés de Camille pour regarder la salle des Gens d'armes qui se remplissait.

— Vous, je ne crois pas vous connaître, dit-il.

Camille se présenta brièvement.

— Il faut vous expliquer qui est qui ce soir alors… Puisque vous ne m'avez rien demandé, ça tombe bien, je vais vous raconter des histoires… Vous le voyez, *lui* ?

Ce *lui* était un petit homme vêtu en personnage de Grand Souci du *Roman de la Rose*.

— C'est un psy. Le psy de Steven, pour être précis, un de nos patrons. Particulièrement éloquent et admiré pour ses vues sur les crises de couple. Eh bien, pas plus tard qu'il y a deux mois, il s'est levé un matin comme tous les matins, sans appréhension particulière, pour trouver un post-it de sa femme collé au miroir de la salle de bain : *Je te quitte. Ne cherche pas à me retrouver. Je ne reviendrai jamais*. Le drame de cet homme (et le sel de cette histoire), ce n'est pas tant d'avoir été quitté par sa femme, que… de n'avoir rien vu venir ! Lui, le grand psy payé à prix d'or, le spécialiste des relations maritales… n'avait pas remarqué le moindre petit signe chez sa femme l'alertant qu'elle allait le quitter ! Passé quinze ans de mariage, cela ne se décide pourtant pas du jour au lendemain… Le voilà humilié. Il en fait une dépression. Et part consulter… celui-*là*.

John désigna alors un autre homme déguisé, cette fois, en Gros Soupçon, qui se tenait entre Compagnie et Miroir Périlleux.

— C'est un psy aussi, mais d'une obédience différente. Ensemble, ils ont commencé à chercher ce que le premier avait pu *manquer* dans les jours et les semaines précédant la fugue de sa femme. Ils ont décortiqué tous les souvenirs du mari : tous les faits et gestes de l'épouse ont été passés au crible, toutes ses paroles aussi. Ensemble, ils ont pesé le pour et le contre de chaque détail (autrefois on appelait ça faire la "douane conjugale"). Le problème, c'est que le deuxième psy est aussi marié… Et que, tout à coup, en rentrant le soir chez lui, il finit par découvrir *chez sa femme* les mêmes indices repérés chez celle de son patient. Plus de doute possible ; elle aussi va bientôt le quitter ! Il devient soupçonneux, inquiet, blessant… Les deux psys se montent mutuellement la tête… Résultat ? La première femme ne revient jamais. Et la seconde se tire, alors même qu'elle n'en avait jamais eu le projet. Mais son mari est devenu insupportable… Voilà ! Les deux viennent de fermer leurs cabinets.

Camille observa ces hommes : ils étaient agités et parlaient avec les bras.

— Oui, oui, dit John, ils en sont encore à se demander ce qu'ils n'ont pas compris…

Il désigna ensuite un couple, déguisé en Roméo et Juliette. Mais des Roméo et Juliette mariés avec deux enfants, et un pavillon à Asnières et à crédit.

— Ceux-là ont été heureux pendant cinq ans. Suprêmement heureux, même. Le temps de faire leurs enfants. Madame n'avait jamais travaillé. Quand elle a décidé enfin de se consacrer à un métier, cela a tout bouleversé. Elle n'était plus à la maison toute la journée, elle avait d'autres choses à s'occuper que son mari et leur progéniture, d'autres priorités aussi. Cela a totalement décontenancé le mari… (D'ailleurs, le pire l'attend pour bientôt : à la prochaine augmentation, elle va gagner plus que lui !… Comme c'est un gros con, ils ne passeront pas l'hiver. Et dire que c'est grâce à son salaire à elle qu'ils ont pu devenir propriétaires !…)

Une femme déguisée en Junon passa près d'eux ; elle échangea un rapide hochement de tête avec John.

— Elle, c'est ma voisine de bureau. Elle est enfin redevenue heureuse, après vingt ans de mariage, depuis que son mari la trompe… Tout simplement parce qu'il se montre plus détendu et plus souple. Mais, maintenant, elle endure une nouvelle angoisse : que sa maîtresse le quitte ou qu'il quitte sa maîtresse ! Sans qu'il n'en sache rien, elle se démène pour qu'il conserve son couple illégitime, et lui garantisse sa paix… Qui a jamais vu une femme défendre son cocuage comme une lionne ?

Alors qu'il écoutait, Camille regardait la parade des personnages en habits qui se tournaient autour, s'approchant et se repoussant, avec des mines et des costumes colorés. Certains surgissaient, comme on bondit en scène, derrière les piliers de la salle des Gens d'armes.

Là, Doux Parler échangeait avec Beau Semblant. Ici, Vilenie, Méfait et Malebouche raillaient les airs que se donnaient Chasteté et Bel Accueil. Au buffet, Peur d'acquérir et Peur d'être volé s'entendaient à merveille. Oiseuse fatiguait Franchise. Pitié regardait Vénus, Richesse et Beauté avec tristesse. Valeur engueulait Félonie. Quant à Fortune, enfin, elle conférait avec le Jogger.

La Reine Camille regarda vers son Roi (Don Juan toujours à ses côtés). D'un regard, elle lui demanda si tout allait bien ; il sourit pour la rassurer.

Don Jon reprit sa galerie de portraits en désignant un petit groupe près du portail.

— Ceux-là sont six, et sont en pleine tragédie depuis peu… Ce sont trois couples d'amis soudés. Ils partent souvent en vacances ou en week-end ensemble. Des couples très sages, plutôt "catho" dans le genre. La semaine dernière, ils sont allés en excursion sur un lac suisse d'altitude avec un guide spécialisé… Eh bien, ça a complètement déraillé… La faute au guide qui, paraît-il, était monté comme un dieu grec. Il s'est tapé tout le monde. Et quand je dis tout le monde, c'est tout le monde ! Dans la foulée, ils ont continué de craquer, et tout le monde a aussi couché avec tout le monde. Une espèce de folie collective. Que s'était-il passé ?… Cela fait plusieurs jours, et aucun d'entre eux n'a encore osé aborder le sujet depuis qu'ils sont à Paris… Chacun se dit que c'est le guide, mais moi je pencherais plutôt pour le *lieu*. Il y a des endroits, à certains moments, comme ça, qui vous changent du tout au tout…

Il hocha la tête :

— Les gens sont de simples ressorts.

Il désigna un sosie d'Ulysse (Ruse), qui parlait très fort, adorant que le plus de monde possible l'entende pérorer :

— Lui, c'est le plus con de tous… Un prétentieux qui ne se connaît aucun rival. Il s'admire tellement qu'il n'est jamais jaloux. C'est pourtant le plus cocu de la soirée… Et il prodigue des conseils à tous les maris, bien entendu.

John choisit alors O :

— Lui, c'est un très vieil ami. J'ai mille histoires sur son compte… Une fois, son frère quitte sa copine. Elle est effondrée ; comme il l'apprécie, il tâche de la consoler de son mieux. Mais il sent que cette fille, touchée par sa gentillesse, menace de tomber amoureuse de lui. Pour détourner son attention, alors qu'il est célibataire, il s'invente une fausse maîtresse. Ça marche bien au début, mais il est obligé d'en dire toujours plus sur ce fantôme de femme, au point que l'autre souhaite la rencontrer. Pris à son propre piège, il choisit, au hasard, parmi ses amies célibataires… Il mime de l'intérêt pour elle et… il en tombe réellement amoureux… Cela n'a duré que quelques semaines, mais tout de même ! Quand on dit qu'on ne peut pas se forcer à aimer, je dis, moi, que c'est faux… On n'essaye jamais assez…

Il tourna tout à coup son attention vers A, qui dansait seule :

— Elle, c'est juste une chieuse : elle *teste*. Elle se rend odieuse avec ses hommes, en se disant : "S'il m'aime après *ça*, c'est qu'il m'aime vraiment !…" Rhétorique absurde, et épuisante. Sa dernière rupture l'a un peu calmée… Je l'ai incitée à se mettre avec mon vieil ami. C'est un canard très étonnant, lui, qui revient toujours. Il est vraiment fait pour elle, mais, quand sa nature réelle va se réveiller, il va souffrir… Quoique… Je resterai toujours épaté par la capacité d'endurance d'un amoureux maltraité. Aussi surprenant soit-il, il y a des hommes et des femmes qui ne "partent" jamais…

Don Jon allait soudain parler d'une femme qui n'était autre que… la Camille de Camille !

— Pour ce qui est de cette petite personne…

Mais le Gros joua à ce moment, au milieu de son set, un air de musique atypique : le *Divertimento K 138* de Mozart.

L'hymne de Camille et Camille !

Fa la do…

— Excusez-moi, fit Camille en s'éloignant de John.

Il rejoignit sa compagne qui, elle-même, était ravie d'entendre par hasard *leur* motif. Ils s'embrassèrent…

Do ré si do la…

… et Camille n'entendit jamais ce que John s'apprêtait à révéler sur Camille…

Il était maintenant minuit à l'horloge de la tour de l'Horloge.

Camille et Camille réussirent à s'esquiver pour gagner une terrasse de l'ancienne prison révolutionnaire.

Ils étaient en habit de roi et de reine sous un ciel parfaitement étoilé (dans les contes, les rois et reines sont souvent épargnés par la fortune : c'est aux princes et aux princesses, aux chevaliers et à leurs dames, d'endurer les épreuves escomptées…).

Ils pouvaient contempler la Lune reflétée sur la Seine.

Mais soudain, ce fut comme si toutes les lumières de la ville venaient d'être mouchées : et dans le ciel pur, Camille et Camille virent scintiller toutes les constellations qu'ils s'étaient inventées rue de Bruxelles… Les lèvres de Camille, le sein de Camille, la couronne de Camille, la traîne de Camille, la croix de Camille, le trône de Camille…

Ils avaient fermé leurs yeux.

Au même moment, Nathaniel était seul chez lui, bougie allumée. Comme à son habitude, il n'arrivait pas à penser à autre chose qu'à son couple défait avec Lee. Cette nuit, il finit par se persuader que, dans cette histoire, son plus grand péché était d'avoir réussi à oublier son âge et celui de sa compagne.

Il s'était mis hors du temps, et le temps l'en avait puni.

(Il est un moment, dans l'amour, où l'on n'y voit plus clair, mais où tout ce que l'on voit est beau…

Et puis le mur.)

Ce soir, pour se consoler (comme A au cours de son Grand'chagrin), il se relisait un poème de Sully Prudhomme jusqu'à le savoir par cœur et le réciter les yeux clos.

Ici-bas tous les lilas meurent,
Tous les chants des oiseaux sont courts ;
Je rêve aux étés qui demeurent
Toujours…

(Je vous laisse trouver la suite.)

Enfin, Nathaniel restait sans rien faire.

La mélancolie : ce présent ralenti par un peu de pensée…

Il est des séparations dont on ne se remet jamais, que le temps lui-même ne nous pardonne pas…

Sonia regardait, rue Nicolet, un documentaire, non pas sur les fièvres sociétales actuelles ou l'essor du yoga, non pas sur les vaccins ou sur le dérèglement climatique mais… sur la première loi de Newton ! Elle était tombée sur ce sujet par hasard et n'arrivait plus à en décrocher… Cette loi, dite aussi loi d'inertie, stipulait un principe physique simple : « Tout corps persévère dans son état de repos ou de mouvement uniforme en ligne droite, à moins qu'il ne soit contraint, par des forces s'imprimant sur lui, à changer cet état. » En clair, il n'y a pas de raison qu'un objet en mouvement ne dévie, ne ralentisse ni n'accélère jamais, à moins qu'une *force extérieure* ne vienne agir sur lui.

En l'état, tout mouvement est essentiellement uniforme et éternel…

À ce compte, l'Évangile ne nous dit-il pas : « Toujours l'amour persévère » ?

La Fille du cinéma de Beaugrenelle le répétait sans arrêt, elle aussi :

— C'est parce que le début d'un amour nous donne l'impression d'être immortel (persévérant), que sa fin nous fait si mal…

Mais comment le protéger des influences extérieures ?

(En l'occurrence, avec cette fille, il suffisait d'un personnage dans un film – et le caprice ou la paresse d'un scénariste – pour lui renverser son avis sur son homme…)

Au même moment, Lee travaillait d'arrache-pied à sa thèse sur les Pères grecs de l'Église. Elle n'avait trouvé que l'acharnement au travail pour se changer les idées, et souffrir moins. Et cela marchait.

Le Séminariste priait seul dans l'église Notre-Dame de Clignancourt. Il regrettait de plus en plus son séminaire, mais se sentait de moins en moins capable d'y retourner.

Il n'avait trouvé que l'acharnement dans la prière pour se changer les idées, et souffrir moins. Et cela marchait…

Les parents de la jeune femme qui s'était tuée sur l'île du lac Inférieur au bois de Boulogne avec le Serveur réussirent à décoder l'accès à son ordinateur. Ils y trouvèrent des centaines de lettres d'amour écrites à un garçon inconnu. Leur petite Mégane n'en avait jamais parlé… Il fallut encore du temps avant de réaliser, avec stupeur, que cet amoureux n'était autre que le poète allemand Heinrich von Kleist, mort en 1811…

Elle avait perdu cœur pour une ombre…

Le propriétaire du studio de Constance, celui où le Mari de Sonia avait passé un mois, avait fait refaire la latte du plancher brisée. Il avait méticuleusement remis les objets de la jeune femme à leur place : dans le sachet de tissu et dans la boîte à biscuits.

Le menuisier avait terminé la réfection aujourd'hui même. Le vieil homme avait rempli la facture à son nom et signé. Un œil averti aurait remarqué qu'il avait *exactement* la même écriture que les textes rédigés en marge des *Poèmes de John Donne*…

— Autrefois, le discours romantique des sentiments servait à refouler la sexualité. Aujourd'hui, le discours dominant de la sexualité sert à refouler le discours amoureux : on ne rougit plus de dire "Je bande", mais de dire "Je t'aime"… Que s'est-il donc passé ?

Don Jon avait repéré ce soir, à la Conciergerie, une cérébrale bavarde qui l'intéressait beaucoup…

Pour la première fois de sa vie, il allait enfin tomber sur plus "fort" que lui.

Et confirmer Nathaniel qui prétendait que, depuis le premier chagrin d'amour, personne n'apprend jamais rien sans souffrance…

23

O était en retard et A attendait.

Leurs préparations de mariage avançaient dans le stress et la frustration (comme toute figure imposée). A était au square Jehan-Rictus, non loin du *Mur des je t'aime*, sur lequel l'expression était reproduite dans le plus grand nombre de langues possible.

Il faisait beau et du monde échangeait sous les cerisiers et les érables, comme sur la place des Abbesses.

Non loin, A entendit un garçon déclarer : "Je suis heureux avec cette fille parce que je ne l'aime pas. Ses défauts ne me blessent pas… Si je l'aimais, nous serions déjà séparés !…"

Elle se dit que, dans l'histoire de l'humanité, on pouvait aisément dire quand telle ou telle arme de destruction massive avait été inventée : mais pour les armes du cœur ? Dans l'histoire de l'homme, lequel (ou laquelle) a, *en premier*, menti dans son couple ? Trompé ? Trahi ? Blessé volontairement ? Manipulé émotionnellement ? Profité du plus faible ? Il y a forcément eu, dans le temps, un premier acte, une première intention, encore jamais utilisée par l'espèce *Homo* ?…

Qui pourra jamais faire l'anthropologie de nos sentiments ?

Dresser le portrait-robot du premier salaud et de la première salope ?

Rue La Vieuville, un homme piquait une crise de jalousie contre sa femme. Celle-ci, regard placide (mais noir), lui balança : "Tu n'es pas jaloux, tu es juste de mauvaise humeur, alors arrête maintenant."

Sur un banc, deux femmes commençaient aussi à s'engueuler.

Ce couple venait de passer une décennie ensemble sans la moindre dispute. Non qu'elles s'entendaient mieux que les autres, mais parce qu'aucune occasion de dispute ne s'était présentée. Elles avaient eu la chance *rare* de la *paix*. Seulement, aujourd'hui qu'il fallait s'affronter, elles n'étaient pas prêtes. Elles n'avaient pas les codes de l'une et de l'autre dans la colère ; et ce fut tous les arriérés conjugaux d'une décennie qui leur tombèrent dessus de part et d'autre. (A remarqua que l'une d'elles revenait constamment au même nœud : au lieu de creuser la conversation, elle pressait l'argument…) Y pouvaient-elles seulement quelque chose ? (La Veuve citait souvent cette phrase de Goethe : « Toute chose grave semble dormir, jusqu'à ce que la contradiction ne la réveille. » Une vie à deux sans contradictions serait donc un cadeau empoisonné ?)

Les deux femmes ne parlaient plus, elles bêlaient, comme tout le monde dans cette situation. (Pendant une dispute, on trouve rarement les bons mots, et quand on les trouve, ils passent souvent inaperçus ; ce n'est plus que de l'engrais à malentendus, et le *tu* est devenu le *vous*…)

L'une disait tristement : "J'ai l'impression d'être plusieurs…"

L'orage chimique du cerveau ne faisait que commencer pour ces deux-là !

Plus heureux, deux hommes s'embrassaient derrière elles. A s'arrêta longuement sur leurs lèvres. (Quand Dieu créa Adam au cours de la *Genèse*, c'est bien par la *bouche* qu'il lui insuffla la vie !) Et maintenant, voilà : ocytocine plus dopamine égalent câlins.

Depuis qu'elle connaissait O, c'était la première fois qu'il était en retard à l'un de leurs rendez-vous. Il ne l'avait pas prévenue et ne répondait pas à ses appels.

Ces derniers temps, elle le trouvait de plus en plus lointain et antipathique : sa nouvelle façon de l'aimer, disait-il, c'était de la "mettre dans son livre"... Mais il y avait leur noce imminente à préparer.

À ce propos, ils n'étaient d'accord sur à peu près rien.

Il n'aimait pas l'église et le jeune prêtre qu'elle avait choisis (pourquoi se marier religieusement, demandait-il ?) ; elle détestait son idée d'aller en Écosse pour leur Lune de miel...

Deux fois déjà, elle manqua de tout annuler. Seulement O devait aussi composer avec l'hostilité de sa famille : depuis sa démission, personne ne supportait sa compagne et personne ne voulait participer aux frais du mariage...

Elle rentra chez eux agacée. Cependant, après un bain, elle se calma (elle était intoxiquée aux huiles essentielles). Ils avaient un dîner chez des amis, elle espérait pouvoir décommander et passer tranquillement la soirée avec O, se reprochant de s'être montrée dure avec lui ces derniers jours.

De son côté, il avait passé la journée à négocier les fleurs et la décoration de l'église, et avait dû mobiliser en urgence des sommes qu'il ne possédait pas.

Il rentra chez eux, fatigué et énervé de s'être à nouveau endetté. Lui non plus n'avait aucune envie de se rendre à ce dîner d'amis et préférerait rester tranquillement avec A à la maison.

Quand elle le vit entrer comme une trombe, la mine sombre, l'agacement la reprit. Elle se mit à lui imposer un défilé de robes et de tenues pour se rendre à leur dîner, espérant qu'il propose de rester à la maison. S'il lui avouait préférer être avec elle plutôt que de sortir ce soir, elle l'*adorerait.*

Mais, plus elle se changeait pour recueillir son avis, et plus il se disait qu'il ne pouvait pas proposer d'annuler.

Résultat : sans envie ni l'un ni l'autre, ils finirent dans un taxi.

A était furieuse. Pour se venger de O, elle dragua le chauffeur devant lui…

Ils avaient déjà en tête de passer la soirée chacun de leur côté ; seulement en arrivant, ils s'aperçurent que c'était un dîner à quatre couverts, et non une plus large soirée.

L'ambiance commença glaciale, mais, à la première réflexion, les deux explosèrent devant leurs hôtes sidérés. Tout y passa, et plus encore.

Évidemment, comme ils n'avaient rien de mieux à faire que de se blesser, ils usèrent immédiatement de mauvaise foi. Chacun voulait faire sentir à l'autre qu'il était tombé en disgrâce. Combien de piques étaient-ils censés se destiner avant le retour au calme ? Plus brutale que lui, il lui arrivait de contempler sa victime après une parole assassine. Pour justifier ses assauts, il cherchait partout des indices qu'elle ne l'aimait plus. Il lui devenait de plus en plus indifférent d'avoir des torts envers elle. Elle n'était plus qu'un paquet de nerfs. Elle n'allait pas tarder à pleurer et à donner des coups de pied. Mais le "feu aux poudres", il avait connu ça en observant ses parents… Pourquoi mentons-nous aux gens qu'on aime ? (Il n'y avait pas une réponse à cette question, mais mille.) Tempête sous un crâne était devenue tempête sous un con… Quant à elle : « qui prouve trop ne prouve rien », pas vrai ?

— Tu ne m'écoutes plus.

— Au contraire, je t'écoute trop !

On pardonne rarement à l'autre d'être tombé de son piédestal, même si c'est nous qui l'avons basculé. Il savait qu'elle finirait par regretter tout ça. Chacun fait avec ce qu'il sait, et lui ne savait plus rien…

Ils en vinrent aux objets et saccagèrent l'appartement de leurs amis.

De retour chez eux, ils se réconcilièrent sur l'oreiller, sans tabous d'aucune sorte, et ce ne fut *jamais* aussi bon que cette nuit-là…

(Ne parlons pas de capacité de résilience de leur amour. A et O n'étaient pas résilients : rien n'est si insuffisamment scripté dans l'existence. Le retour au calme, ça va, ça vient… En fait, on n'y est pour pas grand-chose… Et ça suffit de le savoir.)

~

Une astrologue s'ébahit devant les thèmes astraux de Camille et Camille ; jamais elle n'avait rencontré une telle compatibilité. Ils expérimentèrent aussi une tentative de couplage neuronal en laboratoire, et là encore les résultats furent stupéfiants.

Mais le signe le plus criant qu'ils étaient en parfaite harmonie amoureuse l'un avec l'autre, ce fut le jour où Camille trouva dans Paris une boîte très rare de chocolats. Les préférés de Camille. Il les lui offrit, mais presque instantanément, elle en donna à toutes ses amies autour d'elle. Il ne ressentit aucune frustration ni rancœur. Au contraire. Quoi qu'elle fasse, il trouvait à s'en réjouir. Il était l'anti-Werther.

On aurait dit que Camille et Camille étaient nés pour démontrer que le mythe de l'amour éternel, du prince charmant et de la dame royale, du conte de fées et de faits, n'étaient pas des intox…

Une véritable histoire d'amour, ce n'est pas une histoire ; il ne s'y passe rien. Une histoire d'amour avec des événements, cela devient une histoire de jalousie, de vengeance, d'intérêts, de tromperie, de séduction contrariée, de liaison impossible, de quiproquos… C'est autre chose…

Cette fois, ils marchaient rue de Gribeauval.

Ils aperçurent un jeune curé sur le perron de l'église Saint-Thomas d'Aquin qui les regardait approcher anxieusement.

— C'est vous ? demanda-t-il.

— Nous ?

— J'attends une noce…

L'église était vide. Ni les invités, ni les mariés ne s'étaient présentés. Les travées étaient garnies de hautes fleurs blanches (une fortune).

Camille et Camille se regardèrent. Jamais ils n'avaient évoqué ensemble le mariage civil ni religieux.

Jamais.

— Oui, c'est *nous* !

Et Camille et Camille allèrent ainsi se marier devant Dieu à la place de O et de A…

Le jeune curé avait préparé un beau sermon, pour illustrer de son mieux ce premier mariage de sa nouvelle paroisse. Il y mêla habilement, et avec audace, les Écritures à un poème de John Donne, du saint Jean à du Paul Claudel… à du Sacha Guitry dans le texte :

— Il n'y a pas deux façons d'aimer quand on aime vraiment et pour le dire on dit : "Je t'aime !" et tout est dit ! C'est la fragilité même de l'amour qui le fait si précieux. Si quelqu'un pouvait nous donner la certitude que notre amour est éternel… peut-être cesserions-nous de nous aimer… Le plus grand poète du monde ne trouvera pas en les cherchant des expressions d'amour aussi heureuses que celles murmurées spontanément par qui-que-ce-soit à l'oreille de n'importe-qui !… Et si vous voulez savoir un peu de vérité, c'est dans quelques chansons qu'on la trouve plutôt ! Celles que nous savons sans les avoir apprises… Un soir, à la campagne, dans une allée, quelqu'un répétait tout bas le mot « amour » dans l'espoir qu'une réflexion profonde, originale ou drôle lui viendrait à l'esprit… Il disait : « L'amour… quand l'amour… si l'amour… l'amour… l'amour… » et c'était, malgré lui, des refrains de chansons qui lui venaient à la mémoire !… De tout ce qu'il avait entendu, de tout ce qu'il avait lu, de tout ce qu'il avait dit lui-même, il ne lui restait plus que des refrains… Il avait beau faire un grand effort pour évoquer l'amour sous une forme plus haute, il ne parvenait pas à lui donner les ailes immenses dont souvent on le pare… Alors il alla dans le passé… Il réveilla tous les amants héroïques d'autrefois, afin d'en tirer quelque chose. Hélas !… Des serments éternels, des promesses infinies, des sanglots prolongés, il ne restait plus que des petites mèches de cheveux… quelques fleurs fanées… des bijoux bon marché… des fins de lettres… des commencements de phrases… des points de suspension, des petites taches, un peu de sang… des points d'exclamation… des « oh ! »… des « ah ! »… des cris… des baisers… des silences… d'autres cris… des silences différents… et puis des mots, des mots, des mots… des mots méchants… des mots cruels… des mots incompréhensibles… des petits mots, des mots moyens, et puis des grands mots… le mot « toujours"… le mot « jamais »… et le mot « adieu » qui revient tout le temps… tout le temps… et puis des vers… beaucoup de vers… mais très fragiles et qui se cassent en petits morceaux pour qu'on puisse facilement les mettre en musique… et les refrains de chansons recommençaient dans sa mémoire… et il ne parvenait pas à éloigner de lui cette idée que Roméo devait parler de chambrette comme tout le monde ! Chaque jour de bonheur nous donne pour l'avenir un jour de bonheur. Mettez-en de côté : ne vous quittez jamais, ne devenez jamais méchants, ne vous mentez jamais… *Avec quelques « jamais » de cette espèce-là, on finit par faire le mot « toujours ».* Je suis sûr qu'il y a une très jolie place à prendre, pour deux amants qui ne désirent pas que leur amour soit un sujet de roman, ni un sujet de pendule… Comme les peuples heureux, il faut que votre amour n'ait pas d'histoire… Il faut que les autres n'y comprennent rien ! Tenez, il faut si un jour un auteur dramatique a l'idée saugrenue de faire une pièce sur vous, sur votre amour… il faut que la critique puisse dire : « Ce n'est pas une pièce… il ne se passe rien… ! »

Ce mariage était parmi les plus imprévus qui furent jamais, de mémoire de conte.

Camille et Camille n'avaient rien pu préparer, aussi improvisèrent-ils : Camille avait une bague qui lui venait de son frère disparu, Camille une de la jeunesse de sa grand-mère. Au sens propre du rite marial : ils les *échangèrent* sous l'œil du prêtre !…

Ensuite, à la sortie de l'église, ils se donnèrent une heure chacun pour se trouver leurs cadeaux respectifs de mariage.

Camille lui offrit, dans une boîte en verre, la cigarette de leur toute première rencontre, rue Nicolet, qu'elle avait précieusement conservée jusque-là.

Lui, il lui offrit un chat…

A et O avaient décidé de ne pas se marier. Ils avaient même résolu de ne jamais respecter les injonctions de la vie moderne qui s'imposent à tous les couples. Chaque année, ils fêtaient l'anniversaire de leur rencontre un jour choisi au hasard, ils fêtaient Noël le 8 septembre et la nouvelle année le 1er avril, il lui offrait une fleur par jour et un sac de billes à la Saint-Valentin, ils se faisaient des petits-déjeuners aux chandelles, à chaque fois qu'ils quittaient Paris, c'était pour un véritable voyage de noces (ils rendaient fous tous les hôteliers), parfois ils changeaient de prénoms pour une saison entière : A et O devenaient P et F, G et B ou H et V. Ils n'auraient jamais d'enfant, ni de chien, ni de chat, mais un carré potager, une collection d'*Hello Kitty* et un pointu à Dahouët. Tous les jours elle lui lançait des défis, et tous les jours il était ravi de pouvoir, une nouvelle fois, faire ses preuves. C'était le caprice parfait, d'un côté. Et le sacrifice idéal, de l'autre. O en fit son livre.

La Grand-Mère de Camille était plus agacée que jamais. Depuis que son psy avait mis la clef sous la porte, elle n'avait plus personne à qui parler sur commande.

Dès lors, elle se racheta un chien.

Quand elle le promenait dans la rue, elle lui criait dessus, s'exaspérait comme s'il était une punition divine, ordonnait aux passants de se mêler de leurs affaires, faisait un drame de tout (elle avait toujours été comme cela avec ses hommes)... C'était pour elle comme une renaissance !

Le petit chien restait mignon et impassible, la regardait sans comprendre, faisait à sa guise finalement.

Il était plus surprenant qu'elle.

Le mari de Sonia entra au tribunal dans lequel il allait entamer une procédure de plaider-coupable pour la gifle qu'il avait donnée à sa femme.

Il essaya quelquefois d'expliquer le contexte de son geste, mais même sa fille refusait de l'écouter...

Avec le reclus de la Porte Dorée, il fallait bien convenir que les mots sont parfois radiés par les faits.

Le mari savait qu'il allait au-devant d'une insurrection de critiques. Et l'absoute ne serait pas pour demain...

Pulvérulence d'une ère révolue.

(Dans ce nouveau monde, on pourrait cependant être amené à inverser l'énigme du Sphinx posée à Œdipe : "si l'homme est la réponse, quelle est la question ?...")

~

Camille et Camille décidèrent, en vue de leur voyage de noces, d'oser quitter Paris pour la première fois. Ils louèrent un fourgon aménagé : un combi T2 en mode hippie comme leurs... grands-parents (la nostalgie de l'ère des Bay Window et de Woodstock avait aujourd'hui une ou deux générations de plus)... avec lit pliant et kitchenette... et ils décidèrent de visiter l'Europe pendant six mois.

Le jour du grand départ, Camille envoya dans l'autoradio une compilation seventies (pour la bonne humeur) : ça commença avec *The Lovely Linda*, le titre d'ouverture du *McCartney* de 1970.

La *Playlist Girl* adorait cet album qui était le premier de Paul McCartney après la dissolution des Beatles. Il l'avait composé seul à la campagne, jouant lui-même de tous les instruments. Elle dit au Gros : "Cet album, toute personne qui est amenée un jour à recommencer sa vie, à être obligée de se réinventer, à remonter n'importe quelle pente, à déménager de planète, devrait l'écouter et le chérir. C'est la musique des nouvelles vies !"

Elle lui en offrit un magnifique vinyle original (premier pressage anglais, signé par McCartney) alors qu'ils étaient à l'hôpital.

Ils venaient d'avoir leur premier fils. Qu'ils prénommèrent... Elvis. (Évidemment.)

Camille et Camille franchirent la porte d'Orléans, comme on passe une barre d'hyperespace...

Tout commençait merveilleusement pour eux.

Je t'aime

La la la la la
The lovely Linda
With the lovely flowers in her hair...

La la la la la
The lovely Linda
With the lovely flowers in her hair...

DU MÊME AUTEUR

Pardonnez nos offenses, roman, XO Éditions, 2002
L'Éclat de Dieu, roman, XO Éditions, 2004
Une seconde avant Noël, roman, XO Éditions, 2005
Personne n'y échappera, roman, XO Éditions, 2006
Sauver Noël, roman, XO Éditions, 2006
Délivrez-nous du mal, roman, XO Éditions, 2008
L'Arche de Noël, roman, XO Éditions, 2008
Lots of Love, traduction, Bernard Pascuito, 2008
Quitte Rome ou meurs, roman, XO Éditions, 2009
La Treizième Colonie, roman, XO Éditions, 2010
La Main rouge, roman, XO Éditions, 2012
Fräulein France, roman, XO Éditions, 2014
La Sédition Nika, bande dessinée, Le Lombard, 2014
L'Augusta, bande dessinée, Le Lombard, 2016
Le Cygne noir, bande dessinée, Le Lombard, 2017
Un homme averti ne vaut rien, roman, XO Éditions, 2020
Antigone, théâtre, XO Éditions, 2021
Les Faux Départs, nouvelle, Librio, 2021
La France du temps des cathédrales, essai, Armand Colin, 2022

Composition et mise en pages
Nord Compo à Villeneuve-d'Ascq

Composition et mise en pages
Nord Compo à Villeneuve-d'Ascq

Achevé d'imprimer sur Roto-Page
par l'Imprimerie Floch à Mayenne
en janvier 2023

N° d'édition : 4918/01 – N° d'impression : 101859
Dépôt légal : février 2023

Imprimé en France